KB231170

뉴 라이프

New Life

5

뉴 라이프 5

송윤미 판타지 장편 소설

초판 1쇄 찍은 날 § 2002년 7월 30일
초판 1쇄 펴낸 날 § 2002년 8월 15일

지은이 § 송윤미
펴낸이 § 서경석

편집장 § 문혜영
편집책임 § 김희정
편집 § 장상수 · 박영주 · 권민정 · 이종민
마케팅 § 정필 · 강양원 · 김규진 · 안진원

펴낸곳 § 도서출판 청어람
등록번호 § 제1081-1-89호
등록일자 § 1999. 5. 31
어람번호 § 제1-0270호

주소 § 경기도 부천시 원미구 심곡1동 350-1 남성B/D 3F (우) 420-011
전화 § 032-656-4452 팩스 § 032-656-4453
http://www.chungeoram.com
E-mail § eoram99@chollian.net

ⓒ 송윤미, 2002

값 7,500원

ISBN 89-5505-263-4 (SET)
ISBN 89-5505-440-8 04810

※ 파본은 본사나 구입하신 서점에서 교환하여 드립니다.
※ 저자와 협의하여 인지를 붙이지 않습니다.

송윤미 판타지 장편 소설

뉴 라이프
New Life

5 전생(前生)과 현생(現生)

도서출판

청어람

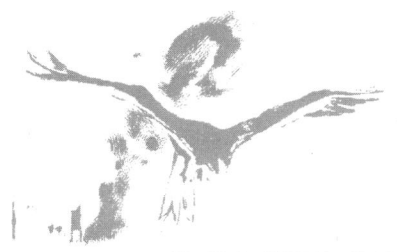

CONTENTS

제1장 **뒤엉킨** 실타래

"엇?"

푸드드득!

무언가에 깜짝 놀라 날아오르는 작은 산새들.

제후가 교정 숲길을 걷다 고개를 갑자기 획 돌려 하늘 어딘가를 물 끄러미 쳐다보았다. 어느 순간인가 살을 벨 것만 같은 날카로운 예리함이 나타나 순식간에 주변 공기를 훑고 사라지고 있었다. 뒤통수를 치고 스러져 가는 날카로운 공기의 진동.

그것은 상당히 불안하고 위험한, 그리고 살의(殺意)가 담긴 의지!

'이건……'

금갈색 머리칼을 바람에 날리며 굳은 듯이 서 있던 그 소년은 일상에서 쉽게 맡지 못했던 향(香)에 먼 하늘로 시선을 고정시켰다.

"…피 냄새?"

'혈향(血香)이다!!'

제후가 뒤돌아서서 바람에 실려오는 비릿한 붉은 내음에 미간을 찌푸렸다.

일반인은 느끼지 못할 정도의 미세한 혈액의 향. 그러나 민제후에게는 그것이 워낙에 자극적이고 또한 예전에 아주 오랫동안 익숙하게 가까이 했던 피와 상처, 때로는 목숨을 담보로 하는 싸움 속에서의 전생의 삶이 있었기에 보통 인간보다 수배는 예민해진 오감으로 그것을 쉽게 감지할 수 있었다.

이것은 다시는 겪고 싶지 않다고 생각한 사건들의 배경에 항상 자리잡던 고통의 내음이었는데.

'그런데 도대체 어디서? 여긴 일개 고등학교일 뿐인데?'

피 냄새가 강렬했다. 아주아주 강한 피비린내.

어딘지 장소는 자세히 알 수 없으나 이 정도의 혈향이면 결코 작은 사건은 아닐 터인데, 이 소년이 위치한 장소는 바로 학교 안. 그런데 어떻게 이런 진한 피비린내가 진동을 하는 것인지 도무지 이해할 수가 없었다.

'도대체 무슨 일이……'

"왜 그래?"

"아~"

제후가 조금 떨어진 곳에서 자신을 부르는 목소리에 정신을 차리고 고개를 돌렸다.

문승현.

시원한 교복을 입은 훤칠한 인상의 소년이 무심한 회색 빛 눈동자로 쳐다보고 있었다. 큰 키와 세상사와 무관한 듯한 마이 페이스의 표정이 어른 같았지만 자세히 살피면 아직은 부족한 세상 경험과 여린 눈동자를 지닌 고등학생인 소년.

제후는 지금 어떻게 하다 보니 투덜대면서도 문승현과 함께 본관 건물로 걸음을 옮기는 중이었다. 오늘 수업은 어찌어찌하다 보니 전부 제껴 버리게 되었고, 그래서 당연히 벌점은 엄청 받았을 테니 '자수해서 광명 찾자'라는 대한민국 제일의 명언과 명색이 선도부장이라는 문승현 선배님의 북극 칼바람 같은 싸늘한 눈초리, 그리고 후배 사랑에 힘입어(?) 차라리 수업 땡땡이를 메울 만한 과제나 미리 받으러 가자고 교무실로 내키지 않는 걸음을 옮기는 중이었다. 그런데…….

"아, 아니야. 잠깐 뭔가 이상해서……."

설마 그런 일이 있을 리가 없는데도 죽음이 연상되는 피 냄새라니…….

"아무것도… 아니겠지… 설마."

그래, 설마…….

요즘 내가 너무 예민해져 있는 것이다. 이렇게 극도로 불안한 것은 지지리도 말 안 듣는 잘난 친구 놈 탓이고, 이렇게 심장이 터질 것처럼 가슴이 뛰는 것은 오랜만에 맡은 피 냄새에 흥분되었기 때문이다. 그리고 이렇게 마치 겁에 질린 듯 손이 떨리는 것은……

'내가 겁쟁이이기 때문이야.'

제후는 관절 마디마디가 새하얗게 되어 튀어나올 정도로 주먹을 틀어쥐고 눈을 부릅떴다.

왠지, 왠지 이대로 가만히 있으면 기억하면 안 되는 뭔가가, 기억하고 싶지 않은 뭔가가 튀어나올 듯해 절박함에 허둥대고 있는 자신의 약한 마음. 그것을 그만 발견해 버렸다. 분명 그것이 평소 그렇게 궁금해하던 퍼즐의 한 조각일 터인데 막상 떠오르려 하니 반사적으로 거부 반응을 일으키는 자신이라니.

'잊은 줄 알았는데.'

모든 걸 털어버렸다고 생각했었는데.

어이가 없어 손으로 눈을 가리며 피식 웃자 감긴 눈앞에 떠오르는 영상은 또다시 '고통' 이다. 겨우 이런 희미한 피 냄새 따위에 흔들리다니 말이야.

'괜찮아… 괜찮아, 민제후! 난 지금 '민제후' 다. 지금의 나는 더 이상 예전의 그 폐인이 아니야. 일일이 사소한 일까지 혹시나 하며 과거와 이어 붙일 필요는 없어! 그러니 제발, 때때로 끔찍했던 과거의 망령에 사로잡히지 말아! 이젠 제발……'

현성우 따위는 잊어버렷—!!

"너, 괜찮냐? 얼굴이 새파란데. 그리고… 그게 무슨 소리야? 이상하다니? 뭐가?"

그 순간 제후는 승현의 조용한 목소리에 고개 숙여 입술을 꼭 깨물고 있다가 퍼뜩 고개를 들었다. 그의 앞에는 돌처럼 굳어서 혼잣말처럼 중얼거린 자신의 말소리에 그 무표정한 얼굴을 한껏 찡그리고 있는 문승현이 자리하고 있었다.

걱정하고 있었던가? 아니면 단순한 궁금증?

공포에 가까운 불안과 혼란이 가득한 민제후의 눈동자가 가늘게 흔들렸다. 하지만 곧 어느 사이엔가 그 커다란 두 눈은 점차 평소의 즐거운 장난기로 물들었고, 천천히 여느 때와 같이 장난꾸러기 웃음소리를 터뜨리는 사랑스럽고 귀여운 소년으로 변해 그곳에 서 있었다. 약간은 억지 웃음 같았지만 중요한 것은 그것이 아니니까.

"냐하하하하~ 별거 아냐. 그저 마음에 좀 걸리는 일이 있어서."

"윽… 그 웃음소리 좀 어떻게 하면 안 되냐? 너무 깬다. 그런데 마음에 걸리는 일이라니?"

문승현이 무관심한 표정으로 무장한 얼굴 근육에 약간의 경련을 일으키다가 결국 힘겹게 조용히 한숨을 내쉬고는 말을 이었다. 한순간이었지만 평소의 그 소년답지 않게 워낙에 심각했던 민제후를 봤던지라 승현은 속에서 끓어오르는 뭔가를 애써 꾹 참아가며 굳이 그 대답을 듣고 싶은 모양이었다. 그리고 그 기대에 맞춰 제후도 곧 나직한 목소리로 진지하게 입을 열었다.

"그게 말이지……."

"응."

"진짜 사적이고 개인적인 일이라 걱정 끼치고 싶지 않아 말하고 싶지 않았는데……."

"말해 봐."

승현이 팔짱을 끼고 민제후와 마주 서서 똑같이 진지하게 들어주기 위해 자세를 잡았다. 그리고 마침내 그때, 제후가 두 눈을 새초롬하게 빛내며 주먹을 불끈 쥐고 열변을 토한다!

"글쎄, 집에 냉장고 속에 어제 먹다 남긴 피자 삼 분의 일 판 하고 통닭 반 마리를 넣어둔 걸 깜.박. 잊어버렸지 뭐야! 으아아아!! 울 엄마 장 여사가 보면 피클 한 조각, 닭똥집 하나 안 남을 텐데~!! 아참, 통닭엔 닭똥집이 있던가 없던가? 뭐, 어쨌든 말이야. 아침에 먹었어야 했는데, 먹었어야 했는뎅… 어째, 어째, 이 일을 어째!!"

자기 머리를 부여잡고 혼자서 감정에 북받치다가 잠시 멍청히 서서 혼잣말을 하다 다시 열변을 토하는 금빛 머리 소년의 모습.

그리고 그것을 평소와 다름없는 담담한 눈길로 처음부터 끝까지 바라보는 회색 빛 눈동자가 있었다. 신동민이나 한예지는 물론이고 그 냉랭하고 계산적인 유세진까지 자신의 페이스를 잃게 만드는 민제후일진대, 그것을 생각하자면 문승현이라는 소년은 정말로 대단하다고 느껴졌다. 단 한 숨의 동요도 없이, 오히려 평소의 무표정보다 더 친근한 미소를 은근히 띠며 하는 한마디는.

"나.가. 죽.어."

6월의 낮 공기가 순식간에 영하 40도로 싸늘하게 냉각되었다.

"엑? 너, 너무행! 어떻게 그렇게 심한 말을!!"

"시끄러! 난 네 선배야. 이제부턴 꼬박꼬박 형이라고 불러."

쳇! 그럼 내가 언제 동생이라고 했나. 치사하게 선배 행세하겠다는 거야 뭐야. 베에~ 그래 봐라. 호칭은 생략, 언제 어디서나 그대는 '저기요', '이봐요', '잠깐만요'. 그것이 그대의 이름이 될지니. 냐하하하~

파사사삭―

"……!!"

제후가 잠시나마 괴로운 이미지를 뒤로 밀어놓고 현실의 행복감에 다시 빠져 들어갈 때쯤, 그때 그 소년들 쪽으로 바람이 불어오며 후각에 강렬한 자극과 인기척을 함께 전해주었다. 처음보다 확실히 더 강하게 느껴지는 그것! 그 바람에 민제후의 눈동자가 다시금 더할 나위 없이 싸늘하고 예리하게 푸른빛으로 빛났다.

날아오는 그것은 화약 냄새. 그리고…….

'짙은 피 냄새?!'

누군가 다가온다! 그것도 아주 빠르게!!

"누구야! 멈춰!"

"으아아아악!!"

제후가 뒤쪽 수풀에서 다가오는 어떤 움직임에 반응하여 그쪽으로 뛰어들어서 그것의 목덜미를 빠르게 낚아채 들어가자 그 상대가 비명을 지르며 방향을 틀어 도망친다. 운이 좋게 제후의 손아귀에서 잽싸게 빠져나간 그 인영은 머리를 부여잡고 혼신의 힘을 다해 도망치고 있었다. 겁에 질린 인간이 생각 외로 재빠르다.

'제길!'

"문승현! 잡아!!"

그 낯선 남자가 제후가 아차 하는 사이 자신의 옆으로 빠져나가자 그는 자신의 뒤에 느긋하게 서 있던 문승현 쪽으로 소리쳤다. 그 남자의 돌진 방향이 승현이 서 있는 방향이었다.

"그런 건 말 안 해도……."

승현이 제후의 그 외침에 교복 주머니에 여유롭게 자리 잡고 있던 두 손을 빼며 가볍게 말을 받는다.

"알고 있다고!"

번쩍!

퍼억!

"컥!!"

순식간에 자세를 잡은 소년의 눈이 빛났다고 생각한 순간, 달려들던 낯선 남자의 커다란 몸체가 승현의 주먹에 배를 맞고 바닥으로 천천히 허리가 꺾였다. 민제후가 그 인영를 놓치고 놀라서 달려온 순간에는 이미 땅바닥에 꼬꾸라져 엎어진 한 중년 남자와 마치 아무 일도 없었다는 듯 다시 무심한 눈으로 그것을 내려다보는 문승현만을 볼 수 있었다.

마침 승현이 제후가 다가온 것을 알아채고 그 소년 쪽으로 시선을 돌려 무감동하게 말한다.

"자, 여기. 잡았다."

'아야, 잡으랬지 누가 죽이랬냐?'

제후는 그 남자를 쓰러뜨린 엄청난 소리를 생각해 내고 억지로 웃음 지으며 얼굴 근육을 실룩였다. 예전에 자신도 경험했던 문승현의 그 주먹을 회상해 본다면 뱃살만 늘어진 저런 중년 남자 정도는 가볍게 골로 보냈을 것 같다는 불안한 생각이 검은 오로라처럼 뭉게뭉게 피어 올랐다. 제후는 식은땀이 삐질삐질 흘렀다.

"이 남자… 옷에 피가 묻어 있어."

"……!"

승현이 자신의 앞에서 꼬꾸라진 낯선 남자를 살피다 조용하게 입을 열자 제후가 다시 한 번 다가온 큰 충격으로 몸을 뻣뻣하게 굳혔다. 머리 속으로 번개가 치는 듯한 기분이랄까?

"지, 진짜로 골로 갔단 말인가? 그, 그럼 어, 어쩌지? 저 어린것(?)을 살인범으로 만들 순 없어. 게다가 우발적인 사고였으니… 안 돼, 안 돼. 우~ 어쩌지? 내가 대신… 아냐아냐! 그렇다면 역.시. 경찰을 매수 해 버리는 게……!"

"너, 지금 무슨 소릴 하는 거야!!"

"에?"

머리를 감싸 안고 바닥에 쭈그리고 앉아 중얼중얼대다가 결국 경찰 매수까지 결심하고 주먹을 불끈 쥔 민제후, 그 황당한 소년을 향해 승현이 소리를 빽 질렀다. 씩씩대는 것이 기운이 매우 쇠잔한 듯, 의외로 제후에게 적응을 잘한다고 싶었더니만 아무리 그래도 때때로 정신적으로 견디기 힘든 때가 있는 모양이다.

하지만 제후는 언제나 그렇듯이 한번 시작한 망상이 최악의 시나리오로 달려가자 문승현의 강한 반발에도 불구하고 아직 의심스런 눈초리를 풀지 않고 물어본다.

"그러니까 네가 한 방에 저 남자를 깔끔하게 해치워……."

"그런 일이 있을 것 같냐!!"

'아니면 다행이지만. 근데 왜~ 화를 내고 그런데?!! 쳇! 쳇! 쳇!'

"저 피는 우리 쪽으로 달려들기 전부터 원래 묻어 있던 거라고."

제후가 투덜투덜대고 있는 사이 승현은 머리가 아픈 듯 미간에 손을 대고 일어서며 점잖게 말을 이었다.

'전부터?'

승현의 지나가는 듯한 말투에 민제후의 손이 멈칫했다.

맞다. 지금 중요한 것은 이런 것이 아니었다. 우선 이렇게 요란하게 진동하는 피 냄새의 원인부터 알아봐야 할 것이었다. 대충 짐작은 하고 있지만 지금 그들 앞에 있는 쓰러져 있는 이 낯선 남자가 그 사건과 어떤 관련이 있을 것이라고 보여지니.

'도대체 학교 내에서 무슨 일이 벌어진 것인지, 그리고 왜 이런 섬뜩한 기분이 계속 밀려드는 것인지 알아내야겠지!'

제후가 무거운 상념 속에서 깊은 어둠 같은 눈동자를 들며 절대 성전특고에서 초대받지 않았을 그 낯선 인물에게 다가가 어깨를 잡아 흔들며 일으켰다.

"이봐. 이봐요, 아저씨. 퍼뜩 일어나 보시죠. 물어볼 말도 있는데."

"크… 헉… 콜록콜록. 배, 배가……."

"이제 정신이 좀 드슈?"

"어엇? 내가… 우아아아악~!! 난 아니야, 난 아니라고!!"

간신히 정신을 차리나 했더니 갑작스레 그 남자가 비명을 지르며 벌벌 떨면서 바닥을 헤매었다. 무엇인가 극도의 공포감에 사로잡혀서 다시 정신을 차리자 피묻은 두 손바닥으로 머리를 쥐어뜯으며 웃는 건지 우는 건지 모를 형상의 얼굴이 되어 땅바닥에 굴러 일어날 줄 몰랐다.

"정말이야!! 난 정말 보고만 있었는데 갑자기 그 애들이 피를 쏟으며 쓰러졌어! 난 몰라! 내가 한 짓이 아니었어!! 난 그냥 겁만 주려고… 경고만 하려고… 으으으… 가까이 다가가 봤었는데 피가 엄청나게… 그, 그리고 사람들이 몰려오고… 정말 내가 한 게 아니었는데 도망쳤어. 내가 아니야! 정말 내가 아니라고!!"

무슨……?

"그게 무슨 소리야!!"

"내가 쏜 총에 그런 게 아니었어. 내가 쏘기 전에 총성이 울렸다고. 정말이야!!"

뭐?

'총?'

제후가 얼굴이 창백해져서 정신이 약간 나간 듯 눈동자가 풀린 그 중년 남자의 멱살을 붙잡아 일으켜 소리 지르자 그 남자가 벌벌 떨리는 목소리로 말을 이어간다.

"내 것은 빗나갔어. 처음 쏘는 총이었기 때문에 반동에 밀려서 빗나갔었다고. 내가 한 짓이 아니야… 마리안한테… 그 꼬마 녀석한테… 아니야, 아니야, 내가 한 짓이 아니야… 으아아아… 살려줘. 살려줘!"

'…마, 마리안!'

"야! 민제후!!"

평소엔 머리가 잘 돌아가지 않는다고 신동민에게 구박을 받던 제후였지만 이 순간만큼은 그 앞뒤없고 꼬인 발음에 어떤 일이 일어난 것인지 너무나 쉽게 그림이 잡혔다. 제후는 뒤쪽에서 승현이 부르는 것을 알았지만 그것을 완전 무시하고 그 침입자를 내던지듯 놓아버린 채 사격장을 향해서 뛰어갔다.

마리안을 마지막으로 보았던 곳이 바로 사격장. 그리고 방금 전까지 들었던 그 어이없는 증언의 사고는 총기에 의한 것. 화약 냄새와 피 냄새가 흘러오는 방향이, 그 사고의 현장이 사격장일 것이라는 예측에 확신을 심어준다.

정원과 숲을 가로질러 정신없이 지름길로 뛰며 목적지가 다가오자 처음과는 비교할 수도 없는 강한 피비린내가 역할 정도로 사방에 진동했다. 물론 그것은 보통 사람들보다 몇 배나 예민한 민제후의 후각에서만 느껴지는 것이겠지만.

'안 돼! 제발!'

꽝!

"헉헉헉……."

도착했다.

정문이 아니라 관리인만이 가끔 출입하는 교정과 숲의 경계의 작은 쪽문을 발견하고 그것을 부수듯 밀어젖혀 내딛자 마침내 익숙한 풍경이 앞에 펼쳐졌다. 확 트인 시야와 정리가 잘된 시설물들. 그러나…….

"……!!"

멀지 않은 곳에 새빨간 붉은 바닥이 제후를 맞이하고 있었다. 이미 그곳에 사람의 자취는 간데없고 어수선한 가운데 아직도 가라앉지 않은 흥분된 공기 진동도 느낄 수 있다. 또한 바닥에 쏟아진 홍건한 핏자국과 피가 묻은 채 바닥에 나뒹구는 몇몇 소지품들이 사태의 심각성을 뼛속 깊숙이 생생하게 느끼게 했다.

멍해지는 기분.

오히려 눈으로 직접 확인하고 나니 충격보다는 더욱 어리둥절해지고 현실감을 의심하게 된다. 그런데 그때,

"마리안 양이 아닙니다, 도련님."

제후의 귓가에 너무나 낯익은 중저음의 목소리가 들어왔다.

"그럼……."

민제후가 점차 차가워지는 눈을 하고서 미동없이 조용히 입만 열었다. 그 모습에 검은 양복을 입은 사나이가 제후의 뒤쪽에서 걸어나와 그의 옆으로 다가왔다.

김성민.

또 다른 호칭으로는 김 비서라고 불리는 인물. 그자가 예상치도 못하게 나타나 이 장소에 확실히 존재하고 있었다. 그러나 제후는 지방 출장에 가 있어야 할 김 비서가 학교에 있다는 사실에 놀라움을 표시하기는커녕 자신이 현재 필요한 정보만을 묻는다.

"세진 군입니다."

김 비서의 대답에 한순간 제후의 뒷모습이 움찔하며 동요를 보였다. 하지만 약간의 공백을 두고 다시 흘러나온 소년의 대답은 그 짧은 동요가 착각이었나 싶게 차갑기 그지없다.

"상태는?"

"지금 막 급하게 수술에 들어갔다고 보고를 들었습니다. 경과는 좀 더 지켜봐야 할 듯……."

"아아, 그런가."

정말 의외로 차분한 목소리.

평소의 친구들을 아끼던 이 소년의 모습을 기억한다면 정말 의외라고밖에 할 수 없는 냉담한 반응에 김 비서는 서늘함을 느꼈다. 자신의 보좌관이 예고도 없이 불쑥 교내에 나타났는데도 그 이유를 물어보지도 않고, 친구들의 사고 소식에도 가벼운 농담거리를 듣는 것처럼 받아들인다.

"누구지?"

"……?"

"후후, 감히 날……."

피식 웃는 얕은 웃음소리가 들리나 싶더니 다음 순간 공기를 차갑게 울리는 소년의 목소리.

"진짜로 화나게 만들었겠다?"

그 순간, 김 비서는 획 돌아서서 자신에게로 다가오는 소년의 모습을 보고 자신의 생각이 틀렸음을 인정해야 했다. 민제후란 소년은 냉담한 것이 아니라 끓어오르는 화를 초인적인 인내심으로 차갑게 내리누르고 있었던 것이다. 저 화가 어느 순간 폭발하게 된다면 그것은 생각도 하기 싫다.

김성민을 지나쳐 사격장을 빠져나가던 소년이 놀라움에 아직 움직일 생각을 못하는 김 비서를 향해 고개를 돌려 힐끔 바라본다. 어깨 뒤로 고개를 돌려 바라보는 금갈색 머리칼의 소년의 얼굴. 그 소년의 눈. 그 소년의 위협적인 엄청난 기도.

얼어붙은 수천 피트 지하 해수처럼 차갑고 깊게 가라앉은 그 눈으로 김 비서를 바라보는 민제후는 이미 더 이상 십팔 세의 소년이 아니라 아시아의 대붕인 대성전그룹이라는 기업 제국의 최고 수장의 모습으로 변해 있다.

　김 비서는 그 소년의 눈짓에 그제야 함께 자리를 옮기며 생각했다. 누군진 모르지만 그들은 자신의 수장에게 도전하고 화나게 한 것에 대해 후회하게 될 것이다라고.

　반드시.

　'후회하게 해주겠다. 날 진짜로 화나게 한 대가, 이 세상에 태어난 걸 후회하게 만들어주지.'

　섬뜩할 정도로 화사하게 웃으며 사격장 입구에서 대기하고 있는 차로 향하는 민제후의 눈동자는 그렇게 말하고 있는 듯했다.

＊　　　＊　　　＊

　검은색 리무진.

　그 커다란 차체가 어느 날 오전, 세련된 움직임으로 거대한 철제 대문을 통과해 들어갔다. 어느 저택의 입구인지 화려하진 않지만 단정한 문양의 높은 대문이 방문객들의 신원이 파악되자 자동으로 열린다.

　"과연."

　부드럽게 이동하는 리무진 안의 한 사람의 그림자가 순간순간 지나치는 성전 총수 사택의 사유지를 바라보며 가벼운 감탄의 탄성을 내뱉었다.

　"이것이 대(大)성전그룹이란 말이지?! 정말 모든 것에서 그 기업 제국의 힘이 묻어나는군. 이곳이 바로 그 성전그룹 총수의 사택이라니. 하하하, 대단한 규모야. 우진아, 네 생각은 어때?"

"글쎄, 나 같으면 이 땅을 절대 이대로 놀려두진 않겠어. 서울 안에 이 정도 규모의 녹지라면 이건 그냥 땅이 아니라 금가루가 바닥에 뿌려진 것이나 다름이 없는데… 이것만으로도 측정하기 힘든 재산이야. 현 시세와 투자 가치, 좋은 아이템과 유망 사업 계획 등을 검토한다면 이 바닥에서 또 하나의 사건을 벌일 수도 있을 텐데 말이야. 그런데 이 정도 부동산이 단순히 성전 총수의 집 앞마당이라니… 아아~ 이런 세상에~"

이우진이 성전 총수 사택으로 들어가는 사유지를 통과하며 아깝다는 얼굴로 입맛을 다시자 문기현이 옆에서 키득거렸다.

"하긴, 넌 연예 사업에만 안주할 마음은 처음부터 없었지. 하지만 내 생각엔 이 집의 주인은 너보다도 자기 집 앞마당을 더 잘 이용하는 것 같은데?"

"뭐?"

이우진이 수더분한 인상을 조금 찌푸리며 무슨 말이냐는 듯 쳐다보자 문기현이 한쪽 입꼬리를 살짝 올리며 표정을 정리했다.

"이 저택은 단순히 사치가 아니야. 검소한 생활? 좋지, 그것도. 하지만 이 사유지의 주인은 세계 중심 기업으로 도약하고 있는 성전그룹의 총수야. 단순한 일개의 범인(凡人)이 아니고 범인이 될 수도 없는 인간이지. 즉, 그는 힘을 보여줄 필요가 있는 지위의 인간이란 말이 된다."

타인과 세상에 힘을 보여줄 필요가 있는 지위의 인간.

"당연히 만나게 되는 사람들도 보통의 위치가 아니겠지. 그럼 그들이 이곳에 초대되어 온다면 이곳을 보는 그들의 반응은 어떨까?"

"…아! 그렇군!"

"훗, 그래. 그들은 막연하게 성전그룹의 이름과 힘을 생각만 하고 왔다가 이 저택의 입구를 통과하면서 처음엔 놀라게 될 테고 점차 경외감마저 느낄 거다. 그들이 보는 건 단순히 사치스런 남의 집 앞마당이 아니라 대성전그룹이라는 아시아 최대의 기업 군단의 힘을 보게 되는 것이지. 같은 힘이라도 막연하게 머리로 아는 것과 생생하게 피부로 느끼는 것은 전혀 다른 법이거든. 그리고 그것은 어떤 방식으로든 성전에게 나쁘지 않은 영향을 미치게 될 테고."

문기현이 리무진의 고급 가죽 시트에 편안히 몸을 묻으며 중얼거렸다.

"사업은 일종의 심리전이라고도 할 수 있으니까."

그러나 정작 그렇게 말하고 있는 그 본인은 그런 풍경에 별로 위축되지 않은 듯 여유롭기만 하다.

"아아, 맞아. 그렇겠다. 나조차도 이 순간 얻어 타고 오는 리무진과 이곳의 경관으로 인해 성전그룹을 한 단계 더 높이 보고 있으니까. 성전그룹이라는 위치에서 진행되는 사업은 효율성만이 아니라 필요에 의한 부와 사치도 필수라는 건가? 쿡! 하지만 기현이 네가 아무리 그렇다고 말해도 난 이런 건 별로다. 여기 주인은 혈통부터가 우리와 완전히 다른 종이라고 말하는 것 같아서."

"다르긴 하지."

조금만 고삐를 잘못 쥐어도 제어가 힘들 성전그룹을 단신으로 이끄는 수장이 일반인과 똑같이 평범하리라고는 생각하지 않는다.

"그런데 이것 자체도 괜찮지 않아? 무엇보다도……."

문기현이 이우진의 의아한 시선을 받으며 알 수 없는 표정으로 창밖을 바라보았다.

"아름답잖아."

자동차가 지나가는 녹음이 드리워진 숲 속의 나무 터널, 그리고 때때로 보이는 작은 산짐승과 예쁜 새들이 그곳을 빠르게 통과하는 검은색 자동차 소리에 놀라 후닥닥 사라지고 연둣빛 그늘 사이로 작은 폭포와 거대하진 않지만 운치가 묻어나는 물안개 싸인 거울 같은 호수도 보여졌다. 아름답다.

그리고 곧 리무진이 코너를 돌아 나오자 드디어 멀지 않은 곳에 왕성 같은 화려한 대저택이 시야에 들어왔다.

똑똑!

"「N-씨너기획」의 문기현 실장과 이우진 씨가 도착하셨습니다."

문기현과 이우진이라는 두 남자는 저택에 도착하자 한 여직원에 의해서 집무실로 보이는 방으로 안내되었다.

외관은 유럽의 화려한 궁성을 연상시키는 대저택인데 그 내부의 모습은 절대 현대에서 뒤떨어진 인테리어가 아니다. 단아한 색조와 은은한 나무 향이 건축가의 높은 취향을 대변해 주는 듯했고, 곳곳에 효율적으로 배치된 가구는 세련되고 우아한 고가구이며 컴퓨터와 기기들은 아직까진 그리 대중적이지 못한 최첨단 제품들임을 쉽게 알 수 있었다. 요란하지 않게 저택의 일부로서 자연스런 풍경으로 어울리는 그것들이지만 분명 엄청난 고가의 물건들임을 기현은 조금도 의심치 않았다.

이런저런 생각에 잠겨 있던 그들은 여직원이 목례하고 닫고 나가는 문소리에 안내된 넓은 집무실을 다시 한 번 훑으며 자신을 기다리는 인물을 찾았다.

정원이 내려다보이는 확 트인 아치 형의 창문은 여러 개가 계속 이어져 한쪽 벽을 거의 대부분 유리창으로 채운 듯 느껴지게 만든다. 그리고 그 창으로 쏟아지는 자연의 조명, 깊은 고동빛의 마호가니 책상과 뒤돌아서 있는 등받이 높은 가죽 시트의 의자가 창 앞에 빛을 등지고 자리 잡고 있어 너무나 어둡게 보였다.

'혹시 돌아서 있는 저 의자에 우리를 부른 인물이……?'

"어서 오십시오. 기다리고 있었습니다."

그런데 그때, 문기현이 창밖을 향해 돌아서 있는 책상 앞의 의자로 걸음을 막 떼려고 할 그때를 맞춰 그들의 옆쪽에서 풍부한 음성이 날아왔다. 고개를 돌리니 약 열댓 걸음 너머에 검은색 정장을 갖춰 입은 남자의 모습이 보여진다. 그의 뒤쪽으로 활짝 열려 있는 문을 보니 이곳 집무실과 연결되어 있는 서재나 회의실 따위의 장소에 있다가 직원의 안내 목소리를 듣고 나온 모양이었다.

그런데 기현이 보기엔 분명히 그 여직원은 책상을 향해서 인사를 하고 나간 것 같았는데, 그것은 착각이었던가?

'저자는……'

기현이 사업적인 미소를 띠며 다가오는 그 남자를 바라보며 보일 듯 말 듯 미간을 살짝 찌푸렸다. 한눈에도 만만하게 볼 만한 상대가 아니다. 인상에서도 그렇게 특출나게 튀는 부분은 없지만 걸음걸이와 손짓 하나에서도 빈틈이 안 보이는 저 인물은…

"김성민 비서실장님이시군요. 아, 지금은 맡고 계신 직책이 달라지셨던가요? 전(前) 회장님의 비서님이셨으니까 말입니다. 하하하."

이우진이 약간 얼굴이 굳은 문기현을 눈치 채고 재빠르게 그를 대신해 앞에 나서며 그 특유의 서글서글한 웃음과 입담을 내세워서 김성민과 악수를 나눴다. 그러자 김 비서는 예의 바른 미소로 이우진에게 화답하며 입을 열었다.

"그냥 편하게 부르십시오. 지금 제가 맡고 있는 일도 예전과 그리 크게 달라진 것이 없으니까요."

"그렇습니까? 그럼 김성민 씨가 베일에 싸인 새로운 성전그룹 총수의 가까운 측근이라고 생각해도 되는 건가요? 하하하~ 농담이었습니다."

이우진이 한번 슬쩍 떠보기 위한 제스처로 익살을 담아 물어보다가 위험하게 빛나는 김 비서의 눈빛에 바로 웃으며 말을 거뒀다. 하지만 이미 그것만으로도 이우진은 얻고 싶은 대답을 충분히 들은 셈이었다. 그리고 김 비서 또한 냉정하게 흔들리지 않은 미소로 그들을 자리로 안내했다.

"글쎄요. 게다가 제 대답은 중요하지 않을 텐데요. 긍정이든 부정이든 사람들은 자신에게 유리한 목소리에 귀를 기울이는 법이니까요. 앉으시죠."

"성전재단에서 저희를 만나길 원한다는 이야기를 듣고 조금 의아했습니다. 그런데 막상 닥치고 보니 단순히 성전재단의 일이 아니더군요. 솔직히 좀 놀랐습니다."

자리에 앉자마자 침묵을 지키고 있던 문기현의 평이한 어조의 목소리가 갑자기 튀어나와서 잠시 김 비서의 행동을 멈칫하게 만들었다. 물론 그는 곧 다시 웃음을 띠며 자리에 앉아 문기현의 얼굴을 똑바로 마주 보았지만.

"후후, 그랬던가요?"

"네, 당연하죠. 리무진을 타고 도착한 곳은 성전그룹 총수 사택이었고 우리를 맞으신 분이 성전그룹 창립자이신 장문수 전(前) 회장님의 오른팔이시니 놀라지 않을 수가 있겠습니까? 또 저희 「N-씨너기획」이 성전 계열사로 편입된 지 얼마 안 되었고 아직까진 특별한 성과도 거둬들이지 못했기에 사업적인 문제로 저희들이 불려들여진 것은 아니라고 생각됩니다. 특히 그 상대가 성전그룹 최고 경영자의 측근이라면 더욱 말이죠. 그리고 만약, 진짜로 만에 하나 정말 사업 문제로 저희들을 만나야 할 필요성이 있었다면 굳이 이런 아침, 이렇게 조용히 총수 사택으로 들어올 것까진 없었겠죠. 그렇다면 역시……."

"역시?"

문기현의 여유만만한 얼굴을 바라보며 김 비서도 눈가에 위험한 웃음기를 담고 되물었다.

"역시 사업적인 비중보다도 개인적인 질문일 가능성이 크다라고 간단한 추리를 해볼 수 있지 않을까요? 최근에 일어난 촬영장에서의 사고… 라든가……."

말끝을 조금 끌며 기현은 김 비서의 얼굴 기색을 자세히 살폈다. 그러나 그 검은 양복 차림의 단정한 웃는 얼굴은 별 동요 없이 여전히 잔잔하게 자신의 얼굴을 바라볼 뿐이다.

'잘못 짚었나?

문기현은 속으로 김 비서를 향해서 기분 나쁠 정도로 너무 빈틈이 없는 자라며 거친 말을 내뱉으면서 다시금 사업적인 얼굴로 안면을 바꿨다.

"하하하하, 제 예상이 틀렸다면 사과드리죠."

"아닙니다. 문기현 실장의 예측에서 그리 많이 빗나가지 않는 용건 때문이 맞습니다."

"정말… 입니까?"

"네, 그 부분에 대해서는."

"잠깐, 김 비서. 그건 내가 직접 물어보지."

표정이나 주변 분위기로 봐서 부정할 줄 알았던 자신의 말을 의외로 순순히 인정하는 김 비서의 말에 놀라던 문기현과 이우진은 다음 순간 그들의 뒤에서 들려온 또 다른 목소리에 훨씬 더 깜짝 놀랐다.

"넌……?!"

고개를 획 돌리니 처음 이 방에 들어올 때 뒤돌려져 있던 책상 앞 가죽 의자가 그들이 앉아 있는 소파 쪽을 향해서 돌려져 있었다. 그리고 그곳에 몸을 묻고 손에 깍지 낀 채 자신들을 뚫어지게 쳐다보고 있는 한 소년.

창가로 들어오는 오전의 햇살이 그 소년의 머리 위에서 산산이 부서지며 그를 금빛으로 빛나게 만들었다. 그러나 무엇보다도 문기현이 그 소년에게서 눈을 뗄 수 없는 것은 천천히 일어서는 그 아이의 눈에서 한순간 섬뜩한 냉기가 흘러나오는 듯한 착각과 함께 무언가 강렬한 분위기에 압도되었기 때문이다.

기현은 저 소년을 본 적이 있었다. 그때는 지금과는 완전히 다른 분위기였지만 분명…

"넌 마리안을 구해주었던 그 아이……."

민제후라는 소년이다!

이우진이 말했던 '특급 보안'의 비밀에 싸인 그 소년!!

"아아… 직접 얼굴을 맞대고 인사하는 건 처음이군요, 문기현 실장. 반갑습니다. 민제후라고 합니다. 저에 대해서……."

기현의 목소리에 금갈색 머리칼의 소년이 희미한 미소 비슷한 것을 입가에 띠며 다가왔다.

"아주 궁금해하셨다고요?"

화가 나 있는 건가? 아니면 즐기는 건가?

도무지 알 수 없는 소년의 분위기에 기현은 눈살을 찌푸렸다. 다 큰 어른들이 이제 겨우 고등학생일 뿐인 어린애 하나의 눈치를 보는 듯하여 기분이 별로 좋지가 않다. 하지만 인정하긴 싫어도 어느 사이엔가 모두들 엉거주춤하게 일어서 그 소년의 눈치를 살피고 있다는 것도 사실이니…….

'보통 아이는 아닐 거라고 짐작은 했었지만 갑자기 이런 자리에서 만나게 될 줄이야… 그렇다면 성전그룹과 저 소년과의 관계는?!'

문기현의 복잡한 머리 속을 들여다보는 것일까? 제후가 뭐라 설명할 수 없는 이상야릇하게 구겨진 얼굴들을 바라보며 피식 웃어 젖혔다. 바보 같다고 어른들을 비웃듯이.

뚜벅뚜벅 가까이 걸어오는 소년의 구두 소리가 어쩐지 굉장히 위험한 느낌이 든다고 기현과 우진은 동시에 생각하고 바짝 긴장했다. 물론 그들은 그런 기분을 자각하면서, 스스로를 자기가 혹시 미친 것이 아닐까 쓴웃음 지으며 그 소년을 마주 본다.

다가온 소년 민제후는 그런 그들에게 가볍게 눈인사를 하며 말을 이었다.

"저도 궁금했죠. 김 비서의 말도 믿을 수 없을 정도로. 문기현 씨, 이번에 터진 불.미.스.런. 사.건.에 대해서 뭔가 아신다고……."

"잠깐, 잠깐만요."

그때 한 남자가 수더분한 웃음을 생긋 지으며 앞으로 나섰다. 적절한 타이밍. 문기현과 민제후, 그 둘 사이에 팽팽하게 오가던 날카로운 시선의 교환을 잽싸게 끊었다.

"이런 분위기에서 이런 말을 하긴 뭐하지만, 어째서 우리가 학생한테 그런 이야기를 해야 합니까? 우린 이곳에 성전그룹에서 정식으로 초대받고 들어온……."

"푸후후… 이우진 씨라고 했나요? 역시 듣던 대로시군요. 알고 들어왔으면서 확인 사살이라~ 아니면……."

창으로 쏟아지는 오전의 햇살을 머리에 이고 다가온 제후가 순진해 보이는 치기 어린 미소를 방긋 짓는다.

"어느 정도 짐작만 하고 있을 뿐이고 아직 완벽하게 확신할 수 없었나?"

그러나 그 순간의 이우진도 처음으로 얼굴을 구기며 민제후를 날카롭게 노려보았다. 그의 송곳처럼 쑤셔 박히는 시선의 느낌은 오히려 문기현보다 더 살벌할 정도다. 순간적이었지만 우진의 그 눈초리에 기현은 자신도 어릴 때 이후로 처음 보는 표정을 이우진에게서 이끌어낸 민제후에 대해서 더욱 경계하는 마음이 솟구쳤다.

크지 않은 체격의 곱상하게 생긴 화려한 머리칼의 소년이지만, 그리고 지금은 겉으론 온화하게 귀여운 얼굴로 웃고 있지만 어쩐지 그 소년에게서 뿜어져 나오는 기도는 화가 난 맹수의 느낌과 너무도 비슷해서… 고급스런 옷을 걸치고 온실 속의 화초처럼 곱게 자란 도련님의 모습을 갖추고 있지만 그 내면에서 풍기는 냄새는 결코 연약하지 않았다. 아니, 오히려,

'다르다! 저 아이, 절대 '아이'가 아니야!!'

"뭐, 어느 쪽이든."

민제후가 살짝 웃으며 어깨를 으쓱한다.

"내가 지금 주체할 수 없을 정도로 화가 났다는 것은 변하지 않겠지만. 뭐, 좋습니다. 그런 것이 굳이 중요하다면 서로 이야기하기 수월하

게 다시 소개하도록 하죠."

민제후가 눈빛을 바꿔 문기현 바로 앞으로 다가가 그를 똑바로 쳐다
보며 손을 내밀며 말했다.

"문기현 실장, 늦었지만「N-씨너기획」의 실질적인 대표로서 이룩한
성과 축하드립니다. 성전그룹의 새로운 프로젝트들로 인해 난항을 겪
었을 텐데도 계열사인「N-씨너기획」이 국내에서는 아직 그리 넓지 않
은 스타 사업을 모토로 계속적인 신화를 창조해 간다는 것, 정말로 괄
목할 만한 성과입니다. 그래서 당신들은 언제고 한번쯤 정말로 만나보
고 싶었습니다. 꼭 이번 기회가 아니었더라도."

'무슨 소릴……?

"성전그룹의 장씨 일가의 현(現) 가주, 민제후입니다. 뭐, 억지로 떠
맡은 임시 직이긴 합니다만. 아하하하."

"뭐, 뭐라고?!"

갑작스레 문기현이 버럭 소리를 지르자 한쪽 옆으로 조용히 물러서
있던 김 비서가 제후를 보호하듯 한쪽 팔로 소년 앞을 가로막으며 째
릿 째려본다. 그것에 제후는 생글거리는 얼굴을 바꾸지 않고 김 비서
의 팔을 밀어내며 상관없다는 제스처를 취하곤 다시금 문기현을 돌아
본다.

"그게 그렇게 놀랄 일이었던가요?"

"그럼 그게 말이나 되는 소리!! ……입니… 까?"

기현은 반말로 목소리를 높이다가 비서인 김성민의 험악해진 표정
을 살피더니 어색하게 존댓말을 하며 입술을 깨물었다. 잠시나마 평정
을 잃었던 것이 어떠한 상황에서도 냉철할 수 있다고 자부했던 자신을
부끄럽게 했다. 이곳은 상대방의 홈그라운드. 시작도 하기 전에 심리

전에서 밀린다.

'젠장. 그런데 저 비서, 진짜 거슬리는군. 어쨌든 그럼 저 꼬맹이가 성전그룹 총수와 친인척 관계이거나 줄이 닿아 있을 가능성이 높은 것인가? 그래서 특급 보안?'

"음… 표정들이 너무 심각한데? 전 아직은 그저 덩치 큰 이 집구석 부엌에서 밥을 조금 축내는 말썽쟁이죠."

민제후가 자신에게 따끔따끔하게 와 닿는 그 두 명의 청년 사업가들의 시선을 느끼고 손가락으로 뺨을 긁적였다.

"자, 그럼 이제 진짜 본격적인 이야기를 해볼까요? 전 지금 사업이고 나발이고 개미 눈곱만큼도 관심없습니다. 그 따위 것은 개나 던져주라고 하세요."

'그런 엄청난 말을 그렇게 방긋방긋 웃으면서 하면……'

식은땀이 난다. 심각한 분위기인지 장난을 치자는 것인지 도무지 알수가 없다. 헷갈린다.

그리고 그때였다!

"어제 오전, 바로 지금과 비슷한 시간쯤에 성전특고에서 총기 사고가 있었습니다."

"어?"

"사고를 당한 사람은 고등학교 2학년생인 열여섯 살짜리 소년입니다. 그 소년이 사고를 당한 총기류는 경찰과 병원 측의 확인에 의해 교내 사격장에서 사라진 것이 아니었죠. 흔한 공기총이긴 했으나 산탄총이 아니었으니까요. 교내에서 분실된 총기는 엉뚱하게 다른 인물에게서 찾아냈습니다. 그 사람은 자신보다 누군가가 먼저 사고를 쳤기 때문에 자신이 무슨 짓을 하는지도 자각하지 못한 상태에서 살인자가 될 뻔한 순간을 넘겼지만……."

제후가 그들 앞에 있는 소파의 최고 윗자리에 당당히 털썩 주저앉아 표정없는 목소리로 말을 이어갔다. 차갑다고 할 수도 없고 그렇다고 격하다고도 말할 수 없는 무감정한 말소리. 고개 숙인 금빛 머리칼 아래는 눈의 표정을 알 수 없게 깊게 그늘이 져 있다. 입꼬리만이 웃는 듯 살짝 올라갔다.

"마리안을 구하고 대신 다친 인물이 그 소년입니다. 이래도 모르시겠습니까?"

솔직히 오늘 총수 사택으로 불려온 것이 바로 그 때문이 아닐까 기현은 추측을 해봤었다. 하지만 같은 사건이라도 지금의 질문 방향은 전혀 다르다. 성전그룹의 중요 사업의 승패를 좌우할 수도 있는 모델의 스토커 스캔들과 잇따르는 위험한 사고들에 대한 추궁이라 생각하고 답변도 준비했었건만.

"처음엔 확신하지 못했었죠. 마리안을 노리는 것인지 절 노리는 것인지. 그런데 그 총기 사고로 어느 정도 확신을 갖게 됐다고 할까요? 성전에서도 어느 정도 조사한 바도 있고… 이번 사고, 우연일 수도 있겠지만 아닐 수도 있습니다. 또 목표가 마리안일 수도 있고 아닐 수도 있습니다."

민제후란 소년의 신상에 대해 미심쩍은 일이 목에 가시처럼 걸려 있었지만 마리안의 주변에서 잇달아 일어난 대형 사고들과의 연관성을 미처 생각지 못했기에 모든 일이 상상하지 못했던 방향으로 흘러가는 느낌이다.

"정보를 원합니다, 문기현 실장. 마리안을 향한 어떤 미세한 움직임도 좋습니다. 어쨌거나 지금의 가장 유력한 단서는 '마리안' 이니까요.”

“그치⋯⋯.”

“아아, 혹시 거절이나 그 사고들에 대해 아는 것이 전혀 없다고 대답하지 않길 바랍니다. 더 이상 절 화나게 하는 일은 없었으면 좋겠군요. 진심으로 문 실장을 위해서 드리는 말씀입니다.”

주변이 환해진다고 느낄 정도로 화사한 미소.

하지만 마주 서 있자면 뒷골이 서늘해지는 웃는 얼굴이 몸을 떨려오게 만든다.

“⋯좋습니다. 그런데 도대체 뭘 어떻게 하려고 그러시는지.”

그렇다. 뭘 어쩌려고.

그러나 성전그룹 창립자의 집안인 장씨 일가의 도련님이라는 제멋대로의 그 아이는 픽 웃으며 당연하다는 듯이 말한다.

“죽여야죠.”

섬뜩하다.

‘누군진 모르지만 정말 제대로 건드렸나 보군.’

아무도 막을 수 없다.

정말 원한다면 저 소년을 아무도 막을 수 없을 것이다.

문기현과 이우진은 난생처음으로 밑천까지 털린 허탈한 기분이 되어 성전 총수 사택의 집무실에서 굳어버렸다. 아무리 대성전그룹의 힘을 배경으로 이고 있다지만 철부지 어린 학생의 폭발할 듯한 분위기에 눌려 속수무책으로 말 한마디 제대로 못했다는 것이 스스로도 믿어지지 않는 모양이었다. 그 공간에 그 모든 걸 당연하게 받아들이는 어른은 신뢰와 믿음으로 민제후의 옆을 지키는 김 비서뿐이었다.

＊　　　　＊　　　　＊

　　수도권에 위치한 어느 대학 병원.

　　아직 정오의 햇살이 떨어지려면 얼마간의 시간이 남은 어느 때, 한 남학생이 택시에서 내려 병원으로 뛰어 들어갔다.

　　종합 병원. 그러나 내부로 들어서니 일반적인 사람들이 생각하는 병원의 선입관이 무색하게 소독약 냄새가 진동하는 딱딱한 분위기가 아니다. 넓은 공간과 현대적인 인테리어, 밝은 원색의 대비로 이루어진 벽과 조형물들이 그곳이 정말 병원이 맞는지 눈을 부빌 만큼 산뜻하다. 하지만 그 남학생의 걸음은 그런 멋진 내부 설계에 전혀 눈 돌리지 않고 어두운 표정으로 계속 위층으로 위층으로 빠르게 향했다.

　　"아, 저기요! 환자를 찾는데… 이름은 '유세진'이요, 유세진! 어제 수술받고 오늘 막 회복실에서 병실로 옮겼다는 얘길 들었는데요."

　　거칠어진 숨으로 어디론가 향해 가다 뭔가에 생각난 듯 두리번거리던 소년, 간호사들이 일하는 데스크를 발견하자 그쪽으로 달려가 빠르게 말을 쏟아냈다. 그 모습에서 그가 연락을 받고 입원실이 몇 호실인지 물어보지도 않은 채 전화기를 내던지고 달려온 장면이 너무나 쉽게 연상되어 보는 이들은 무슨 일인가 싶어 안쓰럽다.

　　대학생이라고 해도 믿을 만큼의 큰 키, 그리고 초여름 산들바람을 연상시키는 시원한 인상과 샤프한 이목구비.

　　신동민이다!

　　연령을 뛰어넘어 길에서 스쳐도 뒤돌아보게 만드는 외모와 비록 차갑지만 총명한 빛을 내뿜는 지적인 눈동자를 가진 남학생은 대한민국에서 신동민 이외의 인물을 찾아내긴 거의 불가능하니까. 그렇기에 지금 그 소년의 차림새는 어디서나 쉽게 볼 수 있는 싸구려 면바지에 반팔 남방을 입고 있지만 탤런트 뺨치는 외모에서 안타깝고 걱정스런 연민이 더욱 증폭되는 여자들이었다.

일에 열중하던 간호사들과 병문안을 온 것으로 보이는 지나가던 사람들조차 신동민의 그런 모습에 걸음을 멈추고 구경한다. 한숨이 나올 만큼 너무나 잘생긴 얼굴. 그러나 동민은 그런 것을 전혀 의식조차 못하고 단지 초조한 기색으로 유세진의 병실이 어디인지 재촉할 뿐이다.

"빨리요!!"

"네? 아, 네네! 자, 잠시만요."

데스크에서 차트를 정리하던 어린 신참 간호사도 신동민의 얼굴에 멍하니 있다가 화들짝 깜짝 놀라며 대답했다. 간호사가 자신보다 어린 학생에게 찰나간 넋을 놓고 바라본 것이 부끄러운지 허둥대면서 얼굴을 붉힌다.

"'유세진'이라면… 어머! 그럼 혹시 그 새하얀 얼굴의 예쁜 남자애……."

"예?"

"아, 아닙니다. 유세진 환자를 찾으신다고요? 저쪽 복도 끝에 있는 특실입니다."

동민은 뭔가 혼자서 의미심장하게 중얼거리는 간호사의 태도가 좀 걸렸지만 곧 생각을 접고 간호사가 가리킨 복도를 향해서 뛰듯이 걸음을 옮겼다. 묻는 것보다 직접 보는 것이 더 빠르다.

'어떻게 이름만 듣고서 정확하게 병실을 가리키지? 매일 수많은 환자들을 상대할 텐데. 게다가 이름을 듣고 마치 안됐다는 얼굴로 당황하는 모습도… 그렇다면 혹시 세진이 녀석이 잘못된 건?!'

"설마."

상태가 나빠졌다면 중환자실로 옮겨졌을 테다. 이렇게 바로 입원실로 옮겼다는 연락이 오지도 않았을 테고.

동민은 그렇게 마음을 추스르고 뛰어온 탓에 눈 위로 늘어진 축축한 머리카락을 쓸어 올리며 숨을 들이쉬었다. 금세 간호사가 알려준 입원실 문이 보인다.

그런데 그때!

벌컥!

"헉!"

막 문을 열기 위해 손잡이를 잡으려던 차에 병실 문이 갑자기 열리고 누군가가 뛰쳐나왔다. 하마터면 그 사람과 부딪칠 뻔한 동민은 병실에서 뛰어나온 인물을 반사적으로 곱지 않은 눈으로 노려보려 하다가 익숙한 뒷모습에 깜짝 놀랐다.

"예지야……."

뒷모습이지만 저 긴 검은 생머리와 가냘픈 체구는 분명 한예지. 그런데 뭔가 이상했다. 겉모습은 한예지가 분명한데 그 행동이 이상하다. 예전의 도도했던 얼음공주의 그녀라면 몰라도 요즘의 한예지의 모습에서는 저렇게 창가 구석으로 달려가 손바닥에 얼굴을 묻고 있는 연약한 모습은 상상조차 할 수가 없는데…….

그런데 그 상상할 수 없는 장면이 지금 펼쳐지고 있었다. 한예지라는 이름의 소녀가 신동민의 눈앞에서 친구의 병실에서 뛰쳐나와 뒤돌아서서 흐느끼듯 어깨를 떨고 있는 것이다. 울고 있는 것인가?

"왜 그래? 무슨 일이야?"

동민이 불안한 얼굴로 예지에게 다가서며 물었다.

"세, 세진이는? 혹시 유세진 그 자식, 어디가 잘못된 거야?! 엉?!"

신동민은 점차 자신의 목소리가 거칠어지고 있다는 것을 눈치 못 채며 여전히 아무 말 없이 어깨를 들썩이는 예지의 어깨를 잡으려 했다. 그런데 그때 고개를 신동민 쪽으로 돌린 예지의 눈에서 반짝이는 것은,

'눈물?'

"아악—!!"

"……!!"

그 순간 신동민의 얼굴이 창백하게 질려 버렸다. 한예지의 눈물에 이미 두 눈이 크게 확대되어 있던 소년의 얼굴은 병실 안에서 들려온 미성의 비명에 그만 백지장이 되어버렸다.

저건 유세진의 목소리!

항상 빈틈없이 생글생글 웃거나 어느 누구에게라도 머리 꼭대기에 올라선 듯한 인상을 주는 그 아이의 비명 소리다! 어떠한 파동이나 흔들림, 하다못해 잔물결조차 보이지 않아 무섭다 못해 소름 끼치는 호수의 표면 같은 녀석이 비명(悲鳴)이라니!!

쾅!

"대체 무슨 일입니까!"

'어어?'

그러나 비장함과 심각함은 그리 오래가지 않았다.

'아하… 하… 이게 대체 어떤 상황……'

신동민은 병실 안에서 펼쳐지고 있는 장면에 벙쪄서 한동안 움직이지 못하고 말을 잃었다. 최악의 상황을 추측하고 뛰어들었던 그였기에 안에서 벌어지고 있는 태평스럽다 못해 코메디 같은 상황이 쉽게 용납되지가 않는다.

"지.금. 뭐. 하.고. 있.는. 거.야?"

병실 안에 있는 것은 요즘 한창 주가를 올리고 있는 신세대 스타인 마리안과 환자인 유세진.

신동민의 머리 속에서 혼자 플레이되고 있던 장면들처럼 어디에도 다급히 움직이는 의료진도 없고, 생사와 고통 속에서 헤매 다니는 환자의 모습도 없었다. 다만 떡볶이를 들고 실갱이하고 있는 은빛 머리칼의 화려한 소녀와 새빨간 떡볶이에게서 최대한 입을 대지 않으려고 안간힘을 쓰는 까만 머리칼의 작은 소년이 있을 뿐이었다. 그런데 새파랗게 질린 세진의 얼굴과 대비되어 마리안의 눈은 에메랄드 빛으로 반짝이며 어쩐지 즐거워 보이기까지 한다.

"나… 난, 저는 지금 환자입니다! 환자한테… 이, 이래도 되는 건가요!"

"그럼 그쪽이야말로 성의로 만들어온 음식들을 이렇게 모른 척하겠다는 거야! 문병 온 사람의 마음을 이렇게 몰라줘도 되는 거냐구! 글쎄, 보는 것관 다르다구! 내가 제일 좋아하는 건데… 이거 한 입만 먹어보라니까. 딱. 한.입.만!!"

"싫습니다! 절대 안 돼요!"

"안 되긴 왜 안 돼! 당신도 한국 사람이잖아! 김치도 못 먹어? 매운 걸 못 먹는다니 말도 안 된다구!"

"어쨌든 싫은 건 싫은 거라구요!!"

"이이익—"

도대체 이게 무슨 일이란 말인가?

마리안이 세진의 문병을 왔다는 것은 충분히 그럴 수도 있다고 생각하지만, 유세진이 잔뜩 흐트러진 모습으로 여자 아이랑 떡볶이 하나 때문에 침대 위에서 엎치락뒤치락 실갱이를 한다는 것은 상상조차 할 수 없는데. 그것도 서로 이를 갈아붙이면서.

"푸후… 쿡쿡쿡쿡… 꺄하하하하하하하!!"

"헉! 예지?!"

"아, 동민이 왔니? 미, 미안, 웃지 않으려고 했지만…… 나 도저히… 참을 수가……."

'우는 게 아니고 웃음을 참는 거였냐?'

동민이는 자신의 등 뒤쪽 문 뒤에서 흘러나오는 마녀의 웃음소리에 식은땀이 삐질삐질 흘렀다. 지금의 한예지의 낮은 웃음소리만 듣자면 평소 민제후가 피를 토하듯 부르짖던 '마녀'라는 소리가 어쩌면 맞을지도 모른다는 생각이 들었다.

"아, 너무 웃어서 배가 다 아픈 거 있지. 이렇게 눈물까지 난 것 봐. 쿡쿡쿡… 나도 몰랐는데 말이야, 세진이는 매운 걸 아예 입에도 못 대더라고. 재밌지 않니?"

"뭐?"

어리벙벙해서 서 있자 어느새 예지가 동민의 곁으로 다가와 인형 같은 단아한 얼굴에 생긋 미소를 띠고 말했다.

"세진이는 언제나 '완벽'이라고 이마에 써붙여 놓은 듯한 모범생이라서 특별히 싫어하진 않았어도 좀 거리감이 있었거든. 솔직히 나 자신은 빈틈 투성이에 날이 갈수록 화내고 울고 웃고 열받으며 특고에서 이미지 무너지고 마구마구 약점을 드러내는데 내 옆에 있는 저 녀석은 그 어떤 태풍 속에서도 감정 컨트롤을 완벽하게 해내다니… 호호호~ 재수없는 자식."

'무, 무섭군.'

민제후가 한동안 안 보이니 한예지의 감정이 이상한 곳으로 치닫는 모양이다. 더군다나 겉으로는 제후를 구박하는 듯 보여도 항상 끌려다니는 예지와는 달리 세진이는 외양으론 제후의 뜻에 맞춰주고 있지만 사실 그 대책없는 사고뭉치를 잘 다루었으니, 그것을 질투 아닌 질투, 시샘 아닌 시샘을 하던 그녀였기에 웃음소리가 더없이 청량하고 통쾌하게 흘러나온다.

넋을 잃고 바라볼 만큼 꽃같이 아름답긴 하지만 어쩐지 무서운(?) 저 두 소녀들 사이에서 오전 내내 고생했다니…

유세진이 불쌍해지는 동민이었다.

"뭐, 어쨌든 기분 좋은걸?"

"……?"

앞서 나온 목소리와 어쩐지 달라진 느낌에 신동민이 고개를 돌려 예지를 바라보았다.

"저 완벽주의자에 결벽증의 천재도 '사람'이구나 싶어서."

산뜻한 표정으로 개운한 듯 밝게 표정 짓는 긴 검은 머리의 소녀.

반쯤 열린 창가에서 햇살과 시원한 바람이 불어와 병실 안을 부드럽게 훑자 분위기가 따뜻해져 간다. 어제 사고 소식을 듣고 초조하게 수술실 앞을 기다리던 베일 듯한 긴장감과 아침에 전화를 받고 헐떡이며 뛰어올 때 뇌리를 스치던 불안감이 소리없이 녹아내리고 있었다.

"음… 약점이라고 하긴 뭐하지만, 그래도 한국 사람이 매운 걸 못 먹는다니 엄청난 편식이야."

"아하하… 그, 그렇군."

의외라는 얼굴로 양 손바닥을 펴며 으쓱하는 예지를 바라보면서 동민이도 어색하게 웃었다. 자신의 여동생인 동희도 매운 걸 싫어해서 김치도 물에 헹궈서 찢어주는데, 컴퓨터 한 대만 있으면 어떤 데이터도 훔쳐 오고 주무를 수 있는 저 대단한 녀석도 그렇다고 생각하니 상상이 잘 안 간다. 그리고 동희는 아직 아기라고 할 만큼 어리다지만 저 녀석은…….

"그래! 그거야!!"

그때 마리안의 즐거움이 담긴 고음이 들리자 신동민과 한예지는 반사적으로 고개를 돌렸다. 그리고 힘 겨루기에서 승리한 마리안과 강제로 입 안에 떡볶이와 쫄면을 넣고 눈이 풀린 유세진을 볼 수 있었다. 그러나 마리안은 세진이가 자신이 준비한 음식을 드디어 먹는다고 생각한 기쁨 때문에 두 손을 부여잡고 들떠 있을 뿐이다.

"어때? 맛있지? 맛있지? 거봐, 입에 넣고 씹으면 먹는 거지 남자가 뭘 그렇게 뼈팅기는 거야?"

"……."

스르륵?

"우왁! 세진아!!"

유세진, 마리안에 의해서 강제로 먹게 된 떡볶이의 매운 맛에 혼절하다.

아니면 마리안의 사랑이 넘치는 떡볶이에 감동받아 정신을 잃었다라고 표현해야 할까?

어쨌든 그 순간에 유세진의 멱살을 잡고 울고불고하는 마리안과 그것으로 인해 또 한 번 더 죽을 뻔한 세진, 그리고 그들을 떼어놓고 유세진의 목숨을 구해내는 역할을 간신히 해낸 예지와 동민이었다. 다행히도 비극적인 상황이 그 아이들을 맞이하진 않았지만 그것 못지 않게 혼이 빠져나갈 만큼 정신없는 오전임은 분명했다.

"한국인들은 심각한 구강학대증을 가지고 있는 겁니다. 제가 이상한 게 아니라고요."

"네네~"

어느 정도 분위기가 정돈되자 세진의 침대 주위로 의자를 끌어다 앉은 아이들은 참회(?)하듯 고개를 조아렸다.

아무 말 없이 입 꼭 다물고 평소처럼 쿨한 표정으로 앉아 있는 세진이었지만 미세하게 찡그린 미간과 매서운 눈매가 화가 났다는 걸 한눈에 알게 하였다. 그래도 한 가지 위안이 되는 것은 적어도 유세진이 그 상황이 지나고 나서도 천사처럼 해맑게 웃지 않는다는 것이다. 동민과 예지가 겪어본 바에 의하면 이런 상황에서 밝게 웃는다는 건 진.짜. 화 났다는 것이니까.

"저… 세진아, 마리안은 네가 그 정도로 매운 걸 못 먹을 줄 모르고 그런 거니까 이제 그만 봐줘라. 봐, 마리안도 진짜 미안해하고 있잖아."

예지가 분위기를 좀 풀어보려는 듯 어색한 미소를 지으며 과일을 깎아 세진에게 권하면서 말했다. 세진은 예지가 포크로 찍어 권하는 과일을 받아 들며 예지의 등 뒤로 힐끔 시선을 던지자 그곳에 움츠리고 있던 마리안이 움찔하며 시선을 받는다. 그러자 세진이 그 모습에 다시금 건방진 미소를 지으며 냉랭한 말을 내뱉었다.

"한데 슈퍼스타 마리안 양께서 왜 아침부터 제 병실로 납신 것인지 모르겠군요?"

"응? 내가 뭐?"

"저와 마리안 양 사이에 무슨 할 말이 더 남았던가요?"

아직 기분이 풀리지 않은 것인가? 세진이 없는 정도 딱 떨어질 것 같은 말투로 마리안을 대하자 그렇지 않아도 잔뜩 긴장하며 미안해하던 마리안의 얼굴이 점점 더 경직되었다.

"심심하십니까? 그렇게 할 일이 없나요? 하긴 거의 죽을 뻔했던 기억 따위는 그 작고 예쁜 머리 속에서 벌써 사라져 버렸겠죠?"

"세, 세진아!"

단순히 기분이 나쁜 탓인지, 아니면 꼼짝없이 병실에 누워 있어야 하는 최악의 컨디션이라 그런지 오늘따라 유세진의 독설이 너무나 예리하다. 옆에서 지켜보는 예지와 동민의 가슴이 철렁 내려앉을 정도로. 나이 어린 소녀가 세진의 이런 가시 돋친 독설을 견딜 수 있을지… 본래 여자들에게는 형식적이나마 친절했던 세진이었는데 이상하게도 마리안에게는 예외적으로 심하게 대해서 충격적일 정도다.

"홋! 아니면 원래 그렇게 주변을 살피지 않는 안하무인(眼下無人)인가요?"

싸가지 만땅 유세진의 완벽한 부활(復活)이다.

"세진아, 그런……."

유세진이 예의 바르지만 사람을 깔아보는 미소로 입꼬리를 올리며 싸늘하게 쏘아보자 그 시선을 마주한 아이들은 그만 기가 질려 버렸다. 푸른빛으로 흔들리는 검은 머리칼 사이로 새하얀 얼굴은 생긋 웃고 있지만 그 순진하고 깨끗한 이미지에서 터져 나오는 말은 상대방의 마지막 자존심마저 완전히 뭉개 버리니.

한없이 여리게 보이는 마리안이 저런 예리한 송곳 같은 소년의 독설을 감당하리라 생각되지 않아 동민과 예지가 걱정스럽게 마리안 쪽으로 시선을 돌렸다. 그러자 막 그 소녀가 떨리는 목소리로 입을 열고 있었다.

"저기……."

불안한 듯 마주 잡은 두 손을 비틀며 마리안이 흔들리는 맑은 청록색 눈동자로 유세진을 바라보았다. 세진도 가라앉은 눈동자로 마리안의 화려한 모습을 어둡게 응시했다. 그런데…

"안 좋아하는 걸로만 사 와서 삐친 거야?"

기가 죽기는커녕 말똥말똥한 눈을 하고 깜찍한 표정으로 물어보는 은빛 요정.

"세진 군, 떡볶이가 그렇게 싫어? 그런 거야? 아~ 그런 거구나. 정~말~ 미안해. 난 당신이 뭘 좋아하는지 몰라서 그만 내가 좋아하는 걸로만 사 왔는데. 하긴 나도 끼니까지 굶어가며 스케줄 따라가면 짜증이 치밀더라. 그걸 깜박했네. 헤헤. 다음엔 세진 군이 좋아하는 걸로 사 올게. 그럼 됐지? 응? 응? Sorry, Sorry~!"

비꼬는 말이 상대에게 먹히지 않으면 오히려 바보가 돼버린다나.

"풋!"

"예지야… 웃을 상황이 아닌 것 같은데……."

"아, 미안미안."

갑자기 바보 같아진 공기가 어이없어서 예지가 웃음을 터뜨리자 동민이가 어색하게 주의를 준다.

유세진이 마리안의 반응에 얼굴을 찡그렸다. 그러나 그 찡그림은 그 소년의 마음속을 엿볼 수 있는 표정이 아니라 반사적인 찡그림.

"그런데 어째서 이 맛있는 것을 못 먹는다는 거지? 그참, 골 때리네. 어라?"

하지만 마리안은 주변의 그런 분위기는 모르는 건지 아랑곳하지 않는 건지 자기 혼자 눈을 반짝반짝 빛내며 중얼거린다. 말투와 행동도 주변을 신경 쓰지 않고 브라운관에서 보였던 얌전하고 청순한 이미지 메이킹조차 때려치운 모습. 그리고 약간의 푼수기까지.

"아앗! 벌써 시간이?! 어떡해, 어떡해! 매니저 오빠한테 또 엄청 깨지겠다! 아차! 저기 그럼… 모두들 안녕히 계세요. 다음에 또 뵐게요. 예지 언니, 나중에 봐요. 세진 군도 빠이~!"

탕!

한바탕 회오리가 휩쓸고 지나간 것 같은 병실.

그 안에서 동민과 예지는 눈을 깜박였고 세진이도 어쩔 수 없다는 듯한 체념의 한숨을 내쉬었다.

"호호호, 세진이의 그 무시무시한 말발이 안 먹히다니. 마리안, 의외로 강적이네?"

"…안 먹힌 것이 아니라 참은 거야."

"뭐, 어쨌든."

신동민이 약간의 공백 후에 까르르 웃는 예지의 말소리에 캔 음료를 입에 대며 조용히 말했다. 물론 신동민의 대답에 예지도 예쁘게 웃으며 대꾸하는 것을 보니 그녀도 마리안이 억지로 눈물을 참아가며 호들갑을 떨다 나간 것을 눈치 채고 있었던 것 같지만.

"세진인? 너, 괜찮니?"

"아……."

예지의 물음에 고개를 돌려보니 그걸 몰랐던 것 같은 사람은 의외로 세진뿐이다. 단말마의 감탄사를 내뱉은 그 소년의 표정은 어째 영 아니올시다. 그것은 조금 전 상황에서 줄곧 냉정하지 못했다는 말이 되는데.

세진이가 예지의 질문에 아직 창백한 안색에서 잠시 혼란스런 표정을 짓다가 다시 곧 천사 같은 그만의 미소를 생긋 지으며 대답했다.

"네, 당연하죠."

"그렇게 후회할 짓은 왜 해. 금세 그렇게 미안해할 거면서."

"윽!"

이번엔 신동민이 지나가는 말투로 순식간에 지나간 세진의 표정에서 읽어낸 약점을 정확하게 찔렀다. 그러자 그 말에 잠시 굳어 있던 푸른빛 검은 머리칼의 소년이 침대 위로 털썩 머리를 떨어뜨리며 쓴웃음을 흘렸다.

"뭐, 지금 제 상태가 정상이 아니라는 걸 핑계로 대면 안 될까요? 후후후."

"좋은 현상이야."

"네? 무엇이 말입니까?"

예지라는 이름의 소녀가 맑은 목소리로 차분하게 말을 이어가자 세진은 누운 자세에서 팔을 올려 눈을 가렸다.

"너, 다른 사람들에겐 항상 '여기까지. 더 이상 접근 금지'라는 경계선을 긋잖아. 그런데 그런 네가 화를 내고 불안해한다는 건 저 애가 너의 그 접근 금지를 무시함으로써 생기는 것이고… 너도 그 아이를 밀어내지 못하기에 화를 내는 것이니까."

"그만 하죠."

"사실은 마리안이 그렇게 싫지만은 않은 거지?"

"그만 해요. 지루합니다."

피곤함이 배인 소년의 목소리에 더 이상 듣기 싫다는 항의가 충분히 담겨 있는데도 가녀린 소녀의 목소리는 물러설 줄 모른다.

"호호호, 대답하시지. 난 좀 끈질겨."

"아하… 하……."

어느새 그들 주변의 특별한 여인들에게 약해진 남자들이다.

"글쎄요… 마리안 양은 '누구'랑 정말 많이 닮았죠. 그래서인가요? 어쩐지 자꾸 신경이 흐트러지는 게……."

그 '누구'란… 말하지 않아도 너무 쉽다. 바로 민제후.

"신경 쓰입니다. 그렇지만 그뿐입니다."

유세진이 혼잣말처럼 중얼거린다.

"그것뿐이에요."

공허한 새까만 검은 눈동자.

침대에 누워 천장을 멍하니 응시하는 창백한 안색의 소년의 모습은 이제야 그 아이가 환자라는 사실을 깨닫게 했다. 처음 보는 세진의 약한 모습이 당황스럽다. 마리안 앞에서는 보이지 않았던 무너진 모습.

'마리안, 그리고 제후…….'

그렇다. 마리안은 민제후와 닮은 점이 많다. 누구보다 화려하고 밝고 명랑하지만 그래서 더욱 여리고 다치기 쉬워 보여 시선을 뗄 수가 없다. 그렇지만 그러면서도 어느 순간순간 그 누구보다 강한 마음을 가졌다고 느끼게 만드는 아이들이었다. 친형제 간이 아닐까 의심될 정도로 닮은 성격, 그리고 오기인지 고집인지 그 아이들 앞에서 약해지고 싶지 않은 반발력을 끌어내는 것까지.

"흠, 그렇다면 생각보다 훨씬 더 좋은 현상인데."

"네?"

"아, 아니야. 푸후후."

세진이가 마리안에게 화가 나고 신경 쓰인다면 긍정적인 반응이다.

'사랑'의 반대말은 '증오'나 '미움'이 아니라 '무관심'이라니까. 적어도 예지는 그렇게 생각했다. 아직 마리안을 바라보는 유세진의 시선이 애정이라고 부르기엔 훨씬 약한 색이고 너무나 불분명한 감정 형태였지만.

이 아이들, 잘될까?

"참! 제후는?"

"……."

그때 이것저것 생각에 빠져 있던 한예지에게로 신동민이 물어왔다. 동민보다 훨씬 전부터 세진의 병실을 지키고 있었던 예지였기에 민제후가 왔었냐는 의미로 물은 것인데.

"…안 온 모양이군."

세진을 비롯해서 예지도 아무 말 없이 조용히 입을 다물고 있자 동민이가 얼굴을 찌푸리며 불만 반, 걱정 반이 섞인 목소리로 힘을 실어 내뱉었다.

"기합이 너무 들어간 거 아냐? 어쩐지 요즘 그 녀석은 위태롭다고. 불안해."

모두의 동의일까?

각각의 아이들이 한동안의 침묵 속에 서늘하게 가라앉은 표정으로 심각해져서 입을 다물었다.

"…응. 하지만……."

그러나 곧 명랑하게 들려오는 한 소녀의 목소리.

"잘할 거야! 난 그 바보를 믿어. 바보가 아주 바보 같진 않거든."

맑게 미소 짓는 예지의 얼굴이 투명하게 빛나는 유리꽃과 같다. 너무나 가까이 있어서 때때로 잊고 마는 한예지란 소녀의 미모가 이럴 땐 새삼스레 시선을 붙잡고 놓지 않는다. 그리고 그녀의 믿음이 담긴 표정.

그것을 멍하니 바라보던 남자 아이들은 무책임하게도 느껴지는 무조건적인 그 믿음에 곧 전염되어 모두들 피식 웃어버렸다.

점점 커지는 웃음소리… 불안함이 멀리 날아가 버렸다.

그래, 잘할 테다. '민제후' 니까.

*　　　*　　　*

"아가씨, 부탁드립니다. 제발 도련님을 좀 진정시켜 주십시오."

그런데 한편, 그 시각 다른 곳에선 갑자기 김 비서가 장혜영에게 찾아와 깊이 고개를 숙이고 있었다.

진정시켜 달라니… 도대체 무슨 일인지.

장혜영이 테라스에서 한가로이 차를 마시고 있다가 밑도 끝도 없이 도련님을 진정시켜 달라는 김 비서의 애원 때문에 목구멍으로 넘기던 홍차에 사레가 들릴 뻔하였다.

"김 비서가 왜… 아니아니, 우선 이게 아니지. 하~ 좋아! 그래, 무슨 문젠데? 그 녀석이 일을 안 해? 행패 부려? 아님 말썽이 심한가?"

김성민 비서실장.

확실히 젊은 나이임에도 불구하고 전(前) 성전 총수의 오른팔이자 가장 충실했던 보좌관. 그러나 그럼에도 불구하고 자신이 모시던 전 총수 장문수 회장에게조차도 부탁이나 애원 따위로 고개를 숙인 적이 없던 사람인 것이다. 그러니 장혜영은 당연히 민제후가 무슨 큰일을 저지른 것이라 추측하고 놀랄 수밖에 없었다. 비록 말소리는 담담하게 가장하려고 애쓰고 있었지만.

"아뇨, 그런 것이 아니라……."

"아니라?"

그런 것이 아니라면서 그럼 왜 김성민은 얼굴을 일그러뜨리며 그렇게 곤란한 얼굴을 하는 것인가?

"지금의 도련님은 너무……."

"너무?"

김 비서의 심각한 음성에 장혜영은 잔뜩 긴장했다.

자신의 아들이지만 어릴 때와는 성격이 판이하게 달라졌다는 것을 알기에 그러했다. 평소에는 아직 개구쟁이처럼 잘 웃는 어린 아들이지만 때때로 그 내면엔 소름 끼치도록 차가운 권력자의 카리스마가 깊게 자리 잡고 있음을 느끼기에 더욱 그러했다. 그것은 바로 장혜영 여사의 아버지 장문수 회장과 같은 그것!

최고의 자리를 지배할 줄 아는 자가 가진 필연적인 기질!

그래서 혜영은 그 이유 위에 김성민 비서실장이라는 인간의 처음 보는 무거운 안색까지 겹쳐지자 최악의 상태까지 예상하면서 마음을 다잡았다. 민제후는, 지금의 성전그룹의 총수인 민 회장은 아직 잠재되어 있는 어떤 설명하기 힘든 가능성과 재능만큼이나 무슨 일을 언제 어떻게 터뜨릴지 모를 시한폭탄 같은 존재였기 때문에.

그런데,

"도련님이 너무…… 열심히 일하십니다."

'그래, 너무 열심… 뭐, 뭐?!'

"……."

"……."

녹음이 우거진 야외의 새하얀 테라스.

아름다운 여인과 젊은 청년 보좌관이 마치 시간이 정지된 듯 서로를 쳐다본 채 굳어져 버렸다.

바람에 스치우는 나뭇잎 소리만 숲에서 요란하게 흘러나온다.

"오호호호호호호~!! 난 또~ 김 비서가 이렇게 유머 감각이 풍부한 사람인지 미처 몰랐네. 잠깐이긴 했지만 한순간 나도 그 녀석이 무슨 큰일을 저지른 줄 알고 놀랐잖아. 알고 보니 짓궂은 사람이네, 김 비서. 호호호호호호호호~"

"…농담이 아닙니다!"

"엉?"

농담이라고 여기고 장혜영이 찻잔을 내려놓으며 손으로 입을 가리면서 웃어넘겼다. 아니, 웃어넘기려고 했다. 한데 빈틈없는 검은 양복의 김성민 비서실장이 심각한 표정으로 또다시 농담이 아니라며 굳건히 쳐다본다. 그리고 그 상황에 장혜영 여사가 다시 한 번 당황하게 된 것은 당연한 수순이었다.

그 즉흥적이고 기분파에 무대포, 황당, 유쾌, 상쾌, 통쾌, 유치 발랄한 특이한 인물. 미스터리 성격의 결정체인 민제후란 소년이 거의 억지로 떠맡은 회사 일에 열.심.히.라니……

누구라도 농담이라고 생각하는 게 너무나 당연한 것이 아닌가!

"흠흠! 뭐, 어쨌든… 좋아! 믿기지는 않지만 정말 그렇다면 좋은 일 아닌가요, 김 비서?"

"하, 하지만……"

"하지만?"

"자꾸 제 말끝을 따라하지 마십시오, 아가씨."

김 비서가 입을 여는 순간마다 궁금하기도 하고 긴장되어 혜영이 계속 따라 중얼거리자 그것에 대해 김 비서가 눈살을 찌푸렸다. 보통 땐 그런 사소한 것에는 별로 신경 쓰지 않는 그였지만, 대한민국이 통일이 됐다는 사실만큼이나 기쁘지만 갑작스럽고 뜻밖의 정보를 듣고서 두 눈이 휘둥그레진 장혜영 여사만큼이나 김 비서도 놀란 모양이었다. 짜증스런 목소리.

어느 때보다 신경이 날카로워 보였다.

"그냥 표면적으로 드러난 것만 보자면 나쁠 것이 없겠죠. 그런데 그것이… 제겐 전혀 정상으로 보이지가 않습니다. 도련님은 지금 정상적인 상태가 아니십니다."

"……?"

"설명할 순 없지만 조금씩 조금씩 달라져 가는… 어쨌든, 예전의 그분이 아니십니다."

김성민의 말을 들어갈수록 장혜영의 눈빛이 점차 밑바닥으로 가라앉았다.

그의 말을 통해 듣자니 뭔가 이상한 방향으로 뒤틀려 들어가고 있다는 것을 느낀다. 최근에 제후, 그 자신을 포함해서 그 아이의 가까운 친구들까지 의문의 사고를 당했다고 하더니.

그 때문인가?

"다른 시기였다면 도련님의 변화는 환영할 만한 일이지만… 이런 시기는 아닙니다. 절대! 그러니 혜영 아가씨께서 도련님을 맡아주십시오. 잡아주십시오. 부탁드립니다. 도련님의 어머니이시지 않습니까."

"음, 아버지가 오늘쯤 전화하신다고 하셨는데. 아직인가?"

장혜영이 처음에는 조금 걱정하는 듯 찻잔을 밀어놓고 얼굴을 찡그리기도 했지만 어느새 민제후에 대한 걱정을 멀리 던져 버리고 휴가 중인 창업주 장 회장의 안부 전화에 대해서만 턱을 괴고 걱정했다.

물론 장문수 회장님이 고령이시고 잠적하고 계셔서 먼저 연락해 오지 않으면 한국에서는 소재 파악도 거의 불가능한 것이 사실이지만, 지금 급한 것은 그것이 아닌데.

친아들의 일인데 어찌!!

"아. 가. 씨!"

"어머? 잠시 딴생각을 했네? 호호호~ 미안, 김 비서. 하지만 김 비서도 너무 걱정하지 말도록 해요. 그 이마에 잡은 주름 좀 펴고. 아직 앞날 창창한 총각이 멋진 얼굴에 주름살이 웬 말이야. 그리고 우리 아들도 일단은 명색이 사. 람. 인데 기분이 좋을 때도 있고 나쁠 때도 있는 거겠지 별일이야 있을라구. 안 그래? 오호호호호호~"

심드렁한 장혜영의 모습에 김성민은 검은 오로라를 꽉꽉 뿌려대며 무언의 항의했지만… 그러나 그렇다고 이제 와서 무슨 뾰족한 수가 생기겠는가? 이미 복잡한 일엔 관심 끊겠다는 뜻인지 손을 절레절레 흔들며 가벼운 우스갯소리 하나 지나가며 들은 것에 불과한 것처럼 반응하는 여인이었다. 게다가 도대체 유부녀라고 생각되지 않는 이 아름다운 여성은 싫든 좋든 그 거대한 존재감을 뿌리는 성전제국 최고 수장의 모후 되시니……

대담함이라고 해야 할까, 아님 극도의 낙천성과 무신경함이라고 해야 할까?

어쨌든 그 피가 어디 가겠는가.

'후우~ 믿음이 크신 것인지, 아니면 그저 단순히 귀찮아하시는 것인지.'

제후 도련님의 성격이 참 특이하다고 생각했던 김 비서였지만 미장원 예약 시간 다 되어간다며 콧노래와 함께 외출 준비 하러 들어가는 장혜영의 뒷모습을 지켜보는 김 비서는 도련님의 그 성격이 장씨 일가의 핏줄의 유전일 것이 틀림없다고 자신도 모르게 되뇌고 있었다.

항상 근엄하고 매서웠던 창업주 장 회장님 곁에 있었기에 잘 몰랐는데 지금의 장혜영 여사를 보니 민제후라는 소년의 그 특별한 내면은 장씨 일가의 기질을 꼭 빼어 닮은 듯도 하다고 생각되어졌다. 힘, 권력, 명예와 부를 다루는 자들의.

'그러나 이대로 가다간……'

어쩐지 위태위태해서 가만히 보고 있기가 어려운 지경까지 간 소년이다.

김성민은 도움을 기대할 수 있는 마지막 인물에게서조차 별 소득이 없자 자신도 이대로 무작정 믿고 기다려야만 하는 것인지 혼란스러웠다. 정말 이대로 믿고 지켜만 봐도 되는 것인지.

하루 해가 이대로 정처없이 흘러가고 있었다.

*   *   *

고요하다 못해 정적에 휩싸인 집무실.

회의실과 서재, 비서실이 바로 옆으로 통하므로 그냥 통틀어서 그룹 사무실이라고 불러도 무방한 회장의 개인 집무실이었다. 깊은 고동빛을 품고 있는 마호가니 가구들이 기품있게 각각의 위치에서 있는 듯 없는 듯 풍경에 녹아내려 전체적으로 따뜻한 계열이 주를 이루는 자연을 테마로 가진 그 공간이 더욱 빛나 보인다.

대저택에 어울리는 품위를 갖췄지만 사무실의 딱딱함은 적절히 배제된 조화로운 장소. 시원하게 시야를 튼 커다란 발코니 창은 살짝 열려 있어 햇살이 내리비추는 사이로 구름처럼 가벼워 보이는 하얀 커튼이 가볍게 펄럭인다.

끼룩?!

투명하게 비치는 새벽 안개 같은 그 얇은 천이 창에 매달려 어느 순간 강해진 바람에 맞춰 춤을 추자 창 앞에 자리한 책상 위의 서류들을 갑자기 날아오르게 만들었다. 파라락 날아올랐다가 바닥으로 천천히 흩어져 내리는 종잇조각들. 그것은 마치 모이를 쪼기 위해 날개를 접는 흰 비둘기 같았다.

그 형상에 마호가니 책상 옆에 앉아서 깃털 손질을 하고 있던 금응이 깜짝 놀라 고개를 발딱 들고 눈을 동글동글하게 굴린다.

"아아~ 이런. 쯧."

삐익—! 삐! 삐!

그리고 서류들이 흩어짐과 동시에 한 소년이 책상에서 일어나 그것들을 집기 위해 허리를 굽히자 그 금빛 깃털을 가진 새끼 매가 좋아서 어쩔 줄 모르며 그 아이에게로 달려들었다.

주인이 무언인가 몰두해 있을 때는 꾹 참고 일을 마칠 때까지 기다리고 있었던 듯. 어떤 계기였든 간에 그 소년이 집중하던 일에서 주의를 돌려 자신을 바라보게 되자 그 작은 새끼 매는 기쁨이 넘치는 것 같았다. 아주 오랜 기간 동안, 정말로 결코 짧지 않은 시간 동안을 자신과 놀아주지 않았던 주인이었기에 그동안 쓸쓸했던 탓인지 금응 닭둘기가 방금 전까지의 지루하고 심심했던 시간들을 떨쳐 버릴 수도 있는 그 절호의 기회를 놓칠 리가 없었다. 금빛 영물의 눈동자가 반짝였다.

"우왓! 이놈의 자슥!! 뭐 하는 짓이야?"

삐익—

둘기가 자신의 털빛과 비슷한 소년의 금빛이 도는 갈색 머리로 푸드득 날아올라 바둥대며 부비부비한다. 그러자 곧 터져 나온 소년의 괴성. 하지만 둘기는 반가워서 취하는 행동 '놀아줘, 놀아줘' 제스처이므로 멈출 생각이 없는 듯하다.

"우아앗! 어어엇? 이 자식, 자… 잠깐만!!"

콰다당!

삐이이—

"크윽! 에구구, 엉치뼈야~ 이 망할 똥색 닭둘기 같으니라구~"

제후가 머리에 엉겨 붙어 떨어질 생각을 안 하는 새끼 금웅 덕분에 중심을 잃고 뒤로 책상에 부딪쳐 넘어지자 얼굴을 찡그리며 바닥에 주저앉은 채로 부딪친 곳을 지그시 눌렀다.

"에이구~ 이놈의 자슥아, 이 형님이 일하는 꼴을 아예 못 보지, 응? 응?"

삑?

둘기가 제후의 손에 의해서 머리털에서 떨어져 거꾸로 매달린 채 민제후와 눈을 똑바로 마주치게 되자 고개를 갸우뚱하였다. 남자 아이가 손가락 두 개로 꼬리를 잡고 거꾸로 들어 올렸는데도 파닥거림 없이 얌전히 있는 모습이라니. 눈알을 굴리며 꺄륵거리는 꼴이 그런 자세 자체가 원래 익숙한 모습이다.

'이 말썽쟁이—!'

제후가 한 손으로 꽁지깃을 잡고 들어 올려 한껏 노려보는데도 여전히 금웅이 순진하게 삐약거리는 것을 보고 제후는 결국 한숨을 내쉬었다.

매번 이런 상황을 연출하게 되어서 이젠 어떻게 화를 내도 별로 먹히질 않는다. 동물은 감이 빠르다고 하던데 이 녀석은 예외인 모양이다. 지금은 아무하고도 말하고 싶지 않고 누구하고도 마주치고 싶지 않다고 온몸으로 날카롭게 표현하고 있는데… 때때로 머리가 돌아버릴 것만 같은 가슴속의 불길 때문에 미친 듯이 일에 파고들고 있건만.

"홋! 둔한 녀석. 너, 바보냐?"

끼룩?

"요 며칠 내 상태를 옆에서 말꼬롬히 다 쳐다보고도 너 나한테 이렇게 부빌 맘이 생기던? 그러다가 진짜 내 손에서 벽으로 던져지면 어쩌려고."

그렇다. 지금 민제후가 혼자 있는 집무실 주변이 쥐 죽은 듯이 조용한 것이 그 이유.

오늘 벌써 몇 차례 이 소년에 의해서 폭풍이 휩쓸고 지나갔기 때문에 지금은 잠시의 소강 상태에 접어들었기 때문이다. 아마 모르긴 몰라도 민제후란 소년이 어리다고, 아직 고등학생 철부지에 불과하다고 조금이라도 가볍게 바라보는 직원이 아직까지 남아 있었다면 요 며칠 새 그 생각들을 아주 확실하게 수정했을 터였다.

한번 몰아치며 끝장을 봐야 하는 성격에, 어영부영 어설픈 일 처리는 절대 용납하지 않았고, 신속하고 정확함을 요구하는 완벽주의자!

덕분에 비서실 직원들과 중요 프로젝트 담당 팀장들은 이 새로운 회장님의 기세와 압력에 시달릴 대로 시달려 비틀거리며 울고 싶어하고 있는 터였다. 특히 그들은 철저히 베일에 싸여 업무를 봐야 하는 신임 회장이 마주하는 최소한의 믿을 만한 측근들이었으므로 더욱 이 소년과 자주 부딪치게 되어 정신적인 스트레스와 압박감은 도를 넘어서고 있었다. 물론 그 업무 중에 말도 안 되는 억지나 과한 것을 요구하는 것이 아니었지만, 오히려 그들조차 쉽게 지나쳤던 실수들을 지적받고 존경스러울 정도의 통찰력으로 수하들을 지휘하고 있었지만…

삐익! 삑! 꺄루룩~!

"에휴~ 내가 말을 말지."

'후후… 잠시 숨이라도 돌리라는 하늘의 계시인가?'

그래도 여전히 긴장감없이 다시 제후의 팔에 달라붙어 얼굴을 부벼대는 금빛 새끼 매에 허탈해진 제후가 여전히 바닥에 주저앉은 자세로 창밖의 하늘을 올려다보았다. 여름이 깊어가는지 절정에 이른 녹음이 솔바람을 타고 싱그러움을 날려 보낸다.

바람이 시원하다.

'학교 생활도 이제 남은 것이라고는 기말고사와 방학과 함께 떠나는 수학여행뿐.'

유세진과 마리안의 총기 사고가 있은 지도 정신없는 가운데 벌써 며칠이 지나 있었다. 사건도 분위기도 이제 어느 정도 정돈되어 가는 분위기. 모두들 충격에서 벗어나 점차 일상에 다시 녹아드는 모양이다. 그러나 제후는 아직 유세진의 병실 근처도 가지 않았었다.

"둘기야, 그거 아니?"

끼룩?

제후의 깊게 가라앉은 목소리에 '뭘요?' 라고 대답하는 듯 고개를 갸웃갸웃하는 둘기.

닭둘기가 머리를 들어 주인을 바라봤지만 그 소년의 시선은 아직 카펫 깔린 바닥에서 털고 일어설 줄 모르고 저 멀리, 저 높이 있는 깊고 깊은 푸른 하늘에 가 있다.

"여기가… 이 공기 속이 마치… 바다 같아."

세상은 바다와 그리 다르지 않을지도 모른다. 우리는 물 대신 공기로 가득 채워진 '지구'라는 거대한 수조 안에 갇혀 있는지도 모른다.

"푸른 물속에 잠겨서 감각이 없는 멍한 상태로 부유하는 거야, 난. 세상은 아름답지. 그렇지만 바다 속 빛의 풍경처럼 심하게 굴절된 사회가 눈앞에 한가득 아른거리고. 약육강식. 그리고 또……."

똑같애.

물고기는 물 밖으로 나오면 죽어버려.

인간은 공기 밖으로 나오면 죽어버리고.

일그러졌지만 사회 밖으로 나오면 미쳐 버린다.

"앞으로 나가려고 하면 제자리에서 팔다리를 흉하게 휘저으며 허둥대는 자신을 발견하게 돼. 그런데도 내가 그 흉한 허둥거림을 멈출 수 없는 건……."

단지 수조 속에 갇혀 일생을 보내게 되는데도 그 좁은 세상 속에서 아등바등 필사적으로 살아가는 사람들.

그리고 나.

그럼에도 내가 오늘 이렇게 서 있는 것은,

"제자리에 멈춰 선다는 그것이 더 분하기 때문이야."

무능하게 소중한 것들을 지킬 수 없다는 것은 가슴 저 밑에서 무언가를 치밀어 오르게 만든다. 용서할 수가 없다.

"……."

먼지가 빛 속에서 춤을 추었다.

창과 투명해서 사라질 것만 같은 얇은 커튼 사이로 들어오는 햇빛.

그 햇빛을 들어 올려 삭둑삭둑 가위질해서 옷이라도 해 입고 싶은 아름다운 빛무리.

오랜 시간 혼자 멍하니 있던 탓일까?

순간적으로 민제후의 눈빛이 몽롱해졌다. 그리고 몽환적인 환상 속에 퍼지는 검은 그림자. 맑은 물컵 속에 한 방울의 먹물이 뚝 떨어져 뭉클뭉클 점점 크게 번져 가는 느낌이 형상으로 펼쳐져 갔다. 그리고 마취제에 절어 있는 듯한 기분을 가진 그 소년에게 말을 걸어오는 그것. 아니, 외부에서 걸어오는 말이라고 하기보다 스스로가 읊조리듯이 자신의 가슴 깊은 곳에서 울려 퍼지는 어두운 감정의 목소리?

이대로 있을 순 없잖아? 안 그래?

'…그래.'

감히 우릴 건드렸어. 겁대가리없이. 후후후, 예전의 너를 기억해 내봐. 어느 누구도 도전하지 않았던 강한 힘을 가졌던 조직의 옛날을. 분하지 않은가?

'…그래.'

쿡쿡… 역시 가만두면 안 되겠지? 이대로 당하고만 있을 텐가? 넌 이미 충분하고도 훨씬 넘치는 힘이 있어. 예전의 미치광이 폐인 때와는 달라. 그리고 나머지 부분에서는… 다른 '힘'도 있지. 후후후… 뜻밖에 너도 모르게 나 혼자 독차지하게 된 그 선물, 그 '힘'. 지금은 대부분 나에게 속해 있지만 네가 날 부른다면 나는 널 도울 수 있다.

'…넌 누구?'

…기다린다고 했을 텐데. 자, 이제 그만 나를 불러. 스스로 날 불러내. 어차피 멀지 않았어. 난 알아.

'……?'

'때'가 다가온다. 전생의 매듭을…….

'……!!'

"나, 나는…….."

그때였다.

달칵!

"헉!"

작은 문소리에 깜짝 놀라며 정신이 들었다.

"도련님?"

작지만 예민한 문의 쇠붙이 소리와 귓가를 때리는 사람의 인기척에 소년이 고개를 들어 방으로 들어서는 이를 쳐다보았다. 김성민 비서실 장이다. 그사이 어둡게 물들어가던 제후의 몽롱한 눈빛은 이미 사라진 듯.

적시에 나타난 그 덕분에 내면으로 잡혀 들어가던 민제후의 영혼의 빛이 다시 원래대로 되돌아왔다. 비록 아무도 눈치 채진 못했지만.

'아아, 내가 잠시 앉아서 졸았던가? 이상한 꿈도 다 있군. 흉하게도 바닥에 주저앉아 졸다니… 쿡!'

"뭐지, 김 비서?"

김 비서가 들어온 것을 바라본 제후가 천천히 바닥에서 일어나 옷을 털며 책상으로 다가갔다. 금웅 닭둘기가 쫑쫑 뛰며 그 소년의 뒤를 따른다.

　"도련님, 이대로는… 이제는 조금 쉬시는 게……."

　"나가."

　뒷말은 더 이상 들을 필요도 없다는 듯 제후가 서늘한 표정으로 책상 앞 의자에 앉으며 짧게 대답했다. 그러자 다음 순간 너무나 단호한 제후의 언성에 김 비서도 오기를 담고 대꾸했다. '도련님'이라는 호칭도 제후가 듣기 싫어하는 '회장님'으로 일부러 바꿔 부르면서.

　"그럴 순 없습니다! 회장님의 컨디션과 스케줄 관리 역시 제 임무입니다. 이러시면 곤란……."

　민제후가 고개를 들어 김성민의 두 눈을 똑바로 쏘아보며 같은 말을 내뱉는다. 새파랗게 빛나는 무서운 눈빛.

　"나. 가. 랬. 지."

　잠시 침묵의 공백이 흘렀다.

　"후우~ 알겠습니다."

　김 비서는 자신의 간담을 서늘하게 할 수 있는 이 두 번째 인물에 대해 결국 두 손 들고 고개를 숙이며 물러난다. 이래서 장혜영에게 도움을 요청했던 것인데…….

　평소엔 좀 더 회사 일에 관심을 가져주길 원했던 김 비서였지만 그렇다고 이 소년이 학교와 친구, 가족까지 시야 밖으로 밀어버린 채 뭔가 쫓기듯 일에 미치는 것을 원했던 것은 아니다.

　그때 금빛 머리칼을 가진 소년이 비웃듯 입꼬리를 살짝 올리며 의자에서 일어서 팔짱을 끼고 창 쪽으로 뒤돌아섰다.

"일 이야기가 아니면 들어오지 마. 내가 부를 때까지."

"네, 그럼."

김성민 비서실장이 체념의 빛을 띠며 목례하며 물러났다.

문이 닫히는 소리가 울리고 방 안에서 다른 사람의 기척이 사라지자 제후가 한숨을 내쉬며 한 손으로 얼굴 안면을 쓸었다.

'피곤해……'

죽을 만큼 피곤하다. 육체적으로보다 정신적으로 더.

삐아아악—!

"핫!"

이번엔 닭둘기가 있는 힘껏 지른 빽 소리에 다시 정신이 들었다. 또 넋을 놓고 있었던 모양이다. 그런데 갑자기 손아귀에서 느껴지는 끈적하고 뜨뜻한 감촉. 제후는 그 뜨끈함에 간신히 현실감을 느꼈다. 멍하니 내려다보는 손아귀에는 언제 손에 쥐었던 것인지 부서진 유리컵의 잔해가 붉은 피와 엉겨 남아 있다.

아무 감각 없이 붉게 물들어 버린 손바닥을 멍하니 바라보고 있자니 둘기가 놀랐는지 파닥거리면서 계속 시끄럽게 빽빽 울어 제치고 있었다.

"걱정 마. 안 아파."

조금은 당황스럽지만.

제후가 손에서 유리 파편을 바닥으로 털어버리고 손수건으로 대강 손바닥을 둘러 감싸며 시끄러운 닭둘기부터 진정시키려고 애썼다. 주먹만한 녀석이 목청은 치명적일 정도로 고음을 쏟아내서 골이 다 흔들릴 지경이다. 얼굴이 찡그려졌다.

뭐가 어디에서부터 잘못돼 가는 걸까?

내가 지금 왜 이러는 거지? 왜… 왜…….

내 속에서 누군가가 속삭이는 것만 같애. 문뜩문뜩 정신이 들면 소름 끼치는 표정을 짓는 나를 발견한다. 마치… 마치… 검은 돈과 폭력에 취해 무감각하게 살아가던 전생의 내 모습처럼. 아니, 정확하게는 모든 것을 잃고 배신당하고 폐인이 되어 증오만이 삶의 기둥이었던 부랑자 박경덕으로 돌아간 듯한 눈빛을…….

맑은 유리창을 통해 그것들을 발견하고 스스로에게 흠칫 놀란다.

'내가 왜 이럴까? 나와 내 친구들을 상하게 한 놈들은 곧 잡힐 테고 자신들의 죗값을 톡톡히 치르게 할 텐데. 내가 확실하게 밟아줄 텐데! 흥! …그런데 그것과는 상관없는 이 목적없고 대상없는 증오심은? 자제하기 힘들다. 심장이 타 들어가는 것 같애! 어디론가 발산하지 않으면 머리가 확 돌아버릴 것 같아서… 윽!

이번 유세진과 마리안에게 일어난 총기 사고가 과거의 망령을 일깨운 것일까? 그것뿐인가? 아니면 혹시 현성우를 예감해서…….

"흥! 설마… 아냐. 성우 놈을 지금의 생에서 마주칠 일은 절대 없어. 그런 개 같은 경우는 절대 없다구."

게다가 복수?

'내가 그 딴 걸 할 줄 알아!'

어림 반 푼어치도 없다.

일 분 일 초가 아까운 삶이다. 지금이, 지금 이 시간이 어떻게 얻은 삶인데… 누구도 모른다. 죽는다는 것이 어떤 허망함인지, 살아 있다는 것이 어떤 희망인지.

더군다나 전생은 잊고 싶은 기억뿐이다. 그런데 그런 지나간 과거에 사로잡혀 복수니 뭐니 하는 시시껄렁한 것으로 시간을 낭비할 생각은 추호도 없다.

성우 놈도 생각하고 싶지 않다. 용서고 복수고 간에, 그 어느 쪽이든 간에 생각하는 것 자체를 거부하겠다. 무엇보다도 민제후의 일생에서 마주칠 확률이 거의 제로인 인간인 것을… 그리고 또, 아무리 개떡 같은 신이라고 해도 그 따위로 빌어먹을 짓거리를 만들진 않겠지.

'날 일부러 물먹일 작정이 아니라면 말이야.'

하나 그 이상한 꿈이 자꾸 걸린다. 마치 무슨 일이 금방이라도 일어날 것만 같다.

그런데 그때였다.

뚜루루루~ 뚜루루루~

창밖의 풍경과 바람에 시선을 두고 책상에 기대듯 걸터앉아 있던 금빛 머리칼 소년의 옆에 있던 전화기가 그때 요란하게 울어대기 시작했다. 성전 총수 사택의 회장 개인이 쓰는 개인 집무실에 놓인 직통 전화기로 전화가 걸려왔다. 이곳 전화번호를 아는 사람은 몇 없는데.

제후는 혹시 이번 싱가폴로 자금과 판로 협의에 들어간 부서에서의 무슨 안 좋은 문제가 생긴 것이 아닌가 싶어 급히 수화기로 손을 뻗었다.

"여보세요. 전화 바……."

《허허허~ 잘 있었느냐, 마이 러브리 손자 놈아~♡》

꽝!

제후가 전화를 받자마자 그대로 끊었다.

뚜루루루~ 뚜루루루~ 뚜루루루~!

그러나 곧 다시 울리는 전화음.

소년이 무서운 눈 위에 드리워진 새파란 안색을 가다듬으며 잠시 심

호흡을 한 후에 다시금 수화기를 들었다.

"…네."

《오호~ 다행히 또 받았구나. 국제 전화라 그런지 통화 상태가 영 안 좋은 모양이다. 이유없이 갑자기 막 끊어지지 뭐겠냐. 아무리 국제 전화라지만 회사에 통화 품질 개선을 좀 더 촉구해야 할 것 같구나. 푸허허허~》

'끊어진 게 아니라 끊. 었. 수!'

억지로 웃음 짓는 단정한 민제후의 얼굴에 경련이 일어난다.

성전그룹 창업주 장문수 명예 총재. 느닷없는 은퇴 선언과 함께 성전그룹 통째를 아직 고등학교 2학년생인 외손자한테 대책없이 던져 놓고 잠적해서는 몇 달 만에 드디어 걸려온 한 통화의 전화.

죽었는지 살았는지도 몰랐던 늙은이가 갑작스레 전화하더니 처음으로 그에게 던진 말이 닭살스런 '마이 러브리~' 란다, '마이 러브리~'.

'빌어먹을 노인네! 꿈자리가 뒤숭숭했던 원인은 바로 이 늙은이 때문이었어. 씨발!'

그래도 속마음이 어떻든 간에 말까지 그대로 내뱉을 순 없었다. 대외적으론 할아버지니까.

"무슨 일이십니까, 할아버님."

《뭐냐? 총수 자리 달라고 해서 줬더니만 머리에 피도 안 마른 놈이 벌써부터 어깨에 힘이 들어간 게야?》

'망할 영감.'

《흐음, 풍문으로 네놈 행적을 듣고는 있다만, 쯧쯧. 어찌 됐을꼬? 넘기기만 하면 아예 물 말아먹겠다고 난리치던 꼬맹이는 어디로 갔을꼬?

푸허허허!》

'이 써글~'

제후는 얼굴을 일그러뜨리면서 귀에 댄 전화기를 부수지 않도록 초인적인 인내심으로 손아귀의 힘을 조절하며 마음을 다스리려 노력하였다.

'이 늙은이의 페이스에 말려들면 안 돼… 안 돼……. 옛일을 생각해봐. 한순간의 실수로 인해 이 꽃다운 나이에 고질라 뺨치는 괴물 기업체를 떠안게 됐잖아. 저건 한 갑자 이상을 산 능구렁이다. 후우~ 민제후, 마음을 다스려라… 다스려라…….'

그러나 귓가에 들려오는 주절주절주절주절주절주절주절~

시간이 갈수록 머리에 점점 핏대가 올라가는 민제후. 결국,

"이, 이익!! 시— 끄— 러— 이 망할 영감탱이야—!! 내가 당신 땜에 얼마나 피똥을 쌌는지 알아, 썅!! 떠넘기고 도망가서 지금까지 숨어 있었으면서, 그러면서 무슨 할 말이 그리 많아, 씨팔! 그리고 목소리에 개기름이 철철 흐르는데 휴가가 아~주~ 즐거웠나 보지? 난 개고생하며 이따위 빌어먹을 회사 때문에 쌍코피 철철 흘려가며 일에 치어 살 때 당신은 바다에서 한가롭게 낚시하니 재밌었나? 베리베리 해피한가? 앙?"

《크하하하하하!!》

"하! 웃어? 웃어? 그래, 웃는단 말이지? 나 뚜껑 열렸어! 다 죽.었.어!! 지금 어딨어, 이 영감탱이야—!!"

손자가 할아버지에게 쏟아 붓는 말이라고 한다면 최고의 하극상이자 패륜으로까지 분류될 언행이었지만 지금의 민제후에게는 그런 생각이 뇌 속으로 침투할 틈이 없었다. 성전그룹의 회장 취임과 함께 근 몇

달 동안 벌어졌던 크고 작은 사건들이 순식간에 눈앞을 스치고 지나간
다. 현기증이 일었다.

그 모든 일들, 원래 그 자신의 몫도 아니었다.

민제후.

방년 18세의 소년.

아직 고등학교 2학년생으로 공부만 열심히 하면 되는 대한민국의 평
범한 소년…… 이 아니라 그렇게 될 뻔한 불쌍한 인물.

바로 이 '외할아버지'라는 호칭으로 불리는 노인만 아니었다면 말
이다.

원래대로라면 민제후라는 소년은 학교를 졸업할 때까지만 성전 총
수 사택에 머물다가 선택한 진로에 따라 거처를 정해 나가 살게 되어
있었는데, 성전그룹도 친손자도 아닌 외손자에게, 그것도 어리디어린
이 소년에겐 상속될 가능성이 거의 없다고 해도 과언이 아니었던 것이
다. 그렇기에 제후의 계획대로 되었다면 무사히 고등학교를 졸업하면
공부 열심히 해서 전문대라도 들어간 후에 공무원 시험을 치든가, 아님
조금 꿈을 높여본다면 은행에 취직해서 안정된 직장을 잡는 것이었다.
그리고 다짐하고 다짐하던 대로 어느 정도 나이가 차면 인물은 박색이
라도 그저 착하고 참한 여자 만나 가정을 이루고 평범하게 살다가 늙
어 죽는 것이 민제후의 원.대.한. 꿈이자 포부였건만…….

'빌어먹을. 그런데 저 늙은이가 다 망쳐 놨어!'

내 평범한 생활.

평범한 삶과 인생.

'물 건너갔다. 간 것이다. 흐흐흑… 제기랄…….'

평생 쓸 분량의 욕이 오늘 한꺼번에 터져 나온다. 그러나 장문수 창

업주 회장은 지금 어느 곳에서도 들어보지 못했던 공전절후(空前絶後), 전무후무(前無後無)한 폭언을 들었음에도 너털웃음을 터뜨리고 있음이다. 아니, 정확하게는 오히려 제후의 그런 폭언과 독설에 기분이 더 좋아진 듯하다.

미친 늙은이.

《고롬고롬. 그렇지! 그래야 내 손주 놈이지. 크하하하하!!》

'젠장! 저 사이코 영감을 상대하는 내가 넋 빠진 자식이지.'

《후후, 녀석, 그래도 생각보다 잘 끌어가는 모양이더구나. 장하구나. 진심이다.》

"쳇!"

하나도 안 기쁘다.

"……"

…음, 그래도 이 정도면 그럭저럭 잘해오긴… 했나? 했지? 맞어, 이 정도면 잘했지. 므흐흐흐, 물론 김 비서와 한 실장, 그리고 동민이와 세진이가 거의 다 옆에서 해결하고 돌봐주긴 했지만. 또 번갯불에 콩 구워 먹듯 프로젝트들이 급격히 진행됐고 한번은 진짜로 말아먹을 뻔했지만… 뭐, 어쨌든 한국 경제 거목이라는 장 회장도 인정했잖아?

난 역시 대단해. 냐하하하하~

《허이구~ 칭찬 한 번에 금세 헤벌레해진 거냐? 단순한 놈.》

"무, 무슨 소리야… 세요! 헤벌레라니. 그리고 나 단순한 것에 뭐 보태준 것 있으슈… 아니, 십니까?"

혼자서 골똘히 생각에 잠겼다가 마침내 자화자찬하며 간만에 자기 세계에 빠져 있던 제후는 장 회장의 혀 차는 소리에 얼굴을 붉히며 대들었다.

《쯧쯧, 또또 발끈하긴. 언제 이 할아비가 그런 너보고 뭐라 하더냐? 보기 좋다. 하하하! 예전의 너는 너무 소심하고 쓸데없이 생각이 많았지. 자고로 사내란 한번 저질러 보는 패기도 있어야 하는 것인데 말이야.》

'에?'

쓸데없이 생각이 많아?

어쩐지 복잡했던 머리 속에 시원한 한줄기 바람이 스미는 듯하다.

《그것이 부끄럽지 않고 소신있는 일이었다면 그 나중 일은 그때 가서 해결 보는 것도 나쁘지 않은 법이다. 머리 싸매고 끙끙대기보단 차라리 사내놈답게 몽창 다 뒤집어엎어! 그렇게 해서라도 해결 보겠다는 근성이 있어야 하는 게야.》

멈칫 굳어진 민제후의 귀로 장 회장의 컬컬한 음성이 호탕하게 들려왔다.

"아하! 그렇군!! 왜 내가 안 어울리게 고민 따위를 하고 있는 거지?"

그래, 어울리지도 않게 고민이라니. 난 나대로 나답게 있으면 되는 걸. 쉽게 생각하자, 쉽게 생각해. 난 나대로 나답게… 지금 이대로……

《허, 무슨 일이 있었던 게냐?》

제후가 갑자기 벌떡 일어서며 전화기에 대고 소리치자 수화기 저 너머에 있던 장문수 회장이 약간 놀라는 음성으로 되물었다. 처음과 달리 갑자기 밝아진 제후의 목소리에 궁금증이 솟아나는 모양이다. 하지만 제후로서는 평생 도움이 안 된다고 여겼던 노인의 말 한마디에 개인 듯 머리가 맑아지자 어색해서 그냥 얼버무렸다.

"별로… 아무것도 아닙니다."

그냥 그렇게 넘기고 제후가 입을 꼭 다물자 장 회장도 더 이상 물어도 소용없다는 걸 알고 묻지 않는다.

《아, 그리고 노파심에서 하는 말인데, 주식 변동이 불안한 것 같더구나. 주주들이 바람에 나부끼는 가랑잎 같을 거다.》

주주들이?

'흐흥~ 이제 좀 안심하고 움직여 보시겠다? 쿡! 웃기는군.'

"…장태현 말이군요."

제후가 수화기에서 들려오는 노회장의 짙은 목소리에 실소를 뱉으며 냉소적으로 말했다. 전부터 주시하고 있던 바로 그 건이다. 너무나 뻔한 배후. 하긴 이쪽 측근들이 귀신같이 예민하고 유능해서 그렇지 장기간 유심히 지켜보지 않으면 들통나기 어려울 정도의 미세한 반응이었다.

민제후의 침착한 반응에 장 회장의 낮게 웃음을 흘린다.

《글쎄다, 후후후… 그리고 적은 항상 보이는 곳에 두어야 한다는 걸 명심해라.》

"당연하죠."

뒤통수를 맞고 싶진 않다. 장태현, 그 인간 주변으로 어떤 변수가 생길지도 모르니 한동안 더욱 시선을 떼지 말아야겠다는 생각을 한다.

그나저나 이 두 조손(祖孫)이 처음으로 의견일치를 봤다. 신기하다.

《그런데 네가 하나 잘못 알고 있더구나. 내가 휴가로 바다 낚시를 갔다고? 그건 정말 오해다.》

'아, 그런가? 하기사 이렇게 전화까지 하며 회사를 챙기는 장 회장이 어디 가서 마냥 놀고 있을 것 같지는 않다. 그렇다면 아까 심하게 욕한 것은 좀 미안해지는…….'

그런데 그때,

《바다 낚시라니?! 정정해 주마. 새하얀 백사장과 늘씬한 미녀들, 태양이 아름다운 비취 빛 남.부. 바.다.란다, 손자야. 푸힐헐헐~》

"……."

지금까지의 모든 섭섭함과 불쾌함을 넘어 외할아버지로서 자신을 걱정했을지도 모른다는 생각에 아주 약.간. 미안해질 뻔했던 제후는 그 마지막 대사에 말을 잃었다. 진지한 음성으로 '파라다이스를 이런 곳이라 하지 않겠느냐, 허허' 소리라니……

회장 개인 집무실에 누구도 깰 수 없는 무거운 침묵이 흘렀다.

"후~"

한데 의외로 가볍게 피식 웃고 마는 금빛 머리칼의 소년.

다만 쿨한 안색에 화사한 미소, 그리고 절대 격하지 않은 평이한 어조로 아주 조용히 이렇게 말했다.

"꺼.져. 버.려, 이 망할 늙은이."

《아, 저기…….》

쾅!

뭐라 말하는 소리가 들렸지만 제후는 가차없이 전화기를 내던지듯 통화를 끊어버렸다.

그리고 그날 하루 동안 비서실 직원들은 명랑소년 민제후로 돌아온 보람도 없이 방 안에서 줄기줄기 뻗어 나오는 살얼음판 같은 살기에 식은땀을 흘리며 견뎌야 했다.

여름은 그렇게 깊어갔다.

*   *   *

통! 통! 통!

어느 단아한 한옥의 요릿집.

고풍스러운 옛 멋을 그대로 살린 대청과 사랑, 정원이 운치있고 고급스럽다. 열어놓은 창밖으로 축소해서 옮겨놓은 작은 물레방아가 돌아가며 내는 물소리가 마음을 여유롭게 만들고 있는 장소.

종업원들의 몸가짐과 분위기를 얼핏 살펴도 아무나 출입할 수 없는 고급 요릿집임을 쉽게 알 수 있다.

"이사님, 손님 도착하셨습니다."

그런데 그때, 한지를 바른 미닫이 문이 사락 열리더니 기다리던 손님이 왔음을 고했다.

"아, 그래? 어서 이쪽으로."

"네. …들어가시죠."

종업원의 안내에 한 남자가 방 안으로 들어섰다. 방 안에는 이미 화려한 술상이 차려져 있고 그곳엔 한 중년 남자가 비단 방석에 앉아 술잔을 기울이고 있었다.

방 안으로 들어서던 남자는 그 사람을 발견하자 살짝 고개 숙여 목례하며 입을 열었다. 감정없는 칼 같은 목소리.

"만나뵙게 되어 영광입니다, 장태현 이사님."

"흠, 나도 반갑군."

낯선 남자의 출현에 중년 남자, 아니, 장태현 이사가 비릿한 미소를 머금으며 대답했다.

"유 군에게서 자네 얘긴 많이 들었네."

흡족한 목소리. 처음엔 반신반의했지만 보고 나니 직접 만나보길 잘

했다는 듯 그의 얼굴에 화색이 돈다.

　그리고 곧 장태현 이사가 눈앞의 인물에게 자리를 권하며 그의 이름을 불렀다.

　"현성우 사장."

　어느 순간부턴가 여러 운명들이 또다시 얽히고 부딪쳐 또 다른 매듭을 만들어내고 있었다. 뒤엉킨 실타래 같은.

제2장 신화 (神話)

조용한 주택가.

밤새 도둑고양이 울음소리나 지나가는 사람 인기척에 컹컹 개 짖는 소리 말고는 그다지 특별하게 소란한 것이 없는 평범한 서민 주택가다. 새벽녘, 골목골목을 돌아다니는 신문 배달부의 오토바이 소리를 시작으로 동녘이 밝아오고 아침이 시작된다.

부담없는 포근한 고요, 맨살에 닿으면 약간 싸늘할 정도의 시원한 아침 공기가 이른 시간 집을 나서는 이들의 기분을 상쾌하게 만들었다.

"학교 다녀오겠습니다."

그리고 그 시각, 평소보다 일찍 학교에 가는 어느 학생의 목소리가 한 단독 주택 현관 앞에서 울렸다.

크다고는 할 수 없지만 그럭저럭 나무 몇 그루와 꽃을 심을 수 있는 작은 정원이 딸린 이층 구조의 단독 주택. 하나 부유하다고 느껴질 만큼의 집은 아니고 그저 깨끗하고 안락하게 보이는 서민 주택이다. 그런데 바로 그 집의 현관 앞에서 고급 사립학교 교복을 입은 한 남학생이 허리를 굽혀 구두를 신으며 인사를 하고 있었다. 그러자 그 소리가 끝나자마자 집 안에서 허둥지둥 뛰어나온 한 명의 부인. 앞치마를 두르고 한 손에는 국자를 들고 있는 걸 봐선 부엌에서 일을 하다 나온 모양이다.

"어머! 승현아, 벌써 가는 거니? 그럼 아침은? 아니, 그러지 말고 조금만 기다리렴. 준비 금방 끝나. 오늘은 아침 꼭 먹고 나가거라."

"됐어요. 교내 식당에서 사 먹을게요."

어머니처럼 보이는 인자한 인상의 부인이 잡지만 그 소년은 결국 무심한 목소리로 거절하고 신발을 신기 위해 잠시 옆에 내려놓은 가방을 집어 든다. 등에 메는 배낭 타입이 아닌 한쪽 어깨로 메는 스타일로 그 검은색 가방이 가뿐하게 들린다.

여인은 자신보다 머리 하나 정도 큰 키의 아들이 무표정한 얼굴로 무시하는 것보다 그 아이가 아침을 굶고 학교에 가는 것이 더 걱정이 되는 듯 자상해 보이는 중년 부인의 얼굴이 흐려졌다.

"그럼 용돈은 충분하니?"

"지난번 받은 것도 아직 반이나 남았어요. 그리고 특별히 쓸 데도 없고. 학교 식당 밥 싸요."

"그래도……."

"다녀오겠습니다!"

아쉬워하는 눈길로 여인이 소년의 등을 바라보고 있었지만 그는 매정하다고 느낄 정도로 돌아서서 빠른 걸음으로 집을 나섰다. 그 여인은 아침 공기 사이로 녹아들듯 사라진 그 아이의 모습을 안 보일 때까지 현관에서 배웅하다가 가볍게 한숨을 내쉬었다.

언제쯤이나 겉돌지 않고 이곳을 집이라고 여겨줄까.

얼마나 기다려야 저 아이가 우리 부부를 어머니, 아버지라고 다정히 불러줄까.

지금의 승현이는 중학교 때처럼 엉망이 될 때까지 싸움질도 하지 않고, 머리도 좋아 S대보다도 들어가기 어렵다는 그 유명한 성전특고에 일반 전형생으로 합격도 하였지만 그래도 어쩐지 가끔은… 아주 가끔은 예전의 문승현이 그리워지는 부인이었다.

중학교 때의 문승현은 밖에서 패싸움으로 상처투성이가 되어 독기 어린 눈으로 자신들을 원망하며 쏘아봤을지라도… 적어도 지금처럼 존재하지도 않는 것처럼 무시하지는 않았었으니까.

그 부인은 다시 한 번 깊은 한숨을 내쉬며 문승현의 친부모들의 얼굴을 떠올렸다. 그리고 그들이 하늘에서라도 저 아이를, 지금은 자신의 소중한 아들이기도 한 저 아이를 지켜주기를…

그녀는 맑은 아침 하늘을 올려다보며 오늘도 기도했다.

"하늘에게 맡긴다! 하나, 둘, 셋!"

팅—!

은빛 동전이 공중으로 팽그르르 돌며 튀어 오른다.

짝!

그리고 떨어지는 순간 손바닥에 갇혀 버린 동전.

큰길로 나온 승현은 지금 갈래길에서 어느 길로 갈까 고민하다가 동전에 운명을 맡긴 길이었다. 전철을 탈지 버스를 탈지 매우 심오한 문제라고 생각되었다. 길 한 켠에서 훤칠하게 생긴 사립고교생 소년이 이런 문제로 얼굴을 찌푸리며 진지하게 고민하고 있다고 한다면 많은 사람들이 웃을지도 모르지만, 사람마다 중요하게 생각하는 것이 각자 다르고 모든 것이 성격 탓이니.

어쨌든 전후사정은 그렇기에 문승현은 전철역과 버스 정류장으로 가는 갈래길 앞에서 모든 것을 하늘의 계시대로 결정하기로 하고 동전을 던지는 참이었다.

"앞이면 버스, 뒤이면 전철!"

소리 내서 말을 하고 심각한 눈빛으로 동전을 가리고 있던 한쪽 손바닥을 치운다. 앞이 나올 것인가, 뒤가 나올 것인가? 전철은 막히지 않아 좋지만 답답한 지하를 지나야 하고, 버스는 지나가는 풍경을 볼 수 있지만 도착 시간이 일정하지가 않다.

'아, 오늘은 좀 더 일찍 나왔으니까 버스도 안 막히겠구나. 그럼 버스?'

"훗~ 버스!"

버스 당첨이다. 동전이 요염하게 내보이는 부분은 앞면!

오늘은 일진이 좋은 날이라고 흐뭇하게 웃는 승현이었다. 일종의 운수를 점치는 셈인 동전도 자신의 생각대로 나오고 오늘을 마지막으로 기말고사가 끝나기 때문이다. 그럼 바로 다음 주는 방학이다. 2학년은 방학을 하면서 바로 수학여행을 떠나게 되지만 자신은 3학년이므로 오늘 시험을 마지막으로 학교에서의 중요한 일들은 모두 끝나는 것이다.

물론 고3 수험생으로서 입시가 한 학기밖에 안 남았다는 것에 불안감이 없는 것은 아니지만 최악의 경우엔 특고생이므로 학교에서 평가

하는 수준에서 학업 경고를 먹지 않는 이상 성전재단 후원 대학으로 에스컬레이터 식으로 올라갈 수도 있으니 일반 인문계 고등학교 수험생보다는 초조감이 덜하긴 하다. 하지만 성전특고생들 중 상위권 학생들은 해외 대학에 합격해서 바로 유학 가는 경우도 많고 국내 대학에 입학할 시에는 최고 명문 대학에 파격적인 후원을 약속받고 들어가는 경우가 다반사인지라 그냥 푹 퍼져 놓고 있을 수만은 없는 것도 사실이다.

그러나 어디 사람 마음이 그런가? 아무리 무념무상, 무심한 무심대마왕 문승현 군이지만 학생의 본분답게(?) 시험이 끝난다는 것에 대해 기뻐하고 있었다. 오늘 일찍 등교해서 편안한 마음으로 마지막 시험을 치르고 오래간만에 기분 전환을 좀 해야겠다고 생각하는 승현이다. 그래서 버스 정류장으로 옮기는 걸음이 더욱 가벼웠다.

"……."

음… 뭔가 이상했다. 정류장에 도착한 승현이 버스를 기다리며 혼자서 있는데 기분이 왠지 평소와 다르다. 고개를 돌려보니 특별히 주변 경관이 바뀐 것 같진 않은데 어째서 이렇게 다른 느낌이 드는 건지… 미간이 찌푸려진다.

"…역시 이상해. 뭐지?"

머리를 긁적이다가 자신도 모르게 우연히 뒤쪽으로 시선이 갔다. 그런데 그때 무엇인가를 발견하고 휘둥그렇게 떠진 문승현의 두 눈.

"뭐야, 이건."

어이없다는 목소리.

그 소년의 시선이 못 박힌 곳은 버스 정류장의 정류소에 형광등 조명으로 환하게 빛나는 광고판. 그 커다란 광고판에는 마치 영화의 한 장면 같은 이미지가 걸려 있었다. 특별한 상표나 상품명을 넣지 않고 그저 아스라한 이미지만을 느끼게 하는 한 장의 광고 사진. 선명한 녹색과 금빛의 강렬한 자극… 그 한 장의 이미지는 너무나 화려하고 밝아서 눈이 부실 지경이었다. 그 덕분에 더욱 신비스런 분위기가 연출되고 있었지만.

이미지 장면은 눈을 감고 나무로 변해가는 아름다운 소녀와 그런 그녀의 우윳빛 살결과 복숭아빛으로 물든 뺨을 안타깝게 쓰다듬는 금발의 미소년 태양신!!

바로 그 둘의 애처롭게 맞닿을 듯한 얼굴의 클로즈업 장면이다. 이미지 밑으로는 '『신화(神話)』'라는 문자가 독특하게 디자인된 글자체로 물 흘러가듯이 자연스럽게 흘려 써져 있다. 그리고 신인류, 순수, 희망, 열정, 꿈의 재림이라는 그래픽적인 글씨들이 '신화'의 주변에 모여들듯 흩어져 있다.

한마디로 감각적이고 멋.지.다.

여자 모델의 모습은 누구인지 쉽게 알 수 있었다. 요즘 가장 폭발적인 대형 인기를 누리고 있는 '마리안'이라는 아이돌 스타. 역시 진짜 사람이라고 생각되지 않을 정도로 끝내주게 예쁘다. 그런데 그녀의 상대 모델은……

"…저 녀석이 왜 저기에 있는 거야?"

'민제후?!'

문승현이 약간 일그러진 표정으로 혼잣말을 중얼거렸다.

태양신 역할의 남자 모델은 옆얼굴만 살짝 나왔고 그나마도 카메라와 조명 효과 때문에 자세하게 나오진 않았지만 그 존재감만큼은 확실히 민제후다. 또한 저 독특한 머리색은 더욱 확고부동한 확신을 심어

준다. 하나 이것은 제후를 알고 있는 사람들만이 알아보는 모습일 뿐, 수많은 사람들은 저 미소년 태양신이 누구인지 한동안 술렁일 듯 보인다.

"나~참! 엉뚱한 건 처음부터 알고 있었지만."

승현은 한동안 말을 잇지 못하다가 갑자기 고개를 흔들며 낮게 웃음을 터뜨렸다.

역시 재미있는 녀석이다. 그 친구들까지도. 도대체 뭐 하는 놈인지, 어떤 녀석인지 감이 안 잡히고 비밀 또한 많아 보이지만… 이렇게 자신을 쉽게 웃길 수 있는 인물을 만나리라곤 생각도 못했다.

문승현이 무심한 가면을 벗고 웃고 있는 사이 버스가 왔다. 버스에 오르며 소년은 생각했다. 제작과 홍보가 성전에서 이루어지고 있으니 벌써 저 광고는 온 서울 시내에 뿌려졌을 것이라고.

사람들의 반응이 궁금해진다. 그리고 민제후의 반응도. 아마도 본인은 모르고 있지 않을까?

점점 더 재미있어진다. 가만히 있어도 그 녀석들 주변엔 항상 뭔가가 터지니… 민제후 곁에 머무르는 유세진의 기분이 조금 이해가 간달까?

'하하하. 역시 나, 그 녀석들에게서 쉽게 빠져나오긴 힘들 것 같아.'

아니, 이미 빠져 버렸는지도. 민제후란 녀석에게 반해 버렸는지도 모르겠다.

쌩쌩 달리는 버스가 아침의 서울을 활력으로 깨운다.

시끌벅적. 와글와글.

어느 학교나 수업이 끝난 쉬는 시간에는 교실이고 복도고 똑같이 복작거린다. 뛰어다니는 남학생들. 수다를 떠는 여자 아이들. 삼삼오오 모여서 편한 시간을 보내는 학교의 풍경은 신기할 것도 없다. 그것이 아무리 동양 최고의 명문고 성전특고라 해도 말이다.

게다가 오늘은 드디어 기말고사가 끝난 날이고 지금의 이 쉬는 시간은 단지 담임이 종례하러 오기를 기다리는 잠깐의 기다림이기에 더욱 자유롭고 해방된 분위기.

"야야, 저기……."

"어? 뭐?"

그런데 그 홀가분한 시간에 어떤 일로 맹렬하게 수다 떨기 바쁘던 소녀들이 때마침 어떤 것을 발견하고 그것으로 힐끔힐끔 시선을 집중시키고 있었다. 특별히 신기할 것이 없는 풍경 속에 아이들의 시선을 잡는 그것은 무엇인지… 창가나 친구들 자리에 몰려 한창 인기있는 연예인 이야기와 방과 후 놀러 갈 계획을 세우던 여자애들이 서로 팔꿈치로 툭툭 치며 구경할 정도의 신기한 광경이란?

"저기 제후야… 정말 미안한데 말이야… 부탁이 있는데… 아니, 어려운 것은 아니고. 저기, 저기, 저기……."

그리고 다음 순간, 한 여자 아이가 용기를 내서 그 시선의 중심으로 접근해 머뭇거리며 힘들게 말을 걸고 있었다. 그 여학생이 뒤를 힐끔거리며 안절부절못해서 돌아보지만 일행으로 보이는 다른 소녀들은 멀리서 '빨리빨리', '힘내' 등등의 입 모양으로 반짝반짝 눈빛 광선을 보내며 열렬히 응원할 뿐이다.

민제후에게 대표로 뭔가를 부탁할 셈인가?

제후는 할 말이 있다면서 죄지은 것처럼 우물쭈물 말을 잘 못 꺼내는 같은 학급 여학생을 어리둥절하게 쳐다보았다. 그렇지 않아도 오늘 마지막 날 시험이었던 수학 시험 답을 맞춰보고 있던 중이라 가슴이 찢어지고 있건만 왜 애들까지 답답하게 만드는지 기분이 안 좋아진다.

'그렇지 않아도 어제 본 영어 시험도 엉망이구만. 우우~ 어째서 이것들은 그렇게 점수가 안 나오는 것일까? 한데… 정말 해괴한 일도 다 있단 말씀이야? 영어 듣기 평가는 만점을 받았으니. 너무 졸려서 그만 비몽사몽 간에 시험을 봤더니 만점이라~'

"잠깐만 손을 이렇게 올리고 고개 좀 돌려볼래?"

"후후후… 그래, 난 역시 대단해! 그럼 역시 다음번에도 졸린 상태에서 시험을… 앙? 뭐라고?"

제 버릇 개 못 준다고 했던가. 한동안 큰 사고들을 직, 간접적으로 겪고 충격 때문인지 사뭇 진지해졌다고 생각했는데… 그런데 어느새 명랑소년 민제후로 컴백해서 학교에 나타나더니 또다시 이 모양이다. 가만히 생각에 빠지면 혼자 엉뚱한 공상 및 자기만의 꽃 세계에 빠져 허우적거리거나 삼천포로 빠진다.

"저기, 그러니까 손을 이렇게 높이 들어서 뭔가 쓰다듬는 포즈를……."

"……?"

제후가 자리에 앉은 채로 그 여자애의 얼굴을 빤히 쳐다보며 물으니 그 소녀가 이젠 거의 기어 들어가는 목소리로 중얼거린다. 손가락으로 '톡' 칠라 치면 소스라치게 놀라서 도망갈 듯한 태세.

제후는 '내가 뭐 잘못했나?' 라고 머리를 긁적이며 멍한 표정으로 다시 올려다보며 물었다. 말뜻은 이해하겠는데 자신이 엽기토끼 마시마로 인형도 아니고 어째서 그런 야리꾸레한 자세를 취해야 하는 거지?

"그러니까 내가 왜?"

"아니, 저 그게… 어… 어… 그, 그냥! 아, 안 될까?"

억지로 웃는 얼굴에 식은땀까지 삐질삐질 흘려가며 애쓰는 것이 안 쓰럽다. 물론 그녀 뒤쪽 저 멀리 있는 벽 뒤에서 찌릿찌릿할 정도로 날아오는 소녀들의 시선을 생각한다면 이러는 것도 무리가 아니지만.

'뭐, 닳는 것도 아닌데 해줄까? 쩝!'

"안 될 건 없지만. 자, 이렇게?"

"아! 고, 고마워!! 어, 그쪽 팔 너무 올라갔어. 좀 더 부드럽게."

소심해 보이는 여학생이 친구들끼리의 무슨 게임에서 벌칙에라도 불쌍하게 걸린 것이 아닐까 싶어 방긋 웃으며 원하는 자세를 취해주었다. 그러자 그 여학생의 얼굴이 금방 환해지면서 머리가 휘날릴 정도로 90도 각도로 허리 굽혀 몇 번이나 인사한다. 이렇게 되면 정말 거절할 수가 없는데.

'그런데 이 자세, 왠지 낯설지 않은… 음, 기분 탓인가?'

제후가 웃는 낯에 어색한 땀방울을 달고 자세를 교정했다.

"이렇게?"

"응! 거기에서 고개는 약간 숙이면서 저쪽으로 틀어줘. 얼굴 선은 나오되 이목구비는 흐릿하도록."

"이제 됐어?"

"응! 굿!! 그거야!!"

찰칵! 지잉―!

"엥?"

"고마워, 민제후! 이 은혜 평생 잊지 않을게! 까아아~"

고개를 바깥쪽으로 틀라고 해서 돌렸기에 뭔가 번쩍하더니 들려온 생소한 기계음에 잠시 어리벙벙해진 제후였다.

'뭐, 뭐지?'

"꺄아아아!! 얘들아, 성공했어!!"

"잘했어! 멋져!!"

"언니, 너무 멋져요!"

"아까 봤지, 봤지! 진짜 똑같잖아!"

"네, 맞아요. 정말 감동이에요."

삐걱거리는 고개를 돌려 여자애들 무리 쪽으로 시선을 돌렸던 제후는 점차 돌이 되어 그들을 바라보았다. 여자 아이들의 꺅꺅거리는 비명 소리가 점차 멀어졌다.

도대체 뭘 성공했고, 뭘 잘했고, 뭐가 똑같다는 것이지? 게다가 그 이상 야리꾸레한 포즈를 사진으로 찍어서 어쩌려는 것일까? 도대체 왜 그 사진 한 방에 눈물까지 보이며 멋지다고 감동하는 것이냐고!

도대체 뭐.가!!

"야아~ 민제후, 인.기.폭.발.이야. 부럽다, 부러워."

"이 씹, 누구야!"

한참 이해할 수 없는 여학생들의 행태에 넋이 나가 패닉 상태에 빠졌던 제후는 옆에서 비꼬는 듯한 목소리가 들려오자 얼굴을 찌푸리며 고개를 홱 돌렸다.

"나다, 자식아."

"어라? 박원우?"

개구쟁이 이미지와 순한 눈매가 호감이 가는 한 소년이 내려다본다. 물론 지금은 그 눈매가 옆으로 찢어져서 노려보고 있지만 분명 박원우.

"뭐야, 그 재수없는 표정은?"

"어, 별거 아냐. 그저 기억이 나지 않는 사람은 「민제후 회고록」의

4권 45페이지, 65페이지를 참고하라는 말을 하고 싶었어. 엑스트라 찬조 출연이 아니라 조연으로 승격된 것인가 궁금하기도 하고. 어쨌든 축하한다, 야."

무슨 말인지 도통…

"으… 으응… 그, 그러냐?"

박원우가 방긋방긋 웃으며 말하는 제후의 얼굴에 식은땀을 흘리며 말을 힘들게 씹어 내뱉었다. 하지만 결국 한숨을 포옥 내쉬고는 민제후의 양 어깨를 잡고 진지하게 한마디 한마디 또박또박 강조하며 말해 주었다.

"이봐, 친구! 난 가끔 네 녀석의 뇌 속에는 뭐가 들어 있는지 너무 궁금해진다."

물론 예의상 '가끔'이라고 표현했지만 사실은 놀라운 빈도 수를 생각한다면 '자주'라는 낱말의 완곡한 표현이라는 것을 알고 있겠지?

"근데 이제 나한테 네가 먼저 말도 걸고… 삐친 건 좀 풀렸냐?"

'모르는군.'

박원우란 아이가 천하의 민제후한테 너무 많은 것을 바란 듯싶다.

멍청한 표정으로 말똥말똥 눈을 굴리다가 갑자기 피식 웃으며 턱을 기대는 명랑소년. 소문에는 달동네 출신이라느니 고아라느니 별별 말이 많지만 누가 보아도 깔끔한 인상과 당당함, 같은 남자로서 부러울 정도의 터무니없는 자신감은 녀석의 화사한 미소와 함께 사람을 끌어당기는 묘한 힘이 있었다. 그래서 그가 집안이나 배경, 하다못해 스쿨 피온까지도 아랑곳하지 않고 지금까지 계속 민제후 곁을 맴도는지도. 그건 자신에게 없는 것을 가진 이에게 품는 '동경'이니까.

그렇지만 사람 당황하게 만들며 이렇게 얄밉게 웃을 때는,

'한 대 치고 싶단 말이다!'

"내, 내가 언제!!"

"진실 회피냐, 사실 부정이냐? 어느 쪽이야? 그리고 언제냐고 물어
본다면 그건 민제후 회고록 4권 65페이지에서부터 69페이지까지를 참
고하라고 충고해 주고 싶군. 소제목은 '친구를 물먹일 땐 농구가 최고
야' 다."

"뭐, 뭐얏! 지금 날 놀리는 거야?!"

"흠, 네가 원한다면 부록으로 「산신령 신과의 만남―있는 힘껏 신
울거 먹기 편―」을 얹어줄 수도 있다네. 그러니 너무 화내지 말게."

'그러니까 그 회고록인가 뭔가가 도대체 뭔데에~!'

박원우는 경악을 하며 소리치다가 여전히 평이한 어조로 진지한 제
후의 모습을 보고 마음속으로 이렇게 절규했다.

원래 이상한 녀석이라는 것은 알고 있었지만 원우는 제후가 이처럼
알 수 없는 소리를 주절거릴 때는 교실을 뛰쳐나가고 싶을 때가 한두
번이 아니었다. 그런데도 이 이상한 녀석 주변에는 성전특고에서도 최
고 레벨의 아이들이 친구라는 이름으로 모여들고 여학생들에겐 인기
절정인 것을 보면 신기하기 그지없었다.

어째서일까?

민제후, 집안도 별 볼일 없는 일반 전형 입학생.

그것도 처음 입학할 당시에는 최고 하위 레벨인 A-IX이었고, 부모님
이 계신지 안 계신지는 잘 모르겠지만 적어도 함께 사는 것 같지는 않
다. 또 집에 돈도 없어 보이는데… 그럼에도 인기인 프로필 동아리
「WHO」의 명물 리스트에 올라 있으며 비공개적인 개인 팬클럽까지
있다는 건 정말로 기이한 일이다.

하긴 그렇게 말하는 자신도 별수없이 이 녀석이 밉지는 않으니 마찬가지 아닌가라며 먼 하늘을 허무하게 쳐다보는 박원우였다.

"이런 녀석의 어디가… 쳇! 계집애들은 도대체 눈을 어디다 달고 다니는 거야? 뭐가 똑같다고 난리법석인지."

'엉?'

"그게 무슨 말이야?"

한동안 틱틱거리던 박원우가 투덜거리며 뭔가 의미있는 말을 중얼거리자 민제후가 갑자기 눈을 희번득하게 뜨며 물었다.

'똑같다고? 난리법석?'

그렇다면 아까 영문도 모르게 엽기토끼 같은 이상 야리꾸레한 포즈로 황당하게 찍힌 사진에 대한 의문이 풀릴지도 모른다! 오늘따라 여자애들이 이상하게 힐끔거리는 것도, 여기저기에서 잠복하다 눈길만 돌릴라치면 자기들끼리 꺅꺅 소리치며 도망가는 것도.

언제부터 자신에게 그런 일이 벌어졌는지는 잘 모르겠지만 기말고사가 끝나고 정신을 차리니 레이저 광선을 쏘듯이 번쩍번쩍 빛나는 눈빛의 여학생들이 주변에 포진해서 자신을 지켜보고 있다는 것을 깨닫게 되었던 것이다. 그래도 정확한 날짜를 꼽으라고 한다면 자신의 뒤통수가 이처럼 따끔따끔해진 것이 시험 기간 중부터였으니… 한 삼사일?

좀 전까지는 자신의 친구들이 워낙 주목받는 천재에 인기 절정의 유명인들이라서 그러려니 넘겼던 제후였지만 아까 불시에 습격을 당하듯 강제로 어이없는 사진을 찍혔던 제후는 그 이유를 기필코 알아야겠다고 불타오르는 중이었다.

"쟤들이 왜 저러는지 넌 알아? 아는구나? 역시 알고 있는 거지? 빨리 불어, 박.원.우!"

"야야! 무, 무서워, 자식아! 아, 알았어. 말해 주면 되잖아. 짜식!"

역시나 목을 잡고 흔드니 원우가 실토를 한다.

한데 박원우, 왜 저런 묘하게 풀린 얼굴이 되어서 요상한 웃음을 흘리기 시작하는 것일까? 저 표정은 마치 어린애들이 자신만이 가진 멋진 장난감을 친구들에게 으스대기 직전에 뿌리는 오만방자함이라 여겨지는데.

"푸흐흐흐흐~ 이걸 봐라. 쨔쨘─!!"

"쿨럭!"

제후는 갑자기 의기양양하게 자신의 앞에서 뭔가를 쫙 펼쳐 들자 생각지도 못한 충격에 쓰러질 뻔하였다. 그것은 이미지 광고의 포스터. 한데 그 사진은…

'얼마 전에 마리안의 촬영장에서 남는 필름으로 찍은 거나 다름없는 바로 그 사진?!'

민제후와 마리안이 아폴론과 다프네가 되어 같이 포즈를 취했던 그 광고!

그때 사고가 나고 그 뒤를 이어 학교에서 또 사고가 있었기에 그만 까맣게 잊어버리고 있던 그 사진이다.

'그, 그런데 저 사진이 왜 박원우 손에 들어가 있는 거야?! 그것도 저렇게 크게 확대된 대형 브로마이드로!!'

자신의 얼굴이 화려하게 클로즈업되어 예고도 없이 대형 포스터로써 눈앞에 나타나다니.

그러나 새하얗게 질려 손가락으로 가리키며 경악을 하는 민제후와는 상관없이 박원우가 펼쳐 든 브로마이드에 아이들이 소리를 지르며 모여들었다. 어디서 구했냐느니, 제발 자기도 하나 구해달라고 애걸복걸하는 소녀들부터 자신은 한밤중에 레코드 가게에 붙은 걸 몰래 떼어왔다고 자랑하는 남학생들까지… 클래스의 아이들 대부분이 알고 있는 분위기가 아마도 이미 서울 시내 곳곳에 뿌려진 모양이다. 아주 구석구석, 사정없이.

제후는 하늘이 노래지는 걸 느꼈다. 현기증이 났다.

"아까 여자애들이 그런 이상한 행동을 한 건 바로… 후후, 이 포스터의 남자 모델과 네가 비슷하다고 여겼기 때문이지."

'아~ 역시.'

콧대가 하늘로 솟은 박원우가 성전영상의 아폴론과 다프네 브로마이드를 꼭 품에 안고 의기양양하게 말을 마치자 제후는 손바닥으로 이마를 짚었다.

"근데 걔들이 눈이 삐었지. 어떻게 마리안의 상대 모델이 너랑 비슷하단 그런 엽기적인 발상을 해냈을까? 푸하하하! 말도 안 되지. 네 머리색이 좀 특이하게 비슷하다고 여자애들이 장난 아닌 착각에 빠졌다니깐. 아까도 봐봐, 너보고 이 포스터 속의 모델처럼 똑같이 포즈를 취하게 하는 거. 웃기지 않냐?"

'어, 웃겨. 너무 웃겨서 눈물이 날 것만 같애.'

정말 울고 싶다.

"민제후, 너한텐 정말 미안한 말이지만, 쯧쯧… 솔직히 마리안 상대 모델인 이 자식은 남자인 내가 봐도 멋있단 말이다. 얼굴이 흐릿하게 나왔지만 아폴론의 강렬한 이미지가 장난이 아니게 표현됐다구. 권력과 힘, 광명이라는 절대 상징이 팍팍 뿌려지는 데다가 아름답다고밖에 표현될 수 없는 이런 카리스마적인 미소년이니… 여자애들이 혹할 수

밖에. 여자애들뿐이냐, 요즘? 아줌마들도 얼마나 좋아하는데? 우리 누나도 자기 방에 이거 붙여놓고 매일 제정신이 아니다 야. 성전영상사업단에 허구한 날 전화질에, 인터넷상에서 정보 찾기에 혈안이 되어서… 그 이유가 이 남자 모델이 대체 누구냐고. 그런데, 캬캬캬캬캬~ 네가 이 모델 놈하고 닮았다구? 차라리 똥파리가 비행기란 소릴 더 믿고 말지. 푸하하하하하하~!!"

'나도 그게 내가 아니었음 좋겠다. 쿨럭.'

들통 안 난 건 정말 다행이긴 한데… 박원우, 저 시끼가……!

어쨌든 촬영 때는 잘 몰랐는데 포스터를 직접 보니 원우 말대로 진짜 장난이 아니었다. 구불구불한 컬이 들어간 머리가 금빛으로 빛을 발하는 가운데 한 미소년이 월계수로 변화되어 가는 다프네를 안타깝게 쓰다듬고 있으니… 저 장면은 누가 보아도 사랑하는 소녀를 바라보는 권력자의 표정.

'한데 저 닭 날리는 표정과 포즈의 집합체가 나.라고?! 흐에헥ㅡ!! 누가 제발 거짓말이라고 해줘오~!!'

뭉크의 「절규」가 아닌 민제후의 「절.규.」다.

"아아~ 그보다 이 포스터 진짜 환상이지 않냐? 무엇보다 여기 마리안 좀 봐. 누가 이 사진을 보고 사진이라고 하겠어! 이건 컴퓨터 그래픽이야, 그래픽! 이렇게 완벽한 소녀가 이 세상에 존재한다니 말이야~ 이 티끌 하나 없는 백옥 같은 피부… 살포시 감긴 눈꺼풀 밑으로 살며시 빛나는 눈물을 가득 머금은 청록빛 눈동자… 녹아내릴 듯한 은빛 머리칼… 오오~ 이런 세.상.에! 마리안은 진짜 여신이얌!! 나무로 변해도 좋아! 그래도 너무 예뻐~!! <u>프흐흐흐흐흐흐</u>!"

'제발 포스터에 발그레해진 바보 표정으로 얼굴 부비지 마. 마리안

옆에 나도 있단 말이다!'

제후는 박원우를 물끄러미 바라보며 소름이 오싹오싹 끼치는 걸 간신히 꾹 참았다.

전에는 잘 몰랐는데 원우의 수다는 여자애들 뺨쳤다. 아니면 신화 포스터를 얻어 감격에 겨웠던가. 앞뒤 정황 맞춰보니 소문에 깜깜 무소식인 제후에게 박원우가 저 포스터를 자랑하려고 다가온 것이란 심증이 일어난다. 웃는 얼굴을 일그러뜨리며 고개를 돌려 안 보려는 민제후에게 방글방글 웃으면서 기어코 눈앞에 들이대며 마리안에 대한 찬양을 하는 순진한 녀석.

마리안, 그 마녀 투의 실체를 모르고 세상에서 가장 순결하고 순수한, 청초한 그녀라고 믿는 불쌍한 녀석.

'그래, 모르는 게 약이지.'

제후가 식은땀을 삐질삐질 흘리면서 어서 빨리 집에나 갔으면 좋겠다고 마음속으로 빌었다.

그나마 포스터에 자신의 얼굴이 흐릿하게 되어 자세히 나오지 않은 것이 불행 중 다행이다. 그렇다면 앞으로 남은 과제는 저 쪽팔리는 모델의 주인공이 본인임을 들키지만 않으면 되는 것!

"아참! 그런데 너, 그거……."

마침 그때 민제후가 막 생각이 났다는 표정으로 안색을 바꿔 원우의 얼굴을 올려다보며 말했다.

"어?"

"너, 그 포스터 지하철 광고판에서 떼 왔지? 아냐?"

"뭐, 뭐?! 아, 아냐!"

말도 더듬고 얼굴 발갛게 물들었는데 아니긴 뭐가 아냐. 그 포스터는 상품 광고가 아니므로 구하기도 쉽지 않을 텐데.

상품 광고 포스터라면 그 제품 매장에서 비교적 쉽게 구할 수 있겠지만 그 포스터는 기업 이미지 홍보를 위해 제작된 것이므로 한정적으로 배포됐을 터였다. 성전의 능력으로 서울 곳곳에 충분히 뿌려졌겠지만 그렇다고 그것이 일반인들이 개인 소장할 만큼의 대량 배포는 계획에 없었으니까.

제후가 단순무식과 초강력 철판신공을 내세워 어느새 평안을 되찾은 안면으로 장난기를 가득 담고 빙글거렸다.

"헹! 그럼 그걸 네가 어디서 나냐? 그 포스터 판매하는 것도 아니고, 게다가 이렇게 큰 브로마이드는……."

"이씨, 아니라니까!! 지하철 광고판엔 벌써 누가 떼 가고 없었다구! 그래서 이건 성전영상사업단 거래처로 일하는 우리 사촌 형한테 건너 건너 간신히 얻은 특별 정품… 앗!"

"아~하~!"

그래도 지하철 광고판을 노리긴 노렸었나 보군. 귀여운 녀석. 푸웃!

"이런, 제길! 딴 놈도 아닌 어리숙한 제후 놈한테 넘어가다니. 특고에 소문나면 박원우 인생은 쫑났어, 이제! 크흐윽~"

"너무 슬퍼 마라. 세상은 다 그런 거다. 냐하하하하~"

"뭐가 그렇게 재밌어, 제후야?"

"아, 그게 원우가… 히국!!"

민제후가 박원우를 놀리는 재미에 심취해 있다가 느닷없이 뒤에서 들려온 청아한 음성에 딸꾹질이 터져 나왔다.

간만에 듣는 원조마녀의 목소리다. 시험 기간 중에는 여유가 없었고, 그전에는 제후가 학교를 안 나왔었기에 세진의 사고 이후에 처음

듣는 한예지의 음성이다. 한데 화가 많이 났는지 너무나 친절한 마녀의 목소리… 화날수록 더욱 친절해지는 예지마녀의 습성.

이럴 땐 몸이 먼저 알아서 반응한다.

'튀어!'

"어딜~ 민제후! 호호호호호~"

…사전 봉쇄당했다. 역시 마녀는 민제후에 대해서 너무나 잘 알고 있었다.

"이게 확! 너, 지금 또 도망가려 했지? 간뎅이가 배 밖으로 나왔냐, 앙?"

목을 살짝 잡고 귓가에 제후에게만 들리도록 조용히 협박을 가하는 예지였다. 민제후의 키가 그리 큰 편이 아니고 한예지는 보통 소녀들보다 늘씬한 키였기에 둘의 높이가 엇비슷해서 그런지 살짝 옆으로 끌어당겨 얘기함에도 바로 귓가에 조용히 속삭일 수 있는 자연스런 위치가 된다. 그렇기에 그 모습은 외부 사람들이 보기엔 다정해 보일지언정 협박에 굴복하는 비굴한 자세로는 비춰지지 않는다. 무섭다.

'박원우를 비롯한 클래스S 떨거지들아! 날 그렇게 죽일 듯이 노려보지 말란 말이다, 이 잡것들아! 부러우면 너희들이 해봐라! 유리꽃 좋아하네. 앤 마녀라구! 보면서도 모르냐? 씨바… 흑……'

게다가 마녀와의 투쟁은 외롭기 그지없다.

"아하하… 하하… 서, 설마, 난 예지마마밖에 없잖아. 그냥 단지……"

"단지?"

또 한동안 잊고 있는 것이 있었다. 예지마녀의 그 검은 머리칼이 바람에 날릴 때 얼마나 박력적이었는가를.

"가, 감기에 걸려서, 어어… 그, 그래서 코 풀려고 잠깐 나갔다 오려고……."

"그으래?"

"어어! 정말이야! 둘기랑 한동안 못 놀아줘서 요즘은 밤마다 숲에서 달밤에 체조를 했거든. 시험 공부하다가 머리 식히는 데도 도움이 되기도 하고 해서. 그런데 요즘 피로가 쌓여서 면역력이 약해졌었나 봐. 콧물이… 홀쩍! 봐봐, 진짜잖아."

완전히 거짓말은 아니다. 단순하게 생각하기로 마음먹었어도 때때로 가슴속이 불에 데인 듯 끓어오르는 뭔가에 참을 수 없어질 때면 한밤중에라도 청아도를 들고 나가 한바탕 휘젓고 녹초가 되어 새벽녘에 돌아오곤 했기 때문이다.

그러자 곧 예지가 씁쓸한 표정을 짓고 있는 제후를 물끄러미 바라보더니 한숨을 쉬면서 한결 부드러워진 어조로 말한다.

"어휴~ 이 맹추! 그렇게 달밤에 체조는 왜 하니? 자, 여기 휴지."

"응, 고마워."

'그나저나 여기에 오래 잡혀 있으면 좋을 게 없을 것 같은데… 예지한테 저 포스터를 들킬 수도 없고. 적어도 내 눈앞에선 안 돼! 마리안 상대역이 나라는 걸 저 마녀는 한 번에 꿰뚫어 볼 게 틀림없어! 그리고 그동안 학교 무단 결석한 거랑 세진이 문병 한 번 안 간 거랑… 우쒸~'

찔리는 게 너무 많다. 지금은 감기 기운이 있다고 하니까 조금 부드러워졌지만 이대로 있다간 곧 마녀의 측은지심(惻隱之心)이 사그라들자마자 엄청 쪼일 것 같다.

제후는 예지가 앉으면서 건네준 휴지에 코를 풀면서 여전히 탈출 궁리를 했다. 머리 속으로 돌 굴러가는 소리가 요란하게 들리는 듯하다.

"예지야, 내가 신기한 묘기 하나 보여줄까?"

"뭔데?"

그리고 씨익— 악동의 미소를 짓는 금빛 머리칼의 소년.

도대체 뭐길래?

"이것 봐, 코 푼 휴지로 입 닦는 거 보여줄게."

"에?"

민제후의 말에 주변에 가까이에 있던 아이들이 경악을 금치 못하며 입을 쩍 벌린다. 순식간에 조용해졌다. 특히 간식을 먹던 아이들은 입에 빵 등을 넣고 그쪽으로 고개를 돌린 채 굳어버렸다. 특급 클래스인 만큼 대부분이 어릴 때부터 상류 사회의 매너를 교육받았던 도련님과 아가씨들이라 충격이 더 큰 모양이다.

'헐~ 미안하게시리. 허허허!'

그리고 효과는 금방 나타났다.

"꺄악~ 저리루 가!!"

"넹!"

좀 드~럽지만 작전은 충분히 성공이다. 푸헤헤헤헤~

하지만 정확하게는 코 닦은 휴지에서 깨끗한 부분으로 입을 닦은 건데. 애들이 깨끗한 척은. 쯧쯧.

"어라라? 우앗!"

민제후는 한예지의 저리 가라는 기함에 충실히(?) 따르기 위하여 랄라라 웃으며 교실 밖으로 뛰어나가다가 문밖에서 누군가와 부딪쳤다. 사람이 아니고 벽이었으면 코가 깨졌을 만큼 좀 세게 부딪쳤는데 상대는 밀리지도 않는다. 기분 나쁘게.

'누구야? 왜 이런 곳에 서 있는 거야? 제길… 아코코~'

키가 참 크다. 체격도 좋고. 그리고…

"오랜만이다, 민제후."

얼굴도 잘생겼다. 굉장히.

"신동민……."

잠시 눈을 크게 떴던 민제후가 동민이의 분위기있는 낮은 음성에 점차 장난기를 지우며 싸늘하게 얼굴을 굳혔다. 제후가 곧 똑바로 마주서서 두 손을 주머니에 찔러 넣고 신동민을 날카롭게 쏘아보았다.

맞다. 신동민과도 해결해야 할 일이 남아 있었다.

한동안 두 소년 사이에 정적이 휘감는다.

"얘기 좀 하자."

먼저 입을 연 것은 신동민. 활짝 열린 복도 창에서 들어온 바람이 동민의 이마로 늘어진 엷은 갈색 머리칼을 가볍게 날렸다. 뭔가 아슬아슬한 가운데 제후가 냉정한 목소리로 짧게 대답했다.

"…나가자."

멀리 하교를 알리는 종소리가 울려 퍼지고 있었다.

*　　　*　　　*

띠리리~ 띠리리~

"네, 「N-씨너기획」입니다. 아뇨, 그쪽 업무는……."

"…잠깐만요! 그럼 얘기가 달라지죠! 그렇겐 안 되잖아요!"

"야아, 촬영 스케줄이 엉망이 됐잖아! 일을 하는 거야 마는 거야! 엉! 너, 수습 딱지 뗀 지가 언젠데 아직도 헤매는 거니!"

「N-씨너기획」.

엄청나게 크거나 번쩍거리는 규모는 아니지만 비교적 나쁘지 않은 분위기의 빌딩에 걸린 회사명이다. 깨끗한 분위기 속에 활기가 가득한 이곳은 현재 최고의 인기를 구가하는 마리안을 비롯해서 소위 잘나간다는 스타 군단을 거느린 떠오르는 연예 기획사였다. 더군다나 최근엔 성전그룹에서 추진 중인 영상사업에 소속되면서 더욱 성장의 급물살을 타고 있는 기업체다. 그러므로 「N-씨너기획」은 오늘도 정신없이 바쁘다. 게다가 최근엔 엄청난 대박을 터뜨렸으니……

정신없이 울려대는 전화벨.

더욱 바빠진 업무로 전쟁통 같은 사무실.

활력이라고도 부를 수 있겠지만 처음 온 사람들은 얼이 나갈 정도로 부산스러웠다. 물론 항상 이런 것은 아니다. 만약 일 년 내내 이런 상황이면 직원들이 다 도망갈지도 모르는 일이고. 어쨌든 이런 광경은 아무리 잘나가는 「N-씨너기획」이라 해도 평상시의 모습은 아니었다. 지금은 비상 태세였다.

"이우진! 나 나간다! 이쪽 일은 네가 대충 알아서 처리하도록 해!"

다들 바빠서 정신없을 그때, 넥타이를 맨 한 남자가 급하게 양복 상의를 옷걸이에서 떼며 소리쳤다. 그 소리에 직원들과 간략한 회의를 끝내고 들어오던 서글서글한 인상의 남자가 고개를 돌렸다.

"외근이냐?"

"응. 곧 여름 불꽃 축제 콘서트 있잖아. 무대랑 조명 설비 마지막 점검 들어가는데 서류와 전화상으로는 아무래도 불안해. 담당자 목소리도 영 시원찮고. 역시 직접 갔다 와야겠어. 자세한 건 갔다 와서 이야기하자."

"오케이~ 그럼 수고!"

빠르지만 허둥대지 않게 간단한 필요 물품만을 챙기고 문을 나서는 문기현 실장이다. 큰 행사 준비로 나가게 되어서 그런지 몇 명의 직원을 대동하고 나선다. 그런데 사무실 입구를 나서기도 전에 문으로 막 들어서는 여직원에게서도 인사를 받느라 바쁜 기현이었다.

"앗! 축하합니다, 문 실장님! 이번 마리안의 광고 『신화(神話)』, 너무 좋았어요! 대박난 거 아시죠?"

"아, 고마워, 김지선 씨. 모두 여러분들 덕분이지."

"술 한잔 사셔야죠."

"하하하, 그래. 곧 언제 시간을 잡자고. 다들 고생했는데 회식 한번 거나하게 하자고."

"호호호~ 네, 그럼 기대하고 있겠습니다."

싹싹한 여직원의 대답에 문기현이 손을 들어 인사하며 빠져나간다. 평소에 그리 잘 웃는 편이 아니지만 평생 한 번 있을까 말까 한 대박에 저절로 인상이 부드럽게 풀리는 듯싶었다.

"그럼 난 이만. 외근이야. 김지선 씨도 나한테 볼일이 남았으면 나머지는 우진이한테 대신 보고하고."

"네, 알겠습니다. 그럼 수고하세요!"

그래도 「N-씨너기획」의 실질적 총책임자나 마찬가지인 실장 문기현이 나가고 역시 얼마 뒤 중요 업무를 맡은 핵심 인력 몇몇도 외근으로 빠져나가자 그제야 사무실이 조금 안정을 되찾아갔다.

"어휴~ 이제야 겨우 한숨 돌리게 된 건가요?"

"늦었네, 김지선 씨."

"아, 네. 늦었습니다, 이 선생님. 정신없어 보여서 아끼는 인사 안

드렸었어요. 게다가 나갔던 일도 좀 꼬여서 한참을 서서 말싸움하다 왔지 뭐예요."

이우진이 혀를 내두르는 여직원에게 사람 좋은 미소를 지으며 말을 걸자 그 여직원도 빙긋 웃으며 자리에 앉았다.

말은 저렇게 해도 표정을 보아하니 일은 잘됐나 보다. 여자지만 김지선 씨는 상당히 유능한 직원이다.

"하여튼 촬영 중에 사고가 나거나 귀신이 나타나면 대박이 터진다더니… 반응이 정말 대단해요, 이 선생님! 광고가 나간 첫날부터 조짐이 심상치 않더니만 지금 난리났잖아요. 이게 만약 향수나 화장품 따위의 제품 광고였으면 정말 불타나게 팔렸을 거예요."

'마리안과 민제후 군이 모델을 한 성전영상사업단의 출범 이미지 포스터 말이군.'

『신화(神話)』!!

그 포스터의 타이틀이다. 그 아이들의 사진 한 장은 타이틀 그대로 현재 대한민국에서 엄청난 센세이션을 일으키고 있었다. 신비로운 마리안의 미모와 눈부신 빛의 카리스마를 가진 민제후란 비밀에 싸인 소년의 이미지가 최고의 걸작을 만들어낸 것이었다.

우진은 얼마 전 성전 총수 사택에서 만났던 민제후란 소년의 섬뜩한 눈초리를 기억해 내고 쓰게 웃었다.

그 어린 나이에 성전그룹의 총본산이라고도 할 수 있는 장씨 문중의 임시 가주라고 소개하던 소년. 그럼에도 사람을 부리는 데 능숙하고 거침이 없던 태도가 눈에 밟혔다. 자신을 포함해서 문기현까지도 한순간에 압도당하지 않았던가! 그때를 잊을 수가 없다.

그런 이우진이었기에 이번에 나온 환상적인 포스터 속의 아폴론과 다프네의 캐릭터는 처음 보는 순간 더욱 큰 존재감을 느낄 수밖에 없었다.

태양신이라니……

게다가 눈이 부신 활력의 녹색과 금빛!!

눈을 홀릴 정도로 아름답게 나온 피사체가 아니더라도 그것은 너무나 절묘한 캐스팅이었다. 또한 사진작가 조세희 씨는 그 두 아이들의 매력을 단 한 장의 컷에 잡는 데 너무나 완벽하게 성공하였고, 그리고 그 결과는 이렇게 '대박' 이라는 이름으로 그들 앞에 나타났지 않은가.

"그러게. 사고가 너무 크게 나서 일도 잘못될까 봐 조마조마했었는데 말이야."

"하지만 큰 인명 피해는 없었잖아요. 원래 좋은 일이 있으려면 좋은 일일수록 액땜도 크게 하는 건가 봐요. 제 조카도 이번 『신화(神話)』 브로마이드 하나만 얻어달라고 어찌나~ 조르던지요. 어휴~"

"하하하~ 갖다 주지 그래요. 이왕이면 특별 브로마이드로 가장 크게 나온 걸로 가져다 줘요. 가족이 「N-씨너기획」에서 일하는데 그것도 못 받으면 억울하다 할 거 아니야."

"처음엔 저도 그랬죠. 그런데 이게 그 밑으로 조카 남자애가 하나 더 있거든요. 이번엔 그 둘이 그 브로마이드 한 장 가지고 싸움이 난 거예요. 나참~ 머슴애가 지 누나 걸 탐내 가지고… 내가 나이나 적으면 말을 안 한다니깐요! 둘 다 대학 다니는 것들이……!"

"하하하하~ 어때요? 난 좋은데. 우리 소속 모델이 그 정도로 연령대 가리지 않고 인기가 좋다는 게."

"어머나! 이야기가 그렇게 되나요? 호호호~"

한심하다는 듯 조카들 이야기를 하던 지선 씨가 우진의 대꾸에 깔깔

대며 웃어넘겼다. 그러나 곧 이번엔 눈을 동그랗게 뜨고 갑자기 목소리 톤을 달리해서 말하기 시작하는 김지선 씨.

"어쨌든 정말 대단해요. 거리에 붙은 건 물론이고 지하철이나 버스 정류장에 붙인 광고도 한밤중에 몰래들 떼 간대요. 게다가 남녀 가리지 않고 인기가 폭발적인 것이… 역시 그 남자 모델 때문이에요! 도대체 누구예요, 그 남자애?"

"음… 있어."

'알아도 말해 줄 수가 없답니다. 우리 상부거든. 하하.'

그러나 이우진이 어색하게 웃음 지으며 얼버무렸음에도 그녀는 이우진이 알 거라고 기대하지 않았는지 그냥 자기 이야기로 돌아섰다. 하긴 김지선이라는 여자는 이우진 다음으로 「N-씨너기획」의 내부 사정을 잘 아는 인물이기에 「N-씨너기획」을 통해 촬영하게 된 모델이라면 자신이 모를 리 없기 때문에 그런 듯하다. 그녀는 그 모델 소년이 성전영상사업단에서 직접 내세운 신인이라고 추측하는 모양이었다.

"뭐, 마리안이야 워낙에 인기가 많았으니까 이번 일에도 그렇게 놀랍진 않지만, 역시 아폴론 역을 맡았던 그 상대 모델 소년이 아니었으면 이 정도 대박은 어림도 없었을 거예요. 게다가 성전영상사업단은 지금 그 포스터 모델들에 대한 문의와 인터뷰 요청 전화로 업무가 마비될 지경이라잖아요. 제 친구가 그곳에서 근무하는데 오늘도 절 붙들고 얼마나 우는소릴 하던지."

"잘됐군. 적어도 성전그룹의 영상사업은 인지도와 홍보 부족으로 회사 문 닫는다는 말은 안 나올 거 아냐. 기업들이 자사 인지도와 호감도를 1%씩 올리는 데도 매년 얼마나 큰돈을 쏟아 붓고 있는데. 그런데 새로 출범하는 사업의 이미지 광고가 이 정도로 히트를 쳤으니… 후후."

"아, 그래요?"

"응."

우진이의 이야기가 재미있는 건지 새로운 건지 지선 씨가 흥미롭게 듣고 있었다.

"하지만 역시 저는 그 남자 모델 아이 언제 한번 꼭 봤음 좋겠어요! 아직 한참 어린데도 카리스마 넘치더라구요. 섹시하기도 하고. 쿡쿡, 사인도 좀 받으면 좋겠다!"

그러나 아무리 유능해도 여자로서 감정에도 솔직했다.

'고등학생보고 섹시하다라… 음… 그 애가? 으음……'

당황스럽다. 우진은 눈동자를 빛내며 자신을 바라보는 지선 씨를 보기 드물게 당황하며 힘들게 시선을 피했다. 이 바닥에서 인맥 넓기로 소문난 이우진에게 뭔가 요구하는 듯한 여자의 눈이 너무 당황스럽다. 게다가 아직 한참 어린 학생에게 섹시하다고?

쿨럭… 어쩌라고? 아무리 안하무인 거칠 것 없는 인간이라도 성전그룹 전 총재의 외손자를 건드릴 만큼 간이 부은 인간은 없다.

그런데 그때였다.

"이 선생님, 전화 왔는데요."

이우진이 동료 여직원에게 어떤 대답을 해야 할지 난처해할 때마침 그에게로 전화가 왔다. 우진은 속으로 안도의 한숨을 내쉬며 자기 자리로 다가갔다. 수화기를 들어 귀에 대고 의자를 끌어다 앉으면서 우진은 절묘한 타이밍에 전화를 준 인물에게 마음으로 감사를 보냈다.

"네, 전화 바꿨습니다. 「N-씨너기획」의 이우진입니다."

《나요, 이우진 씨.》

"아! 김 형사님이시군요!"

강서 경찰서에 있는 김 형사였다. 이번에 회사에서 마리안의 스토커 사건을 부탁한 그 형사. 무슨 새로운 소식이라도 있는 걸까?

"그동안 잘 지내셨죠? 제가 그동안 정신없이 바빠서 연락을 못 드렸더니 먼저 이렇게 연락을 다 주시고. 하하하. 요즘 뭐 하고 지내세요? 언제 한번 김 형사님하고 삼겹살에 소주 한잔 걸쳐야 할 텐데."

《나야 항상 똑같지 뭐. 술은 조만간에 한번하십시다. 하하하. 아참, 또 까먹을 뻔했네. 그보다 저기…….》

수화기에서 걸걸한 목소리가 흘러나왔다. 곱지는 않지만 그래도 이웃집 아저씨 같은 정이 느껴지는 목소다.

《저번에 성전특고에서 체포한 스토커 이번에 집어넣은 건 알지? 그런데 그놈이 이상하게 말을 이랬다저랬다 오락가락해서 정신 감정을 받는답니다. 아무래도 제정신이 아닌 것 같수.》

"아, 예… 그렇군요. 알겠습니다."

《그리고 또 한 가지는… 음, 확신하는 건 아니고 아직 자세하게 말할 단계도 아니지만… 마리안 양에게 좀 더 조심하라는 의미도 있고 해서 내 말하는 거요. 나도 그 비슷한 또래의 딸이 있거든. 역시 걱정이 돼서 말이야.》

"네에? 무슨……?"

사고가 일어난 지 꽤 시일이 지났음에도 아무 연락이 없었는데 갑자기 걸려온 통화에서 뭘 조심하라는 것인가? 김 형사가 그리 딱딱한 어조로 말하는 건 아니지만 우진은 몸이 경직되었다.

《저번에 증거물로 제출한 팬레터들 말이야, 그 악질 편지와 소포들.》

"네."

그 스토커의 삐뚤어진 애정이 담긴 편지들이 어쨌다는 것인가?

《그게… 한 사람 소행이라고 볼 수는 없는 것 같더군.》

무슨 소리?

"하지만 분명히 모두 같은 종이 봉투에 같은 방식으로……."

《아, 그러니까 마리안 양에게 스토커가 붙어 있다는 사실을 아는 어떤 빌어먹을 인간, 또는 무리가 악질 스토커인 것처럼 심한 욕설의 편지나 죽은 동물의 시체 등을 소포로 보내놓고 나서 계획적으로 사고를 조작했다고…… 도. 볼. 수. 있. 지. 않. 을. 까. 하고 말입니다. 하하하. 그럼 사고가 일어나 만약 불행한 일이 벌어졌다고 해도 그 스토커의 짓이라고 의심할 테니까. 편지에서 스토커가 어떻게 어떻게 죽여 버리겠다고 협박 편지를 보낸 다음 사고가 나면 모든 것을 뒤집어씌울 수 있겠죠? 그것도 아주 쉽게.》

한 명이 아니라 제삼자나 또는 무리일 수도 있다?

…복잡하다.

우진은 김 형사의 말에 머리 속으로 예전에 기현과 나누었던 어떤 대화들이 하나씩 떠오르고 있었다.

"이건 도대체 어떤 미친놈이야?"

"같은 놈이지?"

"…모르지."

"흠… 좀 성가시긴 하지만 우리 마리안 양의 인기가 너무 좋아서 그 인기 값을 좀 톡톡히 치른다고 생각하자고. 나도 저번에 편지 속에서 면도날이 들어 있는 걸 모르고 뜯었다가 정말 큰일 날 뻔했었어. 조금 심한 감도 있지만 원래 스타를 관리하다 보면 이런저런 일들이 많은 법이잖아."

"면도날? 허~ 그때는 그래도 좀 정상적인 방법이었군 그래."

'분명히 그때 내가 봤던 편지와 기현이가 본 편지 모두 비슷한 색상의 같은 꽃봉투였었어. 악질적인 내용도 비슷하고. 그래서 나는 당연히 같은 인물일 것이라고… 아!'

우진은 곧 그때의 대화 뒤에 기현이 했던 또 다른 말이 다시 떠올랐다.

"그 정도로 끝났다면 그건 그놈이 보낸 게 아니었을지도 몰라."

"다른 팬이었겠지. 아니면 그놈이 그날은 기분이 좋아서 사이코 변태 짓거리를 잠시 휴업하고 일시적으로 정상인 흉내를 냈던가."

그때가 촬영장 사고가 있기 바로 직전이었다. 바로 그쯤 자신들도 갑자기 더욱 심해지고 난폭해진 스토커에 의문을 갖던 문제들.

그런 일들이 김 형사가 말하는 것과 연관되어 차례차례 떠오른다. 이우진이 미간을 심하게 찡그리며 전화기를 다른 손으로 바꿔 쥐었다.

"그럼 김 형사님은 이번 사건들이… 어떤 특별한 목적을 가진 인간들의 소행일 거란 말씀이십니까?

《아니, 아직 확실한 건 없습니다. 다만 혹 그럴 가능성도 있지 않을까 해서 말이오. 무엇보다 마리안 양을 대신해서 총을 맞았던 학생의 상처도 그렇고. 물론 총기는 흔한 공기총이었지만, 만약 그날 옆에 있던 남학생이 우연히 운이 좋게도 마리안 양을 밀치며 넘어지지 않았다면 총알은 위치상 마리안의 '머리'였을 겁니다. 현장에 총탄의 흔적이 남아 있죠. 그런데 감정적으로 스토킹하는 인물이 과연 그렇게 침착하게 표적을 정확히 맞출 수 있을까? 더군다나 이번에 체포한 그 스토커 자식만 해도 총이라곤 잡아본 적 없는데? 음, 이러면 안 되는데… 이러면 정말 복잡해지는데… 나는 어쩐지 저번 촬영장 사고도 그렇고 이번에 총 갖고 노는 것도 그렇고 전문가적인 냄새가 나는 것 같단 말씀이야. 쩝!》

그럼 역시 단순한 스토커 사건이 아니란 말인가!

"하지만 김 형사님, 세진 군은 엉뚱하게 다리에 총을 맞았습니다. 그건 어떻게……?"

이것도 하나의 궁금점. 전문가라면 왜 마리안 옆의 소년을, 그것도 비교적 생명과는 큰 지장이 없는 다리를 상하게 했을까? 그리고 유세진이란 그 소년은 정말 우연히 마리안을 밀치며 넘어진 것일까?

《그건 두 번째 쏜 것이라더군. 두 번째는 알 수 없게도 첫 번째와 다르게 경고용이었던 것 같아. 마리안만이 표적이 아니었거나, 아니면 둘 다 표적이었는데 시간이 없어서 선택했어야 했거나, 것두 아니면 그 순간 예상치 못한 어떤 사정이 생겼거나. 뭐, 자세한 건 내가 범인이 아닌 이상 모르지.》

'그럼 뭐가 어떻게 되는 거야?

골치가 아파진다. 마리안은 지금 성전그룹 영상사업의 이미지 광고 모델로 전보다 훨씬 큰 인기를 얻게 된 대형 스타인데, 그런 마리안이 생명의 위협을 느끼고 있다고? 우진은 욕이 절로 나왔다. 추리 소설도 아니고. 제발 농담이라고 말해 주길.

《그러니까 내 말의 결론은, 어쩌면 재수없게 나의 이 엉터리 추리가 맞아떨어진다면…….》

그러나 간절한 이우진의 소망에도 불구하고 전화기 저 너머에서 털털한 목소리의 주인공은 「N-씨너기획」으로선 가장 듣기 싫은 최악의 대사를 내뱉고 있었다.

《마리안, 즉 채마리 양은 지금 어떤 전문적인 조직에서 생명을 노리고 있다는 말이 되는 거요.》

*　　　*　　　*

학생들에게 가장 기쁘고 신날 때가 언제일까?

생일날? 명절? 용돈 받을 때?

물론 이때도 즐겁겠지만 아무래도 친구들끼리도 경쟁해야 하는 학생들에게 가장 행복감이 느껴지는 때는 방학과 시험이 끝나는 날일 것이라 생각된다. 그렇다면 한 학기의 마지막 시험인 기말고사가 끝나고 한 주 뒤면 방학인 날은 당근 하늘을 나는 기분일 테다. 그리고 지금 마치 그것을 증명하기 위한 날처럼 성전특고라는 명문 고교도 학교가 파하자 학생들이 한껏 들떠서 서둘러 학교를 빠져나가는 것이 내려다보였다.

오늘이 바로 그날! 기말고사 끝난 날!

모두 머리 좋은 엘리트 학생들이지만 오늘만큼은 이들도 시험 스트레스를 풀기 위한 계획으로 보통 때보다 훨씬 어린아이들 같은 표정을 지으며 웃고 있었다.

하늘은 푸르고 날씨는 화창하고.

더 이상 좋은 조건이 어디에 있겠는가!

하지만 성전특고가 내려다보이는 언덕 아래, 교정과는 달리 어느 한

적한 장소에서 마주 보고 있는 두 소년은 그런 것들과는 상관없이 분위기가 냉랭하다. 아니, 정확하게는 물끄러미 바라보는 가운데 무슨 말을 어떻게 꺼내야 할지 몰라 내심 머뭇거리고 있다고 하는 것이 옳을지도 몰랐다.

한쪽은 샤프함이 느껴지는 핸섬한 소년.

키도 크고 체격도 적당하게 날씬하고 멋지다. 게다가 눈에 어린 총명함은 한눈에도 상당한 수준의 엘리트라고 느껴질 만큼 지적인 학생.

그리고 다른 한쪽은 전자의 인물보다 약간 작은 키의 소년이다.

햇빛에 반짝반짝 빛나는 금갈색 머리칼을 제외한다면 특별히 튀는 부분을 찾을 수 없는 평범한 아이였다. 다만 전체적으로 가는 선이 곱게 자란 것을 대변해 주고 상대를 쏘아보는 싸늘한 눈빛에서 성격이 보통이 아닐 것이라는 것만을 더 느낄 수 있었다.

그런데 그때, 그중 키 큰 소년이 먼저 가볍게 입을 열었다.

"친구?"

짧은 물음.

그것에 그와 마주 보고 있던 금갈색 머리칼의 귀여운 인상의 소년이 인상을 찡그리다가 나중에서야 그 질문의 뜻을 알아채고 그림처럼 고요히 서 있는 신동민을 색다른 눈빛으로 바라보았다.

'누굴… 아, 박원우 말인가? 어디서부터 지켜본 것이지?'

"아아~ 같은 클래스 녀석이야. 이름은 박원우. 개성 한방종합병원의 도련님인데 상류층 도련님답지 않게 비교적 소탈하고 재밌어. 자기 혼자 잘났다고 잰 척도 않고 돈자랑도 없고."

"친한가 보네?"

어쩐지 쓸쓸함이 묻어나는 동민의 목소리에 제후가 의아해하면서도 솔직하게 대답했다.

"뭐… 지루하진 않아."

"그래……."

침묵. 고요. 정적.

"……."

"……."

햇빛은 따뜻한데 그들 주변의 바람은 춥기만 하다.

제후는 그 계속되는 침묵에 시간이 갈수록 이마 위로 열십 자가 하나둘씩 늘어가는 것을 느꼈다.

인내심 테스트도 아니고, 얘기 좀 하자고 해서 불러내 놓고, 어째서 아무 말도 못하고 있는가 말이다! 유학 간대 놓고, 또 왜 미리 얘기 안 해줬냐는 물음에 결정도 자신이 하고 공부도 자신이 하는 건데 왜 일일이 민제후에게 허락받아야 되냐고, 자기가 네 부하냐고, 그렇게 당당하게 주절대던 녀석은 어디 가고!!

짜증이 물밀듯이 일어났다. 무엇보다도 저번엔 자기 혼자 할 말 다한 주제에 오늘은 사람을 앞에 불러다 세워놓고 마치 꼭 자기가 피해자인 것처럼 기운 빠져 서 있는 신동민의 모습은 짜증 만땅, 왕짜증 이빠이~ 였다!!

'도대체 뭘 하자는 거야!!'

제후는 발 밑의 개미가 구불구불 갈지자로 왔다 갔다 하면서 전진하다가 가끔씩 쉬고 때때로 동료 개미도 만나 난리부르스를 추면서도 약 50미터는 넘게 갔다고 느껴질 만큼의 긴 인고(忍苦)의 시간을 참은 뒤, 이번엔 진짜진짜 화난 음성으로 싸늘하게 입을 열었다.

"이봐, 신동민! 너, 지금 나랑 장난해?"

"어? …아니."

비꼬는 말투에 당황이 되는지 동민이의 고요한 얼굴 표정에 약간의 경련이 일었다. 그래 봤자 별 표도 안 나고 제후의 눈에는 여전히 무슨 외국 잡지 광고지에 나오는 한 장면처럼 있는 폼 없는 폼 다 잡고 있는 모습이었지만.

한마디로 신동민, 이 자식은 어떻게 하고 있어도 멋있는 자세가 나온다는 말이다. 빌어먹을!

"야! 그럼 왜 사람 앞에 세워놓고 입 꼭 다물고 있는 건데? 똥개 훈련시키냐, 지금?"

삐딱한 눈길로 제후가 동민을 바라보고 있자니 한참을 그런 민제후를 물끄러미 바라보던 신동민이 잔잔한 음성으로 말했다. 그런데 그 대답이란 게…

"그게… 잘 모르겠어."

쿨럭… 저, 저게…….

"뭐, 뭐야? 그럼 진짜 날 똥개 훈련시키기 위해 일부러 그랬단 말이냐?! 하! 날 웃겼어?"

"화나."

에?

"화가 난다구. 화가 나. 널 보면 아주 돌아버리겠어."

처음엔 무표정할 정도로 가라앉은 표정에 진지한 목소리로 중얼거리던 녀석이 화가 난다고 하면서 표정이 점차 매섭게 변해갔다. 한마디 한마디 강하게 강조하며 말을 내뱉는 신동민은 어느새 눈에서 불이라도 뿜을 듯 진짜로 화를 내고 있었다.

신동민이 화내는 모습을 본 적이 있었던가? 물론 '화를 낸' 적은 있지만 이렇듯 진지하게 마음으로부터 격렬한 붉은 기운을 쏟아낸 적은 없었던 것 같다. 더군다나 지금은 예전처럼 소리 지르면서 제후를 구박하는 수준의 '화를 내는' 것이 아니라 절제된 행동 속에서 조용히 진짜 화내고 있었다.

뜨거운 감정이 억눌린 진지한 낮은 목소리.

격한 감정에 반짝이는 무서운 눈빛.

아직 일개 고등학생일 뿐이라는 것이 믿어지지 않을 만큼 목소리와 눈빛, 분위기를 통해 전달되는 무게가 실린 감정들이 놀랍다.

'얘, 얘가 갑자기 왜 이래? 이 자식, 평소엔 쿨한 표정과 다르게 속은 참 순하다고 생각했는데…….'

민제후가 신동민의 낯선 모습에 당황하고 있었다.

'저러니까 진.짜.로. 무섭잖아! 흐흭!!'

역시 순한 사람이 화내면 무섭다는 말이 사실임을 느끼는 순간이다.

그런데 왜 저렇게 진지하게 화가 난 걸까? 화낼 사람은 난데. 어떻게 하다 보니 어느새 전세가 역전되어 버렸다. 왜 이렇게 된 거지? 아무 말 없이 유학 준비 하던 놈이… 자신의 결정이라며 무슨 상관이냐고 주절거리던 싸가지없던 놈이… 그런 놈은 바로 신동민, 이 자식인데 말이다. 사실 잘못한 사람은 저 앞에서 소리없이 화내고 있는 신동민이란 말이다!

'음… 하긴 뭐, 나도 그전에 있는 힘껏 한 방 먹여주긴 했지만. 아, 그럼 나도 잘못이 없는 것은 아닌가? 허면 저 녀석 지금 나한테 맞았던 걸로 아직도 꽁해서 삐쳐 있는…….'

"민제후, 넌 도대체 어떻게 생겨먹은 자식이야?"

"…무슨 뜻이지?"

제후가 나름대로 상황 분석을 위해 생각에 빠져 있자 동민이가 끓어오르는 감정을 억누르는 듯 무섭게 노려본다.

"난 너한테 얻어터지고 나서 그 이후로도 계속 그 일로 머리가 터질 것만 같았는데, 넌 내가 안 보여도 상관없이 새로운 친구를 금세 사귀어서 웃고 있잖아. 그래서 화나."

"…에?"

어리둥절해 있는 제후는 갑작스런 공격에 두 눈을 끔벅이다가 잠시 후 덤덤한 어조로 말했다.

"내가 다른 녀석이랑 친해 보여서 샘나냐?"

'농담이 너무 심한가? 아하하… 하긴 동민이 저 녀석이 질색팔색해서 길길이 날뛸……?'

화아악—

신동민의 얼굴이 붉어졌다?

"어라? 진짠가 보네? 농담이었는데."

"그, 그런 거 아냐!!"

놀랍다. 쿨 가이 신동민도 쑥스러워할 때가 있다니.

제후는 신기하기도 하고 재미있기도 해서 저번에 유학 문제로 험악한 분위기로 헤어졌던 일을 그만 잊고 동민의 그런 얼굴을 이리저리 각도까지 달리해 가며 빤히 구경했다. 아무 때나 볼 수 있는 구경거리가 아닌 것이다! 제후는 자신도 모르게 얼굴 위로 방실방실 미소가 떠올랐다.

그런데…

"내가 너처럼 앤 줄 아냐?!"

"헤에~ 그럼 아냐? 친구가 다른 녀석하고 좀 친해 보인다고 배신감 느끼는 건 충분히 유아 수준으로서 입후보할 수 있다고 생각하는데?"

"흥! 웃기지 마시지. 나 외국으로 유학 간다니까 다짜고짜 주먹부터 날린 너하고 그 분야에서 내가 감히 경쟁이 된다고 절.대. 생각지 않으니까 말이야."

"오호라~ 그러서~? 아주 잘나셨군. 신동민 군, 아주아주 잘나셨어. 그 잘남이 하늘로 뻗쳐 전 우주를 감동시키는구만. 헹!"

"그으래—! 나 잘난 거야 전 국민이 다 알지 뭘 그래? 너야말로 세진이 입원한 지가 언젠데 아직까지 한 번도 문병 안 오고… 병원이 무섭냐? 무섭지? 솔직히 말해 보셔. 원래 어린애들이 병원 무~쟈게 겁내잖아."

"웃기고 지랄하고 자빠졌네, 새끼. 큰일을 하려면 시야를 넓게 가져야 하는 거 모르냐? 병실 문고리 잡고 울고불고 하는 것보다 난 유세진한테 총질한 범인새끼 잡아 죽일 계획에 바쁘셨다. 머리만 기똥차게 좋으면 장땡이냐? 사회에선 머리만 잘 굴려서는 이빨도 안 들어간다, 자식아! 좀 배워라!"

"단순 무식의 전형이로군. 그래그래, 머리가 나쁘면 수족이 고생을 하는 법이지."

"뭐, 뭐야! 너, 지금 나랑 한판 뜨자는 거야 뭐야!!"

"하! 그럼 겁날 줄 알아? 설마 지금까지 내가 주먹 쓸 줄 몰라서 맞고 다닌다고 생각하는 것은 아니겠지, 민제후? 앙?!"

서로 자신은 아니라고 하지만 만약 지켜보는 다른 사람들이 있었다면 둘 다 똑같다며 혀를 찼을 광경이다. 어쩜 둘이 이리도 똑같을까? 완벽한 애들 싸움의 전형.

한참을 열렬히 말싸움을 하던 둘은 어느 순간 자신들이 서로 바짝 다가서서 으르렁거리고 있었다는 사실을 깨달았다. 그리고 갑작스레 찾아온 정적.

그와 함께 두 소년들은 어색해진 분위기 속에서 그만 멍청하게 굳어 버렸다. 무슨 말을 하겠다고 밖으로 나왔는지는 이미 중요한 것이 아닌 게 돼버렸다. 이게 웬 바보 같은 상황?

"에이~ 씨! 그래!! 나 단순해! 바보 머저리야!"

결국 민제후가 김샜다는 얼굴로 잔디 위에 벌렁 누워버렸다. 햇빛이 따사로워 마치 소풍이라도 나온 듯하여 금갈색 머리칼의 귀여운 소년은 잔디 위에서 뒹굴뒹굴하며 여유를 부린다. 그 모습에 신동민도 내려다보며 역시 허탈하다는 표정으로 코끝을 찡그렸다.

"야, 너, 지금 뭐 하는 짓이야?"

"난 역시 안 된다구. 후~ 그렇게 화가 났었는데, 배신감에 치를 떨었었는데, 네놈한테 그런 말까지 듣고 난 사정 두지 않고 네 그 잘난 면상을 날려 버리기도 했었는데 말이야. 에휴~ 근데 어째 벌써 다 풀려 버렸어. 난 역시 안 돼. 나하하하~"

"……."

"그리고 곰곰이 생각해 봤는데……."

제후가 뒹굴뒹굴 굴러다니다가 벌떡 상체를 일으켜 앉으며 환하게 웃는 얼굴로 동민을 올려다보았다.

"네 말이 맞았어. 결국 네가 결정할 몫이었어."

민제후의 몸은 아직 작았지만 흔들림없는 눈으로 미소 짓는 소년의 존재는 신동민에게 너무나 단단하고 크게 다가왔다.

동민은 그 눈과 빛나는 얼굴에서 알았다. 민제후는 자신이 어디를 가고 어떠한 선택을 하더라도 이 자리에서 변함없이 웃으며 지켜봐 줄 것이라고. 한결같이 이 마음의 자리를 지키고 앉아 기다릴 것이라고. 우습지만, 다른 사람이 들으면 말도 안 된다고 웃겠지만 동민은 저 철 없어 보이는 동기의 눈에서 아주 가끔, 어쩐지 아버지에게서 느껴지는 따뜻함을 발견한다.

사람은 자신을 무조건적으로 믿어주는 이가 있다는 것 하나만으로도 한없이 강해진다. 그래서 많은 이들이 민제후에게 깊은 끌림을 느끼는 것인지도 모른다. 자신의 강한 믿음과 강한 마음을 주변인들에게도 전염시킨다. 그 '동경'의 밝음까지도.

"그래! 네가 좋을 대로 결정하면 되는 거지 뭐. 넌 어딜 가도 잘할 테니까. 나랑은 차원이 다른 천재 나리 아니시겠어? 쳇! 아아, 이 말은 절대 비꼬는 말이 아냐. 알지? 나 마음을 비웠다구. 후후후."

"아니, 넌 정말 강해."

강한 마음. 빛의 영혼.

저런 인간은 본 적이 없다. 다른 어느 곳에서도.

또한 제후야말로 어딜 가도 잘할 테다. 사하라 사막에 버려지면 유목민을 규합해서 족장이 될 테고, 알래스카에 떨어지면 얼음으로 된 신도시를 건설할 놈.

"어, 알어. 나 왕년에 주먹 좀 썼어."

"그런 쪽 말구, 이 바보야."

자신을 내리깎는 제후의 말투에 신동민이 강하다고 했더니 금세 그걸 인제 알았냐는 표정으로 눈을 동그랗게 뜨고 이상하게 쳐다본다. 동민이가 말한 강함은 그 무식하게 남아도는 힘을 가리킨 게 아니었는데……

한숨을 내쉬는 천재 소년이었다.

"그만 일어나. 옷에 잔디가 다 묻잖아. 집에 안 가?"

"어린 놈이 잔소리는. 끌끌."

"애.늙.은.이.… 얼른 일어나. 자."

"쳇!"

제후가 동민이가 내미는 손을 잡으려고 피식 웃으며 팔을 뻗었다. 그런데 그때,

'……!!'

뭔가 스륵 하는 순간 눈앞의 상이 흩어지면서 뻗었던 팔이 공중으로 헛질을 했다. 바로 눈앞에 있는 것을 건드리지도 못하다니…….

"왜 그래?"

시력의 이상을 느꼈다, 또. 한동안 익숙해져서 그런지 별 의식하지 않았었는데 이번 것은 이전과는 또 다름으로 느꼈다. 눈을 비벼보았다. 현기증과 함께 때때로 시야가 불안정하고 크게 흔들린다.

'훨씬 더 나빠졌어. 혹 이대로 가다간 언젠가…….'

"아, 아냐, 아무것도."

뭔가 이상함을 느끼고 걱정을 표정에 담는 동민을 바라보며 제후가 화사하게 방긋 웃었다.

'뭐, 곧 괜찮아지겠지.'

괜찮을 테다. 분명 일시적인 현상일 거야. 괜찮아. 불안하지 않아. 난 절대… 쓰러지지 않을 테니까!

"그보다……."

소년은 일어나라는 친구의 재촉을 뿌리치고 다시 햇빛이 쏟아지는 잔디밭에 벌렁 누워버렸다.

하나씩 하나씩 풀어가자. 내가 모르는 게 있으면 가르쳐 줘. 보지 못하는 것이 있으면 보여줘. 듣지 못하는 게 있으면 내가 귀 기울이게 해줘. 말하지 않으면 몰라. 아무리 친한 친구 사이라도.

"너, 유학 얘긴 어떻게 된 거야?"

너희들 이야기도 해줄래?

아주 조금씩이라도 좋으니… 앞으로 조금씩… 조금씩.

서툴지만 서로 마음으로 다가가기 시작한 아이들이었다.

홍역과도 같지만 그 과정을 치르고 나면 서로에게 진심으로 의지하고 또 의지될 수 있을까? 진실한 '우정' 이란 이름… 서로가 서로의 곁에 남을 소중한 존재로서…….

*　　　*　　　*

크고 넓은 하얀 빌딩.

수많은 사람들이 북적거린다.

특별히 어떤 불쾌한 내음이라고 꼭 집어 말할 순 없지만 그래도 이런 장소에서 코끝이 싸하게 느끼게 되는 것은 약 내음. 바로 소독약 냄새.

이곳은 병원이다. 병원… 병원에서의 분위기와 느낌…

크게 아파봤던 사람들이라면 정말 싫어하는 내음인 병원 소독약 냄새. 특히 이렇게 큰 대학 병원에선 환자들과 그 환자 가족들에게서 느껴지는 아픔과 어둠, 치료의 의지 따위가 강렬하게 느껴져서 그런지 병원만의 독특한 약 냄새가 더욱 강하게 인지되는 것 같다.

탁!

검은 머리를 한 소년이 단호하게 책을 덮어버렸다.

책이 재미가 없던 것일까? 그건 아닌 것 같은데. 왜냐하면 그 소년은 지금까지 책을 바라보고 있었던 것이 아니었으니까.

소년의 시선은 창밖에 못 박혀 있었다. 아주 크고 시원하게 탁 트인 시야를 제공하는 창이다. 게다가 활짝 열어놓아 바람도, 햇살도, 하늘도 막힘없이 그가 있는 침대가로 가득 들어온다. 주위를 둘러보면 이곳은 병원 같다는 느낌이 별로 안 들었다.

부드러운 원목 가구들로 채워져 있는 특별한 입원실.

리모콘으로 TV, DVD, 전등과 블라인드까지 컨트롤이 가능한 설비와 바닥에 푹신하게 깔린 달콤한 색상의 카펫이 이곳이 마치 대학병원 입원실이 아닌 특급 호텔 스위트룸에 와 있는 듯 착각하게 만들정도다. 하지만 침대 위에 앉아 있는 소년은 그 편리하고 안락한 시설에도 불구하고 뭔가 불만이 가득 쌓인 것처럼 눈살을 찌푸리고 있었다.

"짜증나."

새하얀 얼굴에 푸른빛이 감도는 찰랑거리는 머리칼.

한번 생긋 웃으면 떠오르는 천사 같은 순수한 이미지에 벌써 이 병원 젊은 간호사 누나들의 마음을 송두리째 빼앗아가 버린 이 소년이 생전 하지 않던 불평을 하고 있었다. 병실 안에 혼자 있었기에 편하게 그런 표정을 지을 수 있었던 것인지는 모르겠지만 그 얼굴은 정말 귀엽기 그지없었다. 자기 관리가 철저한 이 소년에게서 정말로 보기 힘든 그런 의외의 귀여운 표정을 바람과 햇살 이외에 아무도 볼 수 없다는 것이 아쉽기만 하다.

유세진.

세진이라는 이름의 이 아이는 지금 무료함과 갑갑함, 짜증과 스트레스에 파묻혀 불만에 가득 차 있었다.

방음조차 잘되어 있는지 적막하기까지 한 특실이다. 인터넷을 사용할 수 있긴 하지만 요즘 특별히 그쪽 분야는 내키지도 않고, 더군다나 수시로 의사들과 간호사들이 들락거리기 때문에 일에 몰두하기도 힘들어 차라리 컴퓨터는 보지도 않고 있었다. 무엇보다 무엇이 그리 신기한지 구경꾼들마냥 기웃거리는 사람들도 성가시니.

마치 동물원 원숭이처럼 사람들의 주목을 받게 되는 것은 매우 피곤한 일이다. 물론 전에도 사람들의 시선을 받았던 세진이었다. 하지만 요즘은 그 강도가 더욱 세졌다. 그 이유가 전부 가장 좋은 특실에서 머무는 부잣집 도련님 같은 세진 때문만은 아닌 듯.

문병을 자주 오는 친구들인 신동민이나 한예지가 모두 눈에 번쩍 뜨이는 외모라는 것을 둘째 치더라도 클래스에서 대표로 문병을 온 아이들이 사람들이 혀를 내두르는 명문 고교인 성전특고의 교복 차림으로 왁자지껄하게 들렀다 갔었기 때문에 간호사들뿐만 아니라 병원 안에 환자들에게까지도 유세진이 아주 대단한 존재인 것마냥 사실 이상으로 소문이 퍼져 버렸다. 게다가 민제후는 아직 한 번도 들르진 않았지만 그의 비서인 김성민 씨와 한지훈 실장도 가끔씩 대신 들렀다 가니… 소문이 가라앉을 틈이 없다.

더군다나 그 사람들은 평범한 낡은 진에 목이 늘어진 물 빠진 티셔츠를 입혀놓아도 결코 평범해 보이지 않을 기질부터가 범상치 않은 특별한 인물들인데다가 그들 모두 병원에 들를 때마다 각각 집안 소유의 고급 승용차를 타고 나타나서 병동 안에 부풀려지고 부풀려진 소문은 어느새 유세진을 대통령 아들이나 재벌 2세 따위로 만들어 버렸다. 걱정해 주는 건 고맙지만 그들의 잦은 등장에 사람들의 호기심 어린 시선이 자신에게 집중되는 것은 상당히 골치가 아프다.

달칵!

"야호, 세진 군! 나 왔어!"

'그리고 그 골치 아픈 소문 및 시선의 가장 큰 원인이 바로 저.거.다.'

유세진이 그때 마침 문을 열고 들어서는 '저거=마리안'을 보며 피곤한 표정으로 고개를 푹 수그렸다.

"지치지도 않고 오는군."

"엉? 뭐라고?"

"하아~ 아닙니다."

세진은 그동안 갖은 핍박을 다해봤지만 그 다음날이면 끄떡없다는 표정으로 다시 나타나는 이 황홀한 미모의 소녀에게 할 말을 잃었다. 무슨 말을 해도 항상 그대로 흘려 버리고 활기 차게 웃어버리니 아무 소용이 없었다. 보통 소녀들이었으면 세진의 냉랭한 눈초리와 예리한 독설에 울면서 뛰쳐나갔어도 열두 번은 더 그랬을 텐데.

세진은 마리안, 즉 채마리라는 이름의 저 소녀가 자신에게 무시당하면서도 어째서 이렇게 매번 찾아오는지 의아하다. 그저 단순히 생명의 은인이기 때문에?

"이제 그만 오라고 했잖습니까. 너무 눈에 띈다구요."

말이 통할 거라고 기대하진 않지만 그래도 마리안을 보면 습관적으로 싫은 소릴 하게 된다. 이제 좀 그만 오라고. 하지만 처음과 비교하면 그리 차갑지 않게 많이 누그러진 음성이었다.

"그래서 오늘은 이렇게 변장을 하고 왔잖아! 자, 봐봐. 어때? 감쪽

같지?"

세진이 마리안의 말에 고개를 들어 그녀를 물끄러미 바라보았다. 확실히 오늘의 마리안은 전처럼 귀엽거나 화려한 스타일의 브랜드가 아니라 간단한 스타일의 보세 의상을 입고 있었다.

물이 적당히 빠진 날씬한 청바지와 가슴에 커다란 분홍색 하트가 그려진 하얀색 쫄티. 그리고 그 긴 은빛 블론드는 틀어 올려서 남색 모자에 가려져 있었고 반짝반짝 눈웃음을 치는 매력적인 청록색 눈동자는 감각적인 컬러의 세련된 색안경 뒤에 숨어 있다.

하지만…….

'그게 더 눈에 띈단 말입니다!'

세진은 어이없어하며 속으로 소리쳤다.

심플한 진 차림은 그 소녀의 날씬한 몸매를 차밍하게 드러내고 모자와 업 스타일의 머리 모양은 그녀의 하얗고 긴 목을 더욱 강조할 뿐이다. 게다가 얼굴과 목덜미로 흘러내린 구불구불한 몇 가닥의 은빛 머리칼… 거기다 원색 컬러의 색안경은 그 의상의 포인트로써 더욱 튀고 발랄하다. 그런데 저것이 어디가 변장이란 말인가!

"후우~"

또 한숨이 나온다.

"어머? 세진 군, 피곤해? 그럼 안 되잖아! 안정을 취해야 한다고 의사 선생님도 그러셨고. 얼른 이리 누워."

"됐습니다. 내버려 두세요."

"아냐. 얼굴이 오늘따라 창백해 보여. 자, 눕자."

"됐다니깐요!!"

'핫!'

부산스럽게 걱정하는 마리안의 행동에 세진이 자기도 모르게 그만 버럭 소릴 질러 버렸다. 스스로의 행동에 놀란 그가 시선을 돌리자 눈을 크게 뜨고 놀라서 멈칫한 마리안이 보인다. 세진은 그 모습에 무슨 말을 막 하려다가 결국 입술을 깨물며 창밖으로 고개를 홱 돌려 버렸다.

"그러니까… 됐다구요."

"으응, 미안."

사과를 듣자고 한 말이 아니었다.

세진은 이토록 감정 컨트롤이 안 되는 자신에게 당황하면서도 상처받은 눈을 하고 인형처럼 서 있는 마리안을 어떻게 대해야 할지 걱정되고 복잡해졌다.

어떤 사람 앞에서도 이 정도로 자신을 내보인 적이 없었다. 자신의 의지와 상관없이 반강제로 자신을 세상에 태어나지 못하도록 지워 버리려 했던 생부(生父) 앞에 섰을 때도, 하다못해 어머니가 돌아가셨을 때조차도, 그 어린 나이에 눈물 한 방울 흘리지 않고 혼자서 장례를 치러냈었다.

마음을 연다니…

그 속의 자신을 내보인다니…

한심하고 위험한 짓이라고 생각했다. 어린애는 어쩔 수 없다는 소리는 결코 들을 수 없다고 생각했다. 한데 뒤에 사람들이 그랬다. 어린것이 참 독하다고.

웃음이 터져 나왔다. 하지만 어쨌든 그 이후, 그때 다짐했던 그대로의 자신을 지키며 지금까지 잘 살아오고 있었다. 그런데…

어떻게 그 벽을 이 소녀는 그리도 쉽게 깨부수는 걸까? 어째서 그리

쉽게 부서지는 걸까?

아니, 아니다. 그 표현으로는 뭔가 부족함을 느낀다. 조금 더 다르게 표현하자면 마리안 앞에서는 유세진의 벽과 경계의 의미가 없어진다고 해야 할 것 같았다. 한없이 여기까지가 경계라고 선을 그어놓아도 한숨이 나올 정도로 아름다운 그녀는 그것들을 매번 가볍게 무시하고 자신에게로 다가들었다. 아무리 소리치고 화내고 상처 입혀도 마리안은 몇 번이고 몇 번이고 세진의 마음을 두드린다.

"아니, 그런 게 아니라… 그런 걱정이나 관심, 익숙하지 않아서 나도 모르게 터져 나온 거부 반응이었어요. 죄송합니다."

그리고 지금은 그 두드림에 귀를 기울이고 싶어하는 벽 안쪽의 자신.

검은 머리칼의 소년은 무슨 말을 해야 할지 조금 당황하다가 곧 솔직하게 말하고 정식으로 사과했다. 어차피 화내도 안 되고 무섭게 굴거나 상처 주는 말로 괴롭혀도 마찬가지라면 굳이 힘 빼고 싶지 않아서라며 세진은 마음속으로 변명했다.

'난 새디스트가 아니니까.'

그런데 한 가지 신기한 것은 요즘 마리안은 유세진 앞에서 방긋방긋 예쁘게 웃으며 참 얌전하다는 사실이다. 처음 만났을 때는, 물론 지금과 마찬가지로 예쁘고 순수하고 맑았지만 그땐 역시 성깔있고 입도 험한 대책없는 망아지 같은 아가씨였었는데. 한데 지금은 세진이 앞에서 그리 나대지 않는다는 건…….

유세진이 먼저 윽박지르고 화내기 때문인가?

"뭐, 뭐요?! 혼자? 진짜요?"

거의 항상 혼나기만 하는 마리안이다. 이번엔 또 무슨 잘못을 저지른 것인지…

평소와 달리 오늘 세진의 얼굴은 경악과 놀람으로 물들어 어이없음에 화도 잘 못 내고 있었다.

'뭐? 가까운 곳이라서 잠깐이라는 생각에 잠시 혼자 몰래 빠져나와?'

"하! 정신 나갔군."

"왜?"

어이가 없다는 듯이 유세진이 한 손으로 이마를 짚었다가 앞 머리칼을 꽉 틀어쥐었다. 새까만 머리카락이 푸르스름한 빛으로 흔들린다.

"채마리!! 너……."

그리고 그때 그 소년이 눈을 번쩍 들고 매섭기 그지없는 눈으로 마리안을 노려보며 이를 갈 듯, 비꼬듯 말한다. 점차 높아져 가는 언성.

"돌.았.습.니.까? 제정신 아니죠? 그렇지 않다면 그런 생각이 들 리가 없을 테니까! 내가 지금 여기에 왜 있다고 생각합니까? 어째서 내가 수술대를 체험하고 병원 밥을 먹는 경험을 하고 있는지 제대로 지각하고는 있나요? 도대체 생각이 있는 겁니까, 없는 겁니까!! 정말 죽고 싶은 겁니까!!"

마지막엔 악을 쓰듯 큰 소리가 터져 나오자 마리안이 크게 놀란 모양이었다.

'치잇! 또 감정이 엇나갔군. 너무 심했나? 그렇지만 저 여자가 너무 황당한 짓거리를 계속하니까… 경찰의 신변 보호를 받아도 시원찮을 판에 철없이 나대기만 하니!'

"아, 어쨌든 너무 돌아다니지 말란 말입니다. 혼자서는 절대 밖에 나가지 말고. 아직 위험이 남아 있을지도 모르니까⋯ 후우, 돌아갈 땐 저희 집 차를 부르죠."

세진이가 틀린 말을 한 것도 아니고 마리안도 혼날 짓을 하긴 했으나 세진은 마치 금방이라도 눈물을 뚝뚝 떨굴 것 같은 마리안의 큰 눈을 보고 그만 한껏 누그러진 음성으로 조용히 달래듯 중얼거렸다. 이상하게 미안하다는 감정도 고개를 든다. 역시 저 여잔 골치가 아프다.

"어⋯ 어⋯ 응, 알았어. 미안."

"사과받으려고 한 얘기가 아니에요."

"으, 응. 미안."

"에휴~"

사과하지 말랬더니 이번엔 사과했던 일을 다시 사과한다. 역시 어쩔 도리가 없는 여자.

*   *   *

'세진 군은 역시 너무 무.서.워.'

"아, 그게⋯ 저⋯ 그것도 미안! 어, 이게 아닌데. 미안, 정말 미안해!"

오늘도 실수 연발에 사과하지 말라고 한 것까지 또 사과하며 엉망이 되어버렸다.

마리안은 자신의 경솔한 행동으로 위험에 노출됐던 일로 그렇게 또 한참을 세진에게 야단맞고야 말았다. 하루도 조용히 그냥 넘어가는 적이 없으니⋯

자기 자신이 싫어지는 마리안이었다.

그런데 이번에는 허리 숙여 깊이 사과하다가 쓰고 있던 모자를 떨어뜨렸다. 더군다나 정신없이 몰아치는 유세진의 따끔하다 못해 눈물이 찔끔 나는 호통을 듣고 있던 차라 그 사건에 '앗' 하는 사이 더 정신없어졌다. 긴 머리칼이 그녀의 얼굴 앞으로 폭포수처럼 쏟아져 내렸다.

"이, 이게… 아얏! 엉켜 버렸어. 이힝~"

이런 걸 귀신 산발했다고 하나?

모자가 떨어지고 그 긴 머리채가 눈앞으로 쏟아지는 바람에 색안경도 떨어뜨려 버리고. 은빛으로 빛나는 머리칼이 엉망으로 헝클어져서 이리저리 늘어져 시야를 가리자 이 청록빛 눈동자의 요정 같은 소녀는 다시 울상이 되어서 '미안해'를 연발했다. 워낙에 길고 어지럽게 늘어져서 잘 수습이 안 되는 모양이었다.

마리안이 세진이가 또 화를 내면 어쩌나 하는 심정으로 조심스레 고개를 들었다. 그런데…

"쿡쿡쿡쿡쿡쿡……."

'우, 웃는다?!'

어쩔 줄 몰라 하는 마리안이었다. 눈앞에서 또 정신 사납게 군다고 싸늘하게 쏘아붙일 줄 알았는데 그 싸가지 만땅이 웃고 있다니?!

"나참, 정말 못 말리겠군."

'나야말로야! 도대체 당신 속을 모르겠어.'

그런데 그 순간 갑자기 진지해진 유세진의 얼굴. 비스듬히 한쪽 팔로 턱을 기대고 마리안을 바라보던 세진이가 어느 순간 피식 웃으며 다른 쪽 손을 뻗어 그녀의 얼굴을 가리던 머리칼을 집어 들며 중얼거렸다.

좀 전까지 무섭게 화를 내던 그 인간과 동일 인물이라고 상상할 수 없을 만큼 차분하고 조용한 목소리.

"머리가 아주 기네? 지금 보니 마리안은……."

세진의 하얀 손가락에 잡혀 있는 긴 은빛 블론드가 보였다. 마리안은 머리칼이 아니라 자신의 몸이 유세진에게 잡혀 있는 듯한 착각에 빠졌다.

빨려 들어갈 듯 어두운 세진의 깊은 눈동자.

파랗게 찰랑거리는 새까만 앞 머리칼 사이로 언뜻언뜻 드러나는 그 눈에 마리안은 마취라도 된 듯 움직일 수가 없다.

"…아주 귀여운 데가 있군요."

마치 시간이 정지된 듯하다.

유세진… 어린 나이의 소년에게 이런 말을 써도 될지 모르겠지만 유세진의 눈빛, 표정, 목소리가 어쩐지 너무나 유혹적으로 느껴지고 있었다. 숨이 막힐 듯이.

'으아! 어, 어떻게 해!'

세진의 서늘한 손길이 느껴지자 마리안의 얼굴은 꼭 잘 익은 토마토처럼 새빨갛게 달아올랐다. 당황스러웠다. 태어나서 이렇게 당황하고 어쩔 줄 몰라 해본 건 처음이었다. 눈을 꼭 감고 머리칼을 얼굴에서 치우는 손길에 마리안이 목을 잔뜩 움츠리고 긴장했다.

어쩐지 겁난다. 역시 세진 군은 무섭다.

'이 씹! 여차 하면 한 방 먹이고 도망가지 뭐!'

"또 뭐 하십니까? 머리 제대로 안 빗을 건가요?"

"엇?"

"여자들은 화장이나 머리에 신경 많이 쓰던데… 흠, 마리안은 아닌가 보죠? 뭐, 그렇게 내리고 있는 모습도 나쁘진 않습니다만. …응? 왜 그러십니까?"

눈을 떠보니 유세진이 평상시의 단정한 얼굴로 자신을 이상하다는 듯이 내려다본다.

'어라라?'

어떻게 된 건지 한순간 상황 파악이 안 됐다. 그러다가 곧 놀라서 후닥닥 뒤로 물러섰다. 물론 그런 마리안의 행동을 이상하게 바라보는 세진 군.

'이, 이런 망신이!'

"오호호호~ 아무것도 아니야! 별일 아닙니다요! 아참, 그런데 어째 올 때마다 어머니가 안 보이시네? 가족들이 다 바쁘신가 봐?"

바보가 된 것 같다. 혼자 착각의 늪에 빠져 허우적거렸단 말인가?

'우… 바보 같애.'

이젠 자기혐오까지 드는 마리안이다. 그런데 혼자 쇼한 거라고 생각되니 이제야 아쉽게 생각된다. 아까는 왜 주먹까지 불끈 쥐고 가까이 다가오면 한 방 먹이겠다고 생각했을까? 저 싸가지 만땅에 얼음덩어리 같은 냉혈 소년이 자신에게 이상한 마음을 먹을 리 없는데. 게다가 지금도 자신이 일방적으로 쫓아다니는 중이니…….

놓친 고기가 커 보이고, 못 먹는 떡이 큰 법이고, 떠나간 버스가 신형 냉방 버스로 보이는 법!

하나 역시 어색함을 떨치고 자존심 세우는 것도 중요한 법이니… 그래서 괜스레 말 돌린다고 허둥대다 유세진의 가족 문제를 물어봤다. 그리고 그건 임기응변치고는 간만에 적절한 질문이었던 듯하다. 진짜 궁금했던 일이기도 하고 무엇보다도 그 질문을 들은 유세진이 상큼하게 방긋 웃으며 화기애애하게 이렇게 말했으니까.

"전 그런 거 없습니다."

"그러니까 세진 군 가족은 없… 에엑? 그게 무슨……?"

찬바람이 분다.

마리안은 하얗게 굳어져서 이 남자 아이랑 있으면 심장약을 항상 준비해야 할 것 같다고 생각했다. 매 순간마다 긴장하게 되고 심장 마비가 올 것만 같아 불안하다. 심장이 벌렁거려.

한편 맞은편의 세진은 마리안의 놀라서 되풀이하는 질문에 다시 한 번 천사 같은 미소를 생긋 지으며 깔끔하게 대답해 줬다.

"제겐 가족 같은 거 없다구요."

대답은 쉬운데 동반되었던 분위기가 너무나 화사했기에 접수가 잘 안 된다. 머리 속이 새하얘졌다. 자세한 사정은 잘 모르겠지만…

'난 진짜 바보야!'

"미, 미안해! 내가 또 실수했나 봐. 난 정말 왜 이러지? 정말 난… 잘 할라구 했는데… 훌쩍… 진짜… 미안해… 흑!"

마리안은 유세진이 웃고 있어도 무섭다고 느껴져서 갑자기 눈물이 쏟아졌다. 심장 쇼크가 다섯 번은 지나간 듯.

"됐어요. 에휴~ 알았어요, 알았어. 알았으니까 울지 좀 마십시오."

"웅. 훌쩍~"

눈물을 주룩주룩 쏟자 세진이 피곤한 음성으로 달랜다.

이런, 오늘 또 온갖 추태를 보이고 가는구나 싶다. 환자를 문병 와서 항상 피곤하게만 만든다. 또 워낙에 쪽팔릴 짓을 했기에 다시는 세진 군을 못 볼 것 같다고 매번 생각하지만 결국 다음날이 되면 보고 싶다는 마음이 망신살과 자기혐오를 가뿐하게 KO패시키고 만다.

"자, 여기 휴지요."

"응……."

마리안이 코 풀려고 티슈를 뽑기 위해 손에 들고 있던 가벼운 소지품들을 내려놓았다.

"아, 스포츠 신문이군요? 어디서 났습니까?"

"어, 그거 오다가 샀어. 차에서 볼려구. 그리고 내 기사도 났거든. 헤헤~"

울다 웃으면 안 되는데.

"마리안의 기사가요? 어떤 기사인데요?"

유세진이 병원이 지루했던지 스포츠 신문을 반기며 펼쳐 들자 마리안은 자신의 기사가 났다는 이야기를 자랑처럼 했다. 그랬더니 그 소년도 상당히 흥미있어한다.

"응, 이번 성전영상사업단 출범 이미지 광고."

"이미지 광고?"

"제후 오빠도 촬영장에서 아르바이트 하다가 우연히 같이 찍었어. 제후 오빠하고는 이 사진 촬영 때문에 만난 거잖아. 여기 사진도 실렸어. 여기여기."

신문에 실린 기사는 성전영상의 이미지 광고가 대박이 났다는 것과 요즘 그 광고 사진의 두 모델들에 대한 폭발적인 인기, 그리고 마리안과 달리 아직 아무것도 밝혀지지 않은 베일에 싸인 남자 모델에 대한 각종 추측과 신드롬으로까지 번지는 사회 현상에 대해 다루고 있었다. 사진은 마리안의 프로필 사진과 이번에 대박이 난 이미지 광고 포스터가 큼직하게 실렸다.

『신화(神話)』라는 주제의 아폴론과 다프네의 이미지 광고는 스포츠 신문의 연예란에 가장 큰 헤드라인을 장식하고 있었다.

그 기사들을 모두 훑어본 유세진이 약간 놀라는 어조로 확인한다.

"제후 군이 진짜 이 광고 사진을 찍었습니까?"

"응!"

은빛 머리칼의 소녀가 세차게 고개를 끄덕여 줬다.

"어라? 그럼 세진 군은 몰랐어? 그럼 예지 언니랑 다른 친구들도 몰라? 호~ 이상하다. 제후 오빠가 왜 얘길 안 했을까? 사진발 끝내주게 잘 나왔는데. 게다가 지금 인기가 얼마나 좋은데? 세진 군은 병원에 있어서 잘 모르겠지만 말이야, 그 광고 진짜 크게 히트했어! 연예계 언론 쪽은 지금 이 『신화(神話)』 속의 태양의 신 모델 소년을 잡기 위해 혈안이 되어 있다구. 이런 걸 보고 '떴다'라고 말하는 거야. 제후 오빠 이제 인생 핀 거야."

"글쎄요, 과연 그럴까요? 본인은 그렇게 생각 안 할 것 같은데."

화려한 미모의 소녀가 민제후를 가리키며 땡잡았다고 하자 검은 머리의 새하얀 안색의 소년이 나지막한 목소리에 웃음기를 담아 중얼거렸다. 민제후의 정체를 모르는 마리안은 그게 무슨 뜻인지 몰라 의아해했고, 그때 마침 창문에서 커튼이 높이 펄럭일 정도로 한순간 강풍이 몰아닥쳤다.

"훗! 일이 재밌게 돼가는데요."

소녀가 바람에 얼굴을 찡그리며 눈을 감는 한때, 유세진의 안색에 어떤 희열 같은 것이 스쳐 지나갔다.

큰 태풍이 오는지 하늘과 바람이 불안하게 술렁거린다.

*   *   *

"기분이 좋아 보이십니다, 이사님."

거센 바람에 골프 접대도 취소되었기에 장태현의 기분이 언짢을 거라고 생각했던 진한은 의외로 즐거워 보이는 상사의 모습에 의문을 표했다.

기분이 좋을 리가 없는데.

항상 민제후의 소식만 들으면 최악으로 기분이 나빠지던 장태현 이사가 아니던가. 사소한 보고서에도 신경이 곤두서서 물건을 깨부수는 일도 적지 않았건만. 그런데 오늘 올라온 보고는 단군프로젝트에 이어 성전영상사업단 출범이 뜻하지 않은 이미지 광고의 히트로 좋은 출발을 하였다는 것이었다. 순풍에 돛 단 듯 정부와 손잡고 잘나가는 단군프로젝트는 그렇다 치더라도 새로운 분야 개척을 취지로 시작된 총체적인 멀티미디어 영상 사업까지 성공의 길로 달려가고 있다는데…

한데 어찌 저리 침착할 수 있는지.

평소의 그의 날카로운 성품을 생각하면 저런 차분함은 숨겨진 비수 같아서 오싹해진다. 더군다나 입가에 여유로운 미소까지 머금고 있지 않은가.

"아, 그런가? 하하하! 특별히 기분 나쁠 것 없지."

"아… 네."

분명 뭔가 있었던 것이 틀림없다.

심경에 변화를 일으킨 어떤 일이 있었던 것일까? 최근에 장태현 이사 주변에서 이런 여유를 갖게 만들 사건이라면……?

'혹시……?'

"이사님, 현성우 사장 측에서 감사 인사를 전해왔습니다. 작은 성의라면서 선물과 함께 곧 답례로 그쪽에서 먼저 좋은 자리를 마련하겠다는 메시지입니다."

"그래? 현 사장이? 하하하, 젊은 사람이 됐구만. 사람이 됐어. 그때 그렇게 깍듯하게 하고 갔으면 됐지 뭘~"

현성우 사장의 이야기를 꺼내자 장태현이 좀 더 밝아진 안색으로 흡족한 얼굴을 한다. 누가 봐도 장 이사가 현성우 사장을 마음에 들어한다는 것을 알 수 있게 말이다. 역시 현 사장과의 만남으로 장태현 이사가 뭔가 여유로움을 되찾은 듯하다는 것을 진한은 알았다.

도대체 현 사장은 장태현에게 어떤 조건과 배경을 약속했을까? 그가 아무리 똑똑하고 이용할 가치가 충분한 인간이라고는 하나 현성우 사장의 힘의 배경은 폭력 조직! 사업적인 내용보다는 불법적인 거래가 오갔을 가능성이 더 크기에 어쩐지 뒷맛이 좋지 않다.

그때 장태현 이사가 조용한 유진한을 눈치 채고 한쪽 입꼬리를 말아 올렸다.

"유 군, 자네는 눈치가 참 빨라."

어떻게 반응해야 할지…….

진한은 장태현이 눈치 채지 못할 만큼 미간을 살짝 찌푸리면서 신중하게 말을 고르고 있자 그것에 장태현이 다시 비린 미소를 띠며 메마른 목소리로 말을 잇는다.

"눈치가 빠르다는 건 윗사람 모시기에 더없이 좋은 조건이고 자신감은 훌륭한 자세야."

"감사합……."

"하지만 유능하고 건방지지."

"……."

칭찬인가 싶더니 그 다음 순간 또 빠르게 허점을 찌른다.

"아아, 그렇게 경직될 건 없어. 난 자네의 그런 모습이 정말 맘에 드니까 말야. 쿡쿡."

그가 굳어 있는 유진한을 바라보고 피식 웃으며 창가로 돌아섰다.

장태현.

가슴에 야심이 넘치고 권력과 힘에 대한 욕망이 가득 차 있는 인물이다. 목적한 바를 달성하기 위해서라면 수단과 방법을 가리지 않는 그런 부류. 그러나 이자는 아시아를 석권하고 있는 대성전그룹의 이인자임을 명심해야 한다. 그의 성품은 그리 존경받긴 어렵겠지만 역시지금의 그의 위치가 거저 얻어진 것이 아니니. 이 남자의 끝없는 야심과 좀 더 위로 올라가고자 하는 욕망이 지금의 그의 모습, 성전그룹의실세 이인자인 장태현 이사의 모습을 만들었을 것이다. 남자의 야심과욕망은 곧 실력!

하지만 최근의 유진한은 장 이사가 이인자라는 위치에서 정체되어있는 것 또한 그 야심과 욕망 때문이라는 생각을 떨칠 수가 없다. 새삼스럽게 순수와 정의에 대한 향수인가? 우습다.

"이사님, 이번 돌아오는 주말에는 성전그룹 창립 60주년 기념 파티가 있습니다."

유진한이 짧게 호흡을 맞춘 후 다시금 장 이사에게 간략한 보고를시작했다. 그리 크게 동요한 것도 없지만 그래도 긴장감을 늦출 수 없는 상사라는 것은 다시 한 번 확인된 사실이니까.

"아~ 벌써 그렇게 됐군. 꼭 참석해야 하나?"

해마다 치러왔던 창립 기념 파티. 그러나 올해는 60주년이라는 숫자의 의미도 있거니와 또 여러 가지로 특별하다.

"물론입니다. 게다가 이번 창립 기념 파티는 장씨 문중에 민제후 회장이 공식적인 첫선을 보이는 자리이기 때문에 필히 참석하셔야 합니다. 그리고 창립 60주년 기념 이벤트로써 블루 다이아몬드 전시회를 열게 되는데 그 개막전을 성전 창립 기념 파티 때 개최하고자 한답니다."

"블루 다이아몬드?"

"예. 한 개에 무려 40억 원을 호가하고 세계에서 단 20개만 존재한다는 블루 다이아몬드입니다. 게다가 이번 다이아몬드 전시회에는 세계적으로 유명한 보석인 「블루호프(Blue Hope)」가 선보일 예정이어서 벌써 그쪽 업계에선 크게 술렁거리고 있습니다."

보석 중의 최고로 꼽히는 다이아몬드. 그런데 그것도 그냥 다이아몬드가 아닌 다이아몬드의 결정체라고 불리우는 블루 다이아몬드가 전시된다니. 더군다나 「블루호프(Blue Hope)」라 하면 살인 사건과 두 곳의 왕가의 재앙이 얽힌 돌로서도 유명한 다이아몬드로 이번에 한국에서 전시가 결정된 것이 기적이라고 했던 만큼 정말 엄청난 사건이었다.

장태현도 진한의 그 설명에 놀랍다는 반응을 보였다.

"화려하겠군."

"예."

"후후후… 재밌겠지, 간만의 파티라니. 아참! 그런데 유 군, 초청 명단이 벌써 결정된 것은 아니겠지?"

"알아보겠습니다."

무슨 뜻인지 바로 알아차리고 대답하는 보좌관의 모습에 장태현 이사가 매우 흡족한 표정을 지었다.

"그래, 이번에 현성우 사장을 초대하고 싶군. 그 창립 기념 파티 때 말이야. 초대장을 수배하도록 하게."

달칵.

일을 끝내고 유 군이 나가자 장태현은 자신의 사무실 가죽 시트에 깊숙이 몸을 묻었다.

편안하다. 힘을 빼고 기대니 그리 편안할 수가 없다. 무엇보다도 앞으로 자신의 앞날이 어떻게 될지도 모르고 희희낙락하고 있을 민제후라는 애송이를 생각하면 그 통쾌함과 후련함에 가슴이 뻥 뚫린 듯 벌써부터 시원하기 그지없다.

장태현은 현성우 사장이 마음에 들었다. 꽉 막힌 부분도 없고 막다른 곳이라 싶으면 힘으로 부수고 빠져나갈 만한 배짱도 있고, 무엇보다도 사회 정의나 양심, 도덕 따위를 들먹이며 피곤하게 하는 정의파 인간이 아니라 실리주의자라는 점도 마음에 꼭 들었다. 그리고 사업적으로 만났으나 현 사장에게 우연인 듯 누군가 한 사람 가볍게 손봐줬으면 하고 운을 띄우자 선뜻 고개를 끄덕인 대범함도.

"신화? 흥! 웃기는군. 곧 추락이 될 테니 지금 그 기쁨을 잠시만 맛보라고. 큭큭큭."

민제후… 그 애송이 자식… 어디 언제까지 총수 자리에서 거들먹거릴지 두고 볼 테다.

"제 발에 맞지 않는 신을 선택한 대가다, 쥐새끼."

모든 것을 맡겨두라던 현성우의 무감정한 삭막한 눈빛이 기억났다. 천천히 숨통을 조여갈지, 아님 한 번에 끝을 낼지 좀 더 생각해 보겠다고. 그리고 그 일이라면 이미 자신들과 아예 상관이 없는 일도 아니라던, 뜻을 알 수 없었던 말소리.

그런데 언제 어떻게 시작될까?

태풍이 점점 더 가까이 다가오고 있었다.

제3장 **Lullaby** Ⅰ

"블루 다이아몬드 전시회요?"

세진의 목소리가 의아함을 담고 공간을 울렸다.

오늘은 정말 특별한 날이다. 비록 유세진의 병실에서긴 하지만 정말 오랜만에 「초전박살」 멤버들이 한꺼번에 한자리에 모였다. 신동민, 한예지, 유세진, 그리고 민제후.

제후는 그동안 단 한 번도 세진의 병문안을 안 왔었기에 동민이가 잡아끌어 예지와 함께 다같이 들이닥쳤던 것인데, 평소 행동거지나 성격으로 봐선 냉랭할 줄 알았던 세진이 의외로 싫지 않은 기색을 보이자 분위기가 더욱 좋아졌다.

세진이도 병원 안이 지루해 죽을 뻔했던지, 아니면 다른 애로 사항이 있었던 건지 분위기 파악 못하고 문병 와서 바로 먹을 거 없냐며 냉장고를 뒤지다가 예지한테 맞는 제후를 보면서 맑은 웃음을 터뜨리기까지 하는 세진이었다. 한데 차가운 미소가 아닌 크게 터뜨리는 투명한 맑은 웃음소리!

처음이었다, 유세진이 저렇게 해맑게 웃는 건!

게다가 세진의 사심없이 웃는 얼굴은 너무너무 순수하고 예.뻤.다!

당연히 그런 엄청난 충격을 받은 아이들은 마치 유령이라도 본 듯 눈이 왕방울만큼 커져서 석고상처럼 하얗게 굳어버렸고, 그런 애들의 반응에 유세진은 이마에 굵은 땀방울을 매달고 계속 '저… 저기요' 라는 말을 연발해야 했으니…….

정말 쇼크는 쇼크였던 듯. 민제후가 한예지한테 사정없이 밟히면서도 절대 놓지 않았던 빵을 놀라서 입을 벌린 채 굳어버려 입에서 툭— 떨어뜨렸다면 말 다 한 것 아닌가.

어쨌든 오랜만에 한자리에 모인 아이들의 분위기는 그렇게 화기애애(?)했고, 지금은 그 좋은 분위기 속에서 모두들 대강 정신 회복이 되자 제후가 제안한 어떤 말에 대한 것을 세진이가 의아함으로 질문하던 중이다.

"블루 다이아몬드라면……."

"응, 이번에 성전그룹 창립 60주년 기념으로 열리게 된 행사야. 내달 20일까지 압구정동의 성전 명품관에서 '블루 다이아몬드전' 이 열리는데 성전그룹 창립 기념 파티 때 그 전시회의 개막전을 하기로 했거든. 거기에 너희들 놀러 오라고. 당연히 먹을 것도 상다리 뽀샤지게 있겠쥐? 냐하하하~"

민제후에게는 성전그룹 60주년 기념 행사보다 먹을 것이 많다는 것에 더 기대가 큰 것 같다. 쟤는 어떻게 저리 철이 안 들까 싶은 눈으로 친구들이 쳐다보든 말든 간에.

"그런데 벌써 60주년이야?"

'바보'라고 입 모양으로 혼자 중얼거리던 예지가 마침 그때 생각났다는 듯 궁금한 걸 물었다. 그러나 그 대답은 세진이가 생긋 웃으며 제후 대신 했다.

"원래 「성전」이란 이름은 후에 장문수 회장님이 어느 정도 회사의 기틀을 닦아 개명하신 것이고 그전에는 '만덕상회'란 이름의 작은 잡화점으로 시작된 것이죠. 그런데 성전그룹의 시작이 그 작은 상점에서 시작됐다고 여겨서 장 회장님의 뜻에 의해 그때부터 연수를 헤아리는 것으로 알고 있습니다."

"그런데 장문수 회장님이 창업주 아니셨어? 올해로 60주년이면 그럼 그건 말이 안 되잖아. 장 회장님이 기업 활동을 60년이나 했다고 볼순 없으니까. 60년이면… 우와~ 그럼 아무리 장 회장님이라고 해도 그때 나이가 10살 전후밖에 안 됐겠다."

"후후… 네, 그렇죠."

예지가 과일을 깎아 포크로 찍어 남자 아이들한테 건네주면서 자신의 생각을 말했다. 그러자 다시 친절하게 대답해 주는 유세진. 역시 정보력 하나는 대단하다.

"하지만 장문수 회장이 성전그룹의 창업주로서 불려지게 된 것은 그분이 지금의 한국 경제 기둥이라고 불리는 성전(聖殿)의 뼈대를 이룩했기 때문입니다. 또한 장 회장님은 아주 어린 시절부터 만덕상회에서 잡일부터 시작하여 훗날 그 상회를 물려받아 평생을 바쳐 아시아 최대 기업체로 성장시켰으니 창업주로 불린다고 해도 별 무리는 없지 않을까요?"

"아~ 그래, 그렇구나. 그런데 정말 대~단하다. 열몇 살에 벌써 성전그룹의 뿌리에서 일하셨었다니. 그렇게 특별한 사람들이 있긴 있구나."

예지가 장문수 창업주 회장에 대한 간단한 이야기를 듣고 놀라자 세진이가 그런 예지가 귀엽다는 듯 웃는다.

"글쎄요. 뭐, 멀리서 찾을 거 있나요?"

그러자 그 한바람에 민제후에게 쏠리는 모두의 시선.

"에엑?! 왜, 왜 날 보는 거야?"

따가운 아이들의 시선에 금갈색 머리칼의 소년이 당황한다. 그러나 절대 영도의 미소를 짓고 있는 세진이를 제외하곤 실눈이 되어 바라보는 친구들의 시선 속에서 곧 그 소년답게 엉뚱하게 별별 생각의 고리를 이어가기 시작하니……

'잠깐. 뭐를 멀리서 찾을 거 없다구?! 그럼 나… 나?! 으엑! 그런 말도 안 되는…… 이 아니구나. 쿨럭. …아냐아냐, 나쁘게만 생각할 건 없어. 이제 나의 진가를 드디어 애들이 알아보고 존경하게 된 것이라구! 푸하하하하! 그럼그럼! 그 망할 늙탱 장문수 회장보다 내가 훨 낫지 뭘 그래! 난 열여덟(?)에 그룹 총수가 됐다 이거야! 뭐, 몇 번 말아먹을 뻔했던 일들이 있었지만 지난 일이니 잊어주세용~ 모두들, 이 민제후님을 존.경.하.거.라! 캬캬캬캬~!! 하지만 얘들아, 아무리 그래도 그렇게 뜨거운 눈빛들로 쳐다보면 내가 쪼옴 부끄럽잖앙~'

저 완벽한 적응력!

다른 사람이었으면 그런 시선들에 얼굴을 붉히며 찌그러졌을 텐데 제후는 처음 몇 초간만 빼고 오히려 의기양양해져서 각종 다양한 표정들을 양산해 냈다.

신체적으로도 그렇고 정신적으로도 제후는 십대 소년으로서 완벽하게 적응한 것 같다. 아니, 이미 그의 영혼은 전생의 박경덕도, 원판 민제후와도 전혀 다른 새로운 인격체가 되었다고 할까? 그렇지 않다면 저런 요상야릇한 여러 개의 표정들을 순식간에 바꿔가며 이상하게 웃을 수 없을 테니까 말이다.

아이들의 표정이 묘하게 구겨졌다.

"쳇!"

한동안 물끄러미 바라보던 예지가 곧 시금털털한 표정을 지으며 고개를 팩 돌렸다. 그 모습에 제후가 째려보며 대항한다.

"…뭐냐, 한예지. 그 떫은 표정은."

"암것두 아냐. 너, 멋. 있. 다. 구."

"표정은 그게 전혀 아니잖아!"

"하아~"

"그 한심하단 표정은 또 뭐야? 야야, 절레절레 고개도 흔들지 마!!"

찰랑이는 긴 검은 머리의 소녀와 금빛 머리칼의 소년의 모습이 마치 무시하는 고양이와 짖어대는 개 같다.

결국 그때까지 조용히 앉아 있던 신동민이 화내며 끼어들었다.

"그만들 해. 지금 뭐 하는 짓이야, 둘 다. 오늘 세진이 문병 온 거잖아. 그런데 여기까지 와서 그러면 세진이가 기분이 어떻겠어."

"전 간만이라 산뜻하고 좋은데요."

"…웃지 마."

제후와 예지의 싸움은 전혀 아랑곳하지 않고 동민이 말리려는 의도에도 전혀 도움을 주지 않는 세진의 배신 행위. 신동민은 두통을 느꼈다.

"그런데 그 창립 기념 파티, 언제입니까?"

"아, 이번 돌아오는 주말이야. 사실 나도 복잡한 행사는 나가고 싶은 생각이 없지만 이번은 상황이 좀 다르거든."

"어떻게?"

돌아오는 그 질문에 제후가 피식 웃었다.

"그동안 경황이 없어서 인사를 못했으니 이번에 장씨 문중에 가주로서, 그룹 총수로서 얼굴 한번 내밀라는 거지 뭐."

"기자들도 없지 않을 텐데 너, 그런 공식 석상에 나가도 괜찮아?"

"뭐, 집안에서 내 얼굴 모르는 사람은 없으니까. 난 그냥 참석만 해서 얼굴만 비추면 돼. 말하지 않아도 알 만한 사람들은 이미 다들 알고 있을 테고, 발 없는 말이 천리를 간다고 무조건 숨어 있다고 완벽하게 비밀이 지켜지는 것도 아닌데 뭘."

어느 정도 수긍해서 그런 것인지, 아니면 각각 머리 속으로 다른 생각을 하느라 복잡해져서 그런지 심각하진 않지만 나름대로 분위기가 가라앉았다. 모두가 그늘에 잠겨 있을 그때 제후만이 화사하게 방실방실 웃으며 가볍게 이야기한다.

"다들 꼭 와라."

몇 달 전까지만 해도 자신을 인간 취급도 안 하던 집안 사람들을 공식 석상에서 마주하는 첫 자리.

그 대단하고 잘난 집안 어른들을 한꺼번에 대면하게 된단다. 그런데도 그 본인인 주제에 저렇게 아무 걱정 없다는 얼굴로 밝게 웃는다는 건 이 소년이 아주 바보이거나 또는 완전히 반대로 그런 것들은 전혀 신경 쓰지도 않을 만큼 큰 인물이거나. 바로 그 둘 중의 하나.

민제후. 정말 그 속도 겉으로 드러난 것처럼 웃고 있을까? 그럴까?

"난 갈래."

제일 먼저 대답한 이는 조용히 차를 마시던 도자기 인형처럼 청초한 소녀다. 그녀가 소년들의 시선을 받자 찻잔을 내려놓으며 눈을 빛냈다.

"성전그룹 창립 60주년 기념 파티라니… 분명 근사할 거야. 게다가 블루 다이아몬드 전시회라니. 언제 그런 곳에 가보겠어? 더군다나 민제후가 친척들에게 무시당하고 깨지는 그 통쾌한 모습을 생생한 라이브로 볼 수 있을 텐데 말야. 오호호호호~ 당연히 가줘야지! 사진 촬영이 가능하려나? 호호호호~"

'네네~ 그러세요? 그런데 어쩌나. 결코 그런 일은 없을 텐데. 헹!'

어쨌든 한예지 참석 결정!

제후가 얼굴을 실룩이며 간신히 마녀에게서 시선을 돌려 신동민을 바라보았다. 동민이 그런 민제후의 시선을 눈치 채고 미간을 찌푸렸다.

"아, 난… 음, 그런데 그런 자리는 제대로 차리고 가야 되지 않니? 나는 그런 곳은 좀……."

"아아, 그거라면 걱정 마. 턱시도랑 드레스는 우리 집 장 여사께서 일체 구비하고 계시다. 너뿐만이 아니라 다른 녀석들도 장 여사 손아귀에서 절대 빠져나갈 수 없을걸. 후후후."

"너희 어머니가?"

장 여사라면 민제후의 어머니인 피아니스트 장혜영 씨.

"그래그래, 장 여사는 벌써부터 그것 때문에 난리도 아니지. 아주 혼자 신났다, 신났어. 그러니 동민아, 제발 나 혼자만 그런 지옥 속에 내버려두지 마! 흑흑… 나 혼자 마루타 인형이 돼서 수백 번 옷을 갈아입게 되는 건 싫어. 같이 가자, 그 지옥으로… 우린 친.구.잖아…….”

장혜영 여사의 이야기가 나오자 제후가 얼마나 시달렸는지 진짜 불쌍한 얼굴이 되어 매달린다. 신동민이 식은땀을 삐질삐질 흘렸다.

아무리 친구래도 지옥까지 같이 가는 건 싫지만…

“…아, 알았어. 그만 해, 무서워.”

“오케바리. 넌 역시 내 친구야… 장 여사의 마수에 빠진 동지여…….”

“그, 그만 햇!! 간댔잖아!”

이렇게 신동민도 결국 얼굴이 흙빛이 되어 반강제로 참석 결정.

“세진이는? 세진아, 너 갈 수 있겠어?”

“아, 네.”

예지의 물음에 천사 같은 순백의 미소를 뿌리는 유세진.

“저도 꼭 가도록 하겠습니다. 걷는 데는 아직 불편한 감이 없지 않아 있지만 그럭저럭 별 무리 없을 것 같네요. 게다가 이번 블루 다이아몬드 전시회, 정말 기대가 되기도 하고 말입니다.”

“그래그래, 내가 우리 집 영감 지팡이 중에서 제일 비싸고 튼튼한 걸로 빌려줄게. 꼭 오라구. 냐하하하하~”

“아, 아니, 지팡이까지는 없어도…….”

그렇게 유세진도 그 생김새답게 상큼하게 참석이 결정됐다.

그런데 그때,

“지팡이가 뭐? 뭔데뭔데? 무슨 일인데? 엉? 엉?”

“끄억!”

마리안이다!

언제 들어왔는지 마리안이 민제후의 뒤에서 제후의 머리와 어깨를 누르며 갑자기 나타났다.

큰 이어링과 그 소녀의 팔과 목에 걸려 찰랑이는 여러 겹의 금속 팔찌, 목걸이. 요란하게 느껴질 듯도 하지만 마리안의 캐주얼 청스커트와 모자, 그리고 그녀의 구불구불한 은빛 블론드와 너무나 잘 어울려서 오늘따라 그 소녀의 미모가 더욱 돋보였다. 언제 봐도 생기 발랄하고 홀릴 듯한 화려한 아름다움이다.

"무거워, 비켜! 이씨, 도대체 누구… 어라라? 마리 아냐?"

"헤헤~ 제후 오빠, 안녕? 오랜만."

"어머! 마리안, 잘 있었어? 이곳으로 매일 출근인가 보네. 오늘도 여전히 예쁘고."

"예지 언니두요. 안녕하세요?"

마리안이 고개를 살짝 기울이며 방긋 웃자 주변이 다 환해지는 듯하다. 하지만 제후는 그 얼굴을 가증스럽다는 듯 찡그리며 손을 휘휘 휘젓는다.

"야야, 깜찍한 척 웃지 마라. 난 네 정체를 다 알고 있어."

"베에~ 당신이야말로. 그런데 오빠는 진짜 어디로 숨어 있었던 거야? 집 주소도 안 가르쳐 주고 전화도 안 되고. 벌써 유명세를 타고 잠수한 거야?"

"그거야… 어? 잠깐!"

"……?"

"흐음~ 그래, 이 정도 레벨이면 새로운 인형으로서 충분히 장 여사에게 먹힐 듯도 … 씨익~"

"에? 인형? 뭐가, 오빠?"

어리둥절해 있는 마리안을 세워놓곤 제후가 턱을 괸 채 그 소녀의 용모를 위아래로 살피더니 뭔가 의미심장한 미소를 씨익 짓는다.

악동(惡童)의 미소.

그리고 옆에서 예지와 동민이 비열해 보인다고 수군거리는 것에도 아랑곳하지 않는 꿋꿋함.

민제후, 아무것도 모르는 마리안을 희생 양으로 꼬시기 위한 작업에 착수했다.

"앙? 아무것도 아니야. 냐하하하~ 그보다 마리야, 이번에 내가 잘 아는 곳에서 파티가 있는데 너도 꼭 와줬으면 하는데. 준비고 뭐고 아무것도 필요없어. 그냥 몸만 와! 다이아몬드 전시회가 있는 파티에서 화려한 드레스를 입고 춤도 출 수 있어. 그리고 네가 와준다면 네 에스코트는 이 오빠들 중에서 아무나 하나 골라서 던져 줄게!"

"제후 군!!"

유세진이 황급히 민제후의 말을 막아섰으나…

"에? 왜, 세진아?"

"그게……."

"파티? 그리고 에.스.코.트? 우와아~ 진짜? 오빠들, 진짜? 진짜? 드레스도 입고? 꼭 동화 속 공주님 같애!!"

이미 때는 늦었다.

벌써 얼굴이 발그레해져서 꿈에 부풀어 기뻐하는 여자 아이에게 미안하지만 없던 이야기로 하자고 어느 누가 매정하게 말할 수 있겠는가?

"민.제.후……."

너무너무 좋아하는 은빛 머리칼의 어린 소녀를 바라보던 얼어붙은 세진에게서 예리한 검은 오로라가 줄기줄기 뻗어 나오기 시작했다.

"아하하… 세, 세진아, 하지만 솔직히 이번에 성전그룹으로서는 새로운 사업 첫 출범에 지대한 공헌을 했다고 볼 수 있는 마리안을 초대하지 않는다는 건… 너, 너도 알다시피 마리안은 이번에 성전의 모델로서 이미지 광고 대박의 주인공인데 어떻게 초대를 안 할 수 있겠어. 그렇지 않아? 그치?"

여전히 대답없이 노려만 보는 유세진.

그 무시무시한 살기(殺氣)에 제후가 어떻게든 수습해 보려고 기를 쓰지만.

"내가 초대하기 전에 이미 벌써 초대장이 갔을 거야. 이번 기념 행사에서 마리안이 솔로로 노래도 할 것 같고, 이건 공적인 문제로… 에, 또 그러니까 말이지… 맞아! 마리안이 널 지목한다는 보장도 없으니까……."

"나 세진 군이랑 춤 춰봤으면 좋겠어!"

그때 그들 쪽까지 들려온 여자들끼리의 수다. 마리안의 명랑한 목소리.

이로써 상황 끝.

시간이 멈췄다.

"……."

"아하… 하하……."

마리안의 깔끔한 대답에 세진이가 마리안을 쳐다보던 시선을 그대로 제후에게로 옮겼다. '이제 어떻게 할래?'라는 눈초리다. 마이너스 273℃의 살벌한 표정.

오늘도 즐거운 하루가 지나갔다.

"이로써 오늘 종례 끝."

특급 클래스의 담임인 진수아 선생님이 교탁에서 웃으며 종례를 끝내자 학생들이 거의 환호하며 하교 준비를 한다.

"자자, 주목! 이번 기말 시험 때 모두들 고생한 건 아는데 그래도 모두들 집에 일찍일찍 들어가도록 해요. 시험 끝난 지도 이제 며칠 지났으니까 슬슬 마음들 다잡아야지. 다음 주면 방학이라고 좋아할 게 아니에요. 다음 학기면 여러분들도 이제 예비 고3이니까."

아이들의 야유 소리.

시험 끝난 지 얼마나 됐다고, 더구나 다음 주면 꿈에도 그리던 여름방학인데. 담임의 걱정은 학생들에겐 잔소리로밖에 들리지 않는 모양이다. 아무리 성전특고의 최고 엘리트 학생들이라 해도 시험은 지겹고방학은 행복한 행사임은 틀림없다.

"어머? 감히 선생님한테 야유를 보냈겠다? 그럼 얄미워서라도 수학여행지 결정된 건 말해 주기 싫어지는데."

"앗! 선생님! 결정됐어요, 수학여행 어디로 갈지?"

담임 선생님의 뜸 들이는 말씨에 성질 급한 남학생 하나가 번쩍 손들더니 소리친다. 다른 아이들도 모두 기대에 찬 눈초리다. 하긴 그동안 수학여행 일정에 대해 말도 많고 탈도 많아 1학기가 끝나가는 지금까지 못 갔었던 것을 잘 아니.

이곳의 학생들은 일반 전형생들을 제외하고는 명문 자제이거나 부유한 집안 출신들이 대부분이기 때문에 워낙에 아이들의 기본적인 기대 수준이 높아 수학여행에 대한 궁금증은 더욱 크기만 했다. 또한 성전특고는 수학여행만큼은 해외로 보내주는 것으로도 유명하니까 말이다. 게다가 작년 2학년들은 유럽으로 미술관 투어를 갔었으니 아이들의 눈이 기대감으로 반짝이는 것은 당연했다. 이제 곧 방학인데 방학과 함께 해외의 최고급 호텔에서 머물며 여행이라~

하지만 이번 수학여행은 아이들을 실망시킬지도 모르겠다고 선생님은 생각했다. 학생들 수준으로 너무하다는 이야기가 나와 재단에서 제동을 건 것으로 알고 있는데, 일반 전형생들과 위화감이 너무 커진다는 것이 이유였던 것이다. 그리고 확실히 선생님들의 입장에서 특별 전형생들과 일반 전형생들과의 골은 그 아이들의 환경만큼 깊어 보이니.

이번 여행은 일반 전형생, 특별 전형생들 모두 함께 떠나는 것이니 이 절충된 여행지에서 그 골을 조금이나마 메웠으면 하는 바램이다.

"글쎄… 좋아할까 실망할까 모르겠네요."

"어딘데요?"

기대와 불안에 학생들이 담임 선생님의 대답을 재촉했다. 그것에 진수아 선생님은 빙긋 웃으며 마침내 교탁에 손을 짚고 명랑하게 대답했다.

"중국입니다! 북경 3박 4일 수학여행! 어때요? 좋죠?"

"네에―?!"

여기저기에서 터지는 비명.

물론 당. 연. 히. 기뻐서 지르는 비명들은 아니다. 여기는 특급 클래스 클래스S. 특별 전형생들 중에서도 거의 우상시되다시피 하는 최고 배경을 가진 학생들로 이루어진 클래스다.

"에이~ 그게 뭐예요."

"쳇! 난 유럽으로 가고 싶었는데 겨우 북경이야?"

"중국으로 갈 거면 좀 더 길게 가지. 무슨 일정이 4일이에요? 그걸로 뭘 보겠어요?"

"중국은 별로 흥미없는데. 난 프랑스와 이태리의 유명 브랜드 컬렉션이 보고 싶었다고."

역시 예상했던 반응 그대로다.

진수아 선생님은 실망과 시큰둥함으로 일관하는 그 반응들을 어떻게 잠재울까 궁리하면서 여전히 미소를 잃지 않고 있었다. 그런데 그때!

꽝!

"에에에에에에에엑—!! 중국이라고라?!"

자다 일어났나? 그게 아니면 엄청난 형광등.

"마, 말도 안 돼… 고등학생이 수학여행을… 꿀꺽! 해외 여행으로 가다니… 있을 수 없는 일이야……. 우리 나라가 언제부터 이런 엄청난 곳이 됐단 말인가! 말도 안 돼. 말도 안 돼. 어허~ 이런 말세가……."

"아니, 저기 말세까지는……."

한 템포 느리게 반응한 소년의 목소리에 고개를 돌린 진수아 선생님은 자리에서 벌떡 일어나 경악하고 있는 남학생의 말에 곤란한 웃음을 지으며 중얼거린다. 선생님들뿐만 아니라 주변의 학생들도 묘한 표정으로 그 남자 아이를 쳐다보았다. 반장인 한예지는 골치가 아프다는 듯 이마에 손바닥에 대고 있다.

'민제후? 쟤 제후잖아?'

진수아 선생님은 그 형광등 남학생이 최근 특고 최고의 명물 중 하나로 떠오르는 민제후임을 알고서 빙그레 웃음을 머금었다.

그래도 적응을 잘하는 것 같아 다행이라고 생각한다. 처음에 일반 전형생인 제후를 클래스S에 넣으라는 위의 지시에 편입되어 들어오는 학생이 견디지 못할 것이라고 여겨 반대하기도 했었지만 지금은 자신의 그 걱정들이 모두 부질없는 것임을 알게 되어 다행이었다.

진수아 선생님은 편입 첫날 교무실로 들어서던 제후의 모습이 생각났다.

단정한 선을 가진 하얀 얼굴에 혼혈의 피가 섞여서 그렇다는 금실이 섞인 듯한 밝은 금갈색 머리칼의 소년. 객관적으로 아주 잘생겼다고 말하긴 어렵지만 장난기 어린 귀염성있는 귀공자 용모에 '이 아이가 정말 그 민제후?' 라며 대단히 의외라고 생각했었던 것이다. 게다가 좀 더 그늘이 지고 어두울 줄 알았는데.

'민제후' 라면 교내의 안 좋은 무리들에게 괴롭힘당하고, 클래스 레벨도 일반 전형 중에서도 최하위인 AIX에 있었던 데다가 교내 폭력 서클에 찍혔다는 소문이 나자 같은 클래스뿐 아니라 특고생 어느 누구도 상대해 주지 않아 왕따로서 처절한 경험을 해야 했던 불행한 소년.

그 소년의 잘못이라면 그저 마음이 약하고 소심한 성격을 가졌다는 것이었다. 그러나 그것이 또 잘못은 아니지 않은가. 사람의 성향이 좋고 나쁨을 특별히 가릴 수는 없는 것이니까. 예전에 교정을 지나다니면서 그녀가 우연히 얼핏 살펴보게 된 바로는 민제후란 소년은 마음이 약하고 소심하지만 대신에 그 나이답지 않게 신중하고 동물을 좋아하며 섬세했다. 한데 그런 장점들을 아무도 알아주지 않고 질 나쁜 아이들은 그 아이를 단순히 괴롭히기 좋은 대상으로만 여긴다는 것이 가슴 아팠다. 그리고 그 후, 그녀가 비록 제후가 자신의 클래스는 아니지만 무슨 조치를 취해야겠다고 생각할 때쯤 들려온 소식.

민제후라는 학생이 약을 먹었다고…….

충격이었다. 교사로서 좀 더 빨리 도움을 줄 방법이 있었을 텐데.

자기 반 아이가 아니라고 도움이 필요한 학생을 무심하게 지나쳤다는 자책감에 한동안 괴로웠던 진 선생님이었다. 그런데 정말 불행 중 다행으로 죽을 고비를 넘긴 제후가 혼수상태에서 깨어나 다시 학교로 돌아온 것이다. 그것도 어떻게 된 영문인지 특급 클래스 편입이라는 파격적인 지시와 함께.

물론 제후에겐 기억 상실증이라는 후유증이 남았지만 그래도 그것이 아주 나쁜 것만은 아니었다. 나쁜 기억을 잊은 탓인지 너무나 밝아진 제후의 모습에 진수아 선생은 첫날 감격하며 눈물까지 보였으니까. 앞으로 힘든 일이 있으면 꼭 선생님을 찾아오라는 자신의 말에 어색해 하며 종이 이미 쳤다고 손을 빼던 순진한 제후의 얼굴이 아직도 선하다.

그런데 저 모습을 보면…

"선생님! 그렇지 않습니까? 역시 고등학생 수학여행이라고 한다면 경주나 설악산의 단체 여관이나 유스호스텔에서 보내는 것이 낭만이자 추억 아닐까요? 이건 말도 안 된다고 생각합니다!!"

"야, 민제후. 우린 여관이 아니라 무궁화 다섯 개짜리 특 1등급 호텔에서 묵을 거야."

"뭬, 뭬야?! 지, 진짜? 야야, 너희들이 무슨 갑부집 아들 딸내미들인 줄 알아?!"

"응."

"쿨럭! 맞아… 그, 그랬지 참. 아하하하, 오늘도 하늘이 파랗구만."

"그럼 하늘이 파랗지 핑크냐?"

'이젠 정말 걱정없겠어.'

진 선생님은 민제후와 이제 그의 단짝 친구가 된 박원우와 기타 등등 브라더스를 보며 어색하게 미소 지었다. 그러나 왜 식은땀이 나는 건지. 알 수가 없다.

어쨌든 반에 완벽히 적응하다 못해 개인주의 성향이 너무 강하게도 느껴졌던 반 분위기까지 바뀌가는 제후의 모습은 놀랄 만한 변화였다. 이제 그녀는 클래스S의 담임으로서 사고로 입원 중인 유세진만 퇴원해서 돌아오면 아무 걱정이 없었다.

'그런데 세진이까지 돌아오면 이번 수학여행은 정말 정신없겠네. 응? 아차! 그렇지, 수학여행!'

"자, 모두들 이제 진짜 종례 끝이다. 모두들 집에 일찍 들어가세요. 그리고 민제후!"

"네?"

손뼉을 치며 학생들을 정리해서 하교를 지시하자 아이들이 떠들썩한 분위기 속에서 분주하게 교실에서 흩어지기 시작했다. 그리고 그때 담임은 친구들과 어울리는 금빛 머리칼이 인상적인 학생의 이름을 불렀다. 그러자 곧 아이들 사이에서도 확연히 눈에 튀는 강렬한 분위기의 소년이 고개를 돌리며 대답한다.

"제후야, 잠깐 선생님 좀 보자."

"아, 네."

'무슨 일이지?'라는 의문을 얼굴에 가득 담은 제후는 주변에서 '너, 무슨 사고쳤냐?', '그냥 무조건 잘못했다고 빌어' 등등의 감격적인 격려를 받고 감동의 가벼운 발길질이라는 답례를 해주고서 담임 선생님을 따라 조용한 복도 한 켠으로 이동했다.

그리고 한편 진수아 선생님은 저쪽 멀찌감치 말소리가 안 들릴 정도의 위치까지 왔음을 확인하고 이런 말을 해야 하는 자신의 입장을 난

처해하면서 한숨을 쉬었다. 드라마에서나 봤지 자신이 이런 말을 하게 될 줄 몰랐다고, 백 퍼센트 부유한 집안이나 명문가 자제들만 다니는 학교는 아니지만 설마 성전특고에서 교편을 잡고 있을 때 이런 말을 꺼내게 될 줄은 정말 몰랐다고.

'하아~ 어디서부터 어떻게 말을 꺼내지?'

"무슨 일이세요?"

제후는 갑자기 자신을 따로 조용히 부른 담임 선생님을 의아하게 쳐다보며 물었다.

특별히 학교 안에서 잘못한 건 없는 것 같은데, 무단결석했던 걸로 그러시나, 아닌데 그건 말이 잘되어서 무마가 된 걸로 아는데 등등 복잡한 상념의 꼬리가 끝도 끊임없이 이어진다.

잘못은 없는 것 같아도 경험해 본 사람은 잘 알 것이다. 어느 날 갑자기 담임이 심각하게 자신만 따로 조용히 부른다면 얼마나 심장 떨리는지. 원래 선생님 앞에 선 학생들은 특별한 잘못이 없어도 불안한가 보다. 게다가 지금 담임의 표정은 매우 심각하지 않은가!

"저, 음⋯ 제후야, 이런 말 하긴 좀 곤란하긴 하지만⋯ 저기⋯ 아, 그래! 제후, 할아버님과 단둘이 산다고 했었지? 할아버님은 지금 어떻게 지내시니?"

"예?"

불안으로 두근 반 세근 반 울렁거리는 심장을 붙들고 서 있는 제후 앞의 담임 선생님이 뭔 말을 하려고 하다가 어색하게 말을 바꾼다.

저건 난처한 미소?

'도대체 무슨 말을 하고 싶은 거야?'

할아버지 얘기는 새삼스레 왜 묻는지 모르겠다. 외할아버지와 단둘이 살고 있다는 건 학기 초에 이미 다 조사해서 담임 선생님이라면 당연히 모두 알고 있는 사실인데. 그렇지 않아도 제후는 얼마 전 외할아버지인 장문수 회장과 전화 통화로 한바탕했기에 지금은 더 더욱 좋은 감정이 있을 리 없다. 그래서 결국 퉁명스럽게 고개 숙여 선생님의 시선을 외면하면서 대답했다. '망할 영감'이라고 중얼거리는 입 모양을 보여줄 순 없으니까.

"제 할아버지, 지금 어디 계신지 몰라요. 집을 나가셨거든요. 나가신 진 음… 몇 달 넘었어요."

하지만 제후는 그 덕분에 충격받은 진수아 선생님의 얼굴을 볼 수 없었다.

"뭐, 뭐? 그, 그럼 지금 호, 혼자 사는 거니?"

'저 여선생님이 왜 저러시지?'

큰 충격을 받은 담임 선생님의 얼굴을 못 봤던 제후는 떨려 나오는 선생님의 목소리에 어리둥절해하며 자기 나름대로 진지하게 사실만을 대답했다. 무슨 일인지는 모르지만 선생님의 몸이 안 좋아 보여서 걱정하는 마음에 선생님을 안심시켜 드리고자 밝게 웃는 제후였다.

"아뇨, 어릴 때 절 두고 나가 살던 어머니께서 돌아오셨거든요."

장혜영 여사. 한참 엄마를 필요로 할 나이의 원관을 버리고 외국으로 나갔으니…….

제후의 대답은 있는 그대로의 사실을 이야기한 것이 틀림없었으나 너무 엑기스만 뽑아 말했던 탓에 듣고 있는 사람들의 마음을 처절하게 흔들었다.

진수아 선생님의 눈에 눈물이 그렁그렁해졌다.

민제후… 고아가 아니었던 것이다. 고아라서 외할아버지와 함께 힘들게 살아온 것이 아니라 어릴 때 집을 나간 어머니가 있었기 때문에 할아버지 그늘에서 커왔던 것이다. 고아라는 것보다 어머니가 어린 소년을 버리고 집을 나갔었다는 그 사건이 선생님의 가슴속에 파문을 일으키며 더 큰 동정심을 불러일으켰다.

그리고 한 가지 더!

진수아 선생님의 가슴을 더 미어지게 하는 것은 그럼 이제 혼자 사느냐고 물어본 선생님의 대답에 '아뇨' 라고 밝게 웃으며 자신을 버리고 도망갔던 어머니가 돌아오셨다는 말을 기쁘게 하는 민제후의 모습이었다. 자신을 버리고 도망갔던 어머니에 대한 원망보다는 어머니와 함께 살게 된 것에 너무나 순수하게 기뻐하는 그 모습. 그녀는 목이 메어왔다.

그렇게 철저한 오해와 착각 속에 제후의 담임 선생님은 눈물을 꾹 참고 제후에게 잘됐다고 마주 웃어주며 세심하게 이것저것 더 물어본다.

"그래? 그렇다면 정말 다행이다. 그렇다면 제후 어머님은……?"

'아, 장 여사께서 요즘 뭐 하시느냐구요?'

"요즘 바쁘세요. 집에 못 들어오실 때도 다반사고. 일이 많으신 것 같아요."

아무래도 유명 피아니스트이니 여기저기 초대하는 곳도 많고 때때로 음대에도 나가는 것 같다. 정말 바쁜 어머니다. 어떨 때는 성전그룹 총수인 제후 자신보다 더 바빠 보일 정도다.

'뭐, 덕분에 난 장혜영 여사의 목조르기를 피할 수 있어서 다행이지만. 캬캬캬캬~'

제후는 이제 코앞인 성전그룹 창립 60주년 기념 행사 파티로 준비할 것이 많다며 요즘 집에 거의 계시지 않는 화려하고 아름다운 어머니의 모습을 떠올리며 빙긋 미소 지었다.

"그런데 왜 그러세요?"

"음, 그게… 하아~ 이런 말, 선생님이 하긴 정말 힘들구나. 제후도 참 훌륭한 학생이고 제후 어머님도 참 힘들게 사시는 것 같은데. 밤늦게까지 일하신다면 무슨 식당 같은 데 다니시는 모양인데 말야."

'식당? 웬 식당? 아아~ 늦게 밥 먹으러 가는 데요? 우리 집 장 여사는 쉐라톤워커힐 호텔이나 신라호텔 등의 특급 호텔 프랑스 식당을 주로 이용하는데 내 입맛에는 별로던데. 맞아요. 왜 그런 식당 같은 델 다니나 몰라. 그냥 집에 일찍일찍 들어와서 김치찌개나 된장찌개에 밥 비벼 먹지. 선생님이 뭘 좀 아시네요! 그런 덴 먹기도 힘드니 장 여사도 참 힘들게 사시긴 사시죠. 냐하하하~!'

동상이몽(同床異夢).

한숨과 눈물을 짓는 여선생님과 두 눈을 끔벅이는 이 학생 사이의 대화가 마치 그러하다.

"이번 수학여행 말인데 제후야……."

"네."

"이번에 수학여행비를 아직 안 냈더구나."

'아하~ 그것 때문인가? 아직 안 냈나? 그런데 왜 그런 말을 이렇게 뜸을 들이며 얘길 했을까? 하긴, 돈 얘길 선생님께서 먼저 꺼내는 것이 민망하셨겠지. 에구구, 하여튼 내 정신 좀 봐라. 역시 늙으면 죽어야 돼요.'

제후가 생각에 빠져 있는 사이 진 선생님은 민제후가 고개를 숙인 채 대답이 없으니 무안하고 부끄러워서 그러는 것인 줄 알고 더욱 다정한 목소리로 묻는다.

"갈 생각이 없는 거니? 네 생각을 말해 봐. 그럼 선생님이 도와줄게. 응?"

"아뇨, 그런 게 아니라……."

'갈 생각? 당연히 가긴 가야 되는데. 학교 생활의 하이라이트이자 최고의 이벤트인 수.학.여.행.이 아니던가! 당연히 가긴 가야 되고 말고!! 그런데 잠깐!!'

민제후, 머리를 붙잡고 다시 고민이란 걸 하기 시작했다. 돌 굴러가는 소리가 들린다.

'한데… 수학여행 기간 중에 중요한 회의가 있을 텐데. 이번에 아랍권 국가 원수들과 경제 무역 협상이 곧 마무리될 시기고… 싱가폴에서도 중요한 계약서가 왔다 갔다 할 시점이라… 음… 이놈의 고질적인 책임감 때문에. 아니, 사실은 김 비서한테 의무도 모르고 책임감도 없다는 소린 다신 듣기 싫어서. 쩝! 고민되네, 거참.'

"하지만 역시……."

"아! 돈이 걱정이라면 걱정하지 마라, 제후야!"

'역시 그래도 내가 놀러 가겠다고 하는 것도 아니고 학교에서 가는 수.학.여.행.인데 설마 김 비서가 뭐라 하진 않겠지? 수.학.여.행.인데 말이야, 수.학.여.행! 그러니까 돈 걱정은…… 에? 이게 무슨 소리죠?'

제후가 혼자 생각에 빠져 허우적거리다가 갑자기 강하게 말하는 담임의 태도에 깜짝 놀라 고개를 들었다.

돈이라니? 돈 걱정? 누가요? 아시아 최대 그룹인 대성전그룹 총수가요?

"이번 수학여행지가 중국으로 결정되긴 했지만 학생 단체 여행으로서 저렴한 비용으로 다녀올 수 있어. 게다가 특고에서 그 비용의 50퍼센트를 지원해 주고 있기 때문에 학생들의 부담이 그리 크지가 않단다. …그래도 걱정되니? 그럼 내가 너희 어머님을 따로 만나뵙고 말씀드려볼까?"

친절한 미소를 지으며 조분조분 말하는 선생님은 가정 형편이 어려운 학생을 설득하기 위해 최선을 다하며 방법을 강구하고 계신다. 정말 훌륭한 선생님이시다. 어려운 형편에 힘들게 공부하는 학생들은 이런 선생님을 만나면 감격하고 말 테다. 그러나 지금은 다만…

'상대가 잘못됐는데요, 선생님.'

민제후는 어떻게 말해야 할지 몰라 어색한 미소를 띠고 어정쩡하게 서 있을 뿐이다.

"그 50퍼센트도 너희 가계에 부담이 될 만큼 크다면 마지막엔 학교에서 전액 지원받는 방법도 있으니까 너무 걱정 말거라. 그러니까 제후도 이번에 꼭 수학여행 가는 거다. 알았지? 이번에 힘들게 친구들을 사귄 모양이던데 즐거운 시간 보내야 하지 않겠니?"

"아, 네… 친구들과 즐거운 시간… 네. 그, 그렇죠. 아하하… 그런데 선생님, 저희 집은 선생님이 생각하시는 것만큼 그리 어렵지는 않은……."

"아아, 알어알어. 선생님이 제후 맘 다 알어. 그럼~! 제후네 집은 그렇게 힘들지 않아. 조금 남들보다 열심히 사는 집이지. 선생님은 단지 도움이 되고 싶었을 뿐인데 자존심 상했다면 미안하다. 하지만 이번 수학여행은 꼭 가야 한다. 알았지?"

'그 달래는 말투가 더 자존심 상한단 말입니다!'

"그럼 다음 주에 보자. 주말 잘 보내라."

"저, 저기요, 선생님… 선생님! 어라? 벌써 가버렸잖아."

진수아 선생님도 이런 이야기는 처음 해보고 처음 접하는 상황이라 당황하셨던지 학생에게서 수학여행에 가겠다는 쪽으로 대답을 듣자 뒤도 안 돌아보고 가버리셨다. 하지만 뒤에 혼자 남은 민제후는 더 황당하다. 이상한 소문이 도는 건 알고 있었지만 별로 신경 쓰진 않았는데. 그런데 이 정도로 심각한 편견이 선생님들에게까지 깊이 파고들어 있었다니!

한 번도 고의로 가난한 척이나 소년 가장인 척한 적 없었다. 물어봤으면 솔직하게 대답해 줬을 거다. 나 성전그룹 창업주 장문수 회장의 외손자라고. 우리 어머니는 식당 아줌마가 아니라 세계적인 피아니스트 장혜영 씨라고.

'근데 아무도 안. 물. 어. 봤. 잖. 아!!'

"도대체 뭐야? 왜 내 얘긴 끝까지 듣지도 않는 거냐고! 이씨ー! 난 안 가난해!! 나 대.빵. 부자란 말이닷!!"

"알아알아, 난 다 안다니까."

'에? 박원우?'

둔하게도 한 학기가 거의 끝나고 나서야 사람들이 자신을 불쌍하게 동정 어린 시선으로 봤었다는 사실을 깨닫고 열받은 제후였다. 그런데 그때 박원우가 어느새 다가와 어깨동무를 하며 진지한 얼굴로 고개를 끄덕인다. 그 말에 조금은 진정된 민제후.

"정말? 너, 믿는 거야?"

"그으럼~ 네 맘 다 알어. 넌……."

박원우가 의심스런 눈으로 쳐다보는 제후의 어깨를 두드리며 말했다.

"마음이 부자잖아."

빠직—

제후는 머리 속에서 뭔가 끊어지는 소리를 들었다.

'이 자식……!'

그러나 곧 원우의 말에 이어 제후의 뒤에서 몇 명의 남학생들이 자기들 생각을 줄줄이 나열한다. 일명하여 기타 등등 브라더스들.

"그래, 아무도 너 그런 걸로 안 놀려. 네가 놀린다고 놀아나는 것도 아니고. 에휴~"

"맞어맞어. 제후, 쟤 피아노만 쳐도 후원해 주겠다는 음악원도 많으니까. 이 녀석이 안 하려고 해서 문제지. 하여간 요즘은 자기 자신만 잘나면 집이 좀 못 살아도 괜찮다니까."

이… 이것들이……!!

"시.끄.러, 박원우 및 기타 등등 브라더스!"

결국 그 한마디에 제후가 주위를 평정했다. 몇 번의 비명 소리는 남자 아이들이 놀 때 심심찮게(?) 터져 나오는 소리니 그냥 그러려니 넘어가자. 물론 오늘은 평소보다 조금 더 처절한 비명 소리가 압권이었지만 특급 클래스의 다른 여학생들도 저 멤버들은 그저 원래 그러려니 하고 신경 쓰지 않으니.

그런데 그때였다.

이제 거의 절반 이상의 학생들이 빠져나가 한산한 교실로 소식통으로 유명한 교내 신문부 아이가 뛰어 들어와서 소리쳤다.

"얘들아! 빅 뉴스!! 우리 학교 교문 앞으로 기자들이 엄청나게 몰려 왔어!!"

무슨 소린지…

애들이 어리둥절한 얼굴로 그 신문부 아이를 쳐다보자 그 학생이 의기양양하게 보란 듯이 큰 소리로 외쳤다.

"성전영상의 이미지 포스터 『신화(神話)』 말이야, 마리안과 함께 촬영한 그 아폴론 모델 소년! 그 녀석이 성전특고생이래!!"

'헉!!'

그 폭탄 선언에 관심없어하던 민제후의 고개가 홱 돌아갔다.

"그래서 각 신문사랑 잡지사의 연예부 기자들이 지금 우리 학교 앞으로 엄청나게 몰려왔어!!"

"뭐어—! 진짜? 꺄아아아—"

여자애들이 그 소리에 비명을 지르고 애들이 난리가 났다. 몇몇은 그 말이 진짜인지 알아보기 위하여 밖으로 뛰어나간다. 일의 진위가 어디까지인지, 또 정말이라면 언론의 노출된 부분은 어디까지인지는 잘 모르겠지만 어쨌든 지금의 분위기로 봐서는 상당히 정확한 정보통에서 정보를 흘린 것 같다.

제후는 지금 한 가지 말밖에 생각나지 않았다.

'일났다!!'

각종 잡동사니가 모여 있는 공터의 창고.

한쪽엔 작품인지 아니면 뭔가를 만들다 만 흔적인지 알 수 없는 고철들이 쌓여 있고 다른 한쪽에는 엄청나다고밖에 표현할 수 없는 각종 부품 상자들이 빼곡하다. 이곳이 성전특고의 클래스C 전공 연구소 구역이라는 것을 모르는 사람이 본다면 이곳을 자동차 정비소나 기계 따위를 조립하는 공장이라고 착각하기 딱 좋다. 기실 주변이 조용한 숲으로 조성되어 있고 그곳에서 조금만 내려가면 도서관과 학생 식당이 있어서 그렇지 이 근방에 학생들이 보이지 않을 때는 진짜 공장이나 정비소로 착각하는 사람들도 많을 것이다. 한 번만 직접 이곳을 살펴본 이가 있다면 어느 누가 이곳을 학생들이 공부하는 연구 공간이라고 여기겠는가?

"음, 이게 왜 안 돌지? 분명 설계한 그대론데. 그럼 설계도가 문제인가? 아니야, 그럴 리가……."

그때 마침 한 학생이 머리를 긁적이며 창고 밖으로 나와 그 잡동사니 속을 뒤적뒤적 뒤지기 시작한다.

작업복 차림의 소년.

그 소년이 입고 있는 작업복은 이미 낡아서 많이 해진 데다가 기름때가 군데군데 묻어 썩 깨끗하다고 할 수 없다. 차림새로만 보자면 자동차 정비소에 일하는 총각 같았다. 그러나 그 아이에게서 풍기는 분위기와 눈빛만 보자면 소년은 마치 일생일대의 대발명품을 만드는 공학도에 더 가까워 보인다.

의젓한 자세와 깨끗한 무표정이 인상적인 학생이었다.

"아… 그게 대체 어디로 갔지? 분명 이 근처인데."

뭔가를 열심히 찾더니 결국 못 찾은 모양이다.

자리에서 일어난 그 소년이 허리에 두 손을 얹고 무심함을 느끼게 하는 회색 빛 눈으로 어느 한곳을 물끄러미 바라보았다.

도대체 뭘 찾는 것인가?

한데 그때, 그런 소년의 앞으로 떨어지는 여러 장의 짙푸른 나뭇잎들. 아직 어린잎이라 저절로 떨어질 리가 없는데 이상하다. 그 이상하다는 생각에 작업복의 남학생이 고개를 들어 자신의 머리 위로 뻗어 있는 나뭇가지를 올려다보려는데…

"어? 저건……."

촤좌좌쫙!

"우아아악—!!"

쿵!

제법 굵은 나뭇가지가 부러지나 싶더니 비명과 함께 하늘에서 사람이 떨어졌다.

"아야야야~"

성전특고의 교복을 입은 것을 보니 외부의 침입자는 아니다. 그런데 그 하늘에서 떨어진 그 인간의 외양이 작업복을 입은 소년의 눈에 많이 익었다.

평균적인 키에 평범하지만 단정한 선을 가진 이목구비, 때로 악동 같은 미소를 지을 것 같은 장난기 어린 얼굴, 그리고… 금빛 머리칼!

저런 머리색은 흔하지 않다. 무엇보다 한국인은 단일민족으로 검은 머리가 태반이고 또한 염색을 한다고 해도 저런 색을 인공적으로 만들어내는 건 거의 불가능하다고 보니까. 그러니까 저 인간은 틀림없는…

"민제후."

작업복 소년이 갑자기 눈앞에 나타난 금갈색 머리칼의 소년을 바라보며 무표정했던 얼굴을 찡그렸다.

'설마 또 이상한 사건에 휘말리게 되는 건 아니겠지?'

그때 바닥으로 다이빙했던 제후가 막 제정신을 차리고 자신을 내려다보는 작업복 소년을 알아채고 눈을 빛냈다.

"얼레? 문승현 선배네? 아차차, 편하게 부르랬지."

"…그렇게 말했던 내 입을 찢고 싶다."

더 이상 호칭만은 형이라고 부르라느니 하는 영양가없는 소린 떠들기 싫어지는 승현이었다. 한두 번 말해 봤어야지.

"냐하하하, 뭘 그런 걸 갖구. 세상이 다 그런 거지. 사회 나가면 한두 살쯤이야 친구고 동기지 뭐. 그쪽도 좀 더 세상 살고 경험하면 알 수 있을 걸세."

"지금도 너보다 많어."

정말 보면 볼수록 신기한 녀석이란 생각만 든다.

민제후, 저 녀석은 대체 어떤 인간일까?

"그래도 나 지금 많이 놀랐어. 어떻게 숨는다고 숨은 곳에서 이렇게 딱 한 번에 아는 얼굴을 만난 거지? 그참, 신기하네~"

'숨어?'

얼굴에 되도록 표정이 나타나진 않지만 속으로 이것저것 복잡한 생각을 하던 문승현이다. 그 모습이 민제후 입장에서는 도리어 신기했던지 놀라는 표정에 살짝 미간을 찌푸리며 묻는다.

"넌 어떻게 놀라지도 않냐?"

"지금 놀라고 있어."

"그런데 '앗' 하는 소리 한번 안 질러?"

"타이밍을 놓쳤어."

어쩐지 대화의 흐름이 끊어졌다.

어색한 공기.

"아하하… 그래……."

민제후가 어색한 미소를 짓더니 곧 부활해서 벌떡 일어선다. 그 적지 않은 대화를 하던 중에서도 민제후는 여지껏 흙바닥에 주저앉은 채였고 문승현도 그대로 그 모습을 내려다보는 자세였다. 그러면서도 한동안 일어날 생각을 안 하고 그대로 편하다는 듯 말하던 제후나 그것을 그대로 바라보면서도 굳이 일어나라고 권유, 또는 부축도 안 한 승현.

의외로 이 둘은 잘 맞을지도 모르겠다.

제후가 그제야 일어서서 교복에 엉망으로 묻은 흙과 먼지를 털며 문승현을 향해서 입을 열었다.

"그런데 문승현, 네가 여긴 웬일이야?"

"이봐, 그건 내가 해야 할 말 같은데. 여긴 클래스C의 전공 연구 구역이야. 그리고 덧붙여 말하자면 여긴 내 개인 작업실이고."

"어라라? 정말? 여긴 빈 창고인 줄 알았는데… 여기가 정말 클래스C 지역이야? 오오~"

자기 혼자 방실방실 웃어가며 자기가 말하고픈 것만 중얼대는 제후를 승현이 재차 눈으로 묻는다.

어떻게 여기까지 온 것인지. 클래스S에서 클래스C까지의 거리로 봐서는 우연히 길을 잘못 들었다거나 산책 나왔다는 말은 통하지 않는다. 그의 작업실로 구경 왔다는 것도 방금 전 그를 만났다는 것에 놀란 것을 보고 아니라는 대답이 나온다. 그리고 숨는다니? 도대체 이 아이가 뭘 피해서 숨고 뭘 피해서 도망치고 있던 것이지?

"나야 뭐… 그냥 그럭저럭 이런저런 일로 여기까지 흘러 들어왔지. 바람 따라 구름 따라 떠돌아다니는 나그네라고나 할까? 푸하하하~"

…처음부터 민제후란 놈에게 뭔가를 기대했던 것 자체가 잘못이었다.

승현은 한숨을 쉬며 민제후를 무시하고 다시 작업실 안으로 걸음을 옮겼다. 자신은 아직 해결해야 할 과제가 많이 남았으니까.

"썰렁한 녀석."

"뭐야. 그쪽이야말로 표정은 냉랭하고 눈은 무표정해서 훨씬 더 썰렁하다고. 듣고 있는 거야? 어라? 이거 지금 뭐 만드는 거냐?"

제후는 승현의 뒤를 따라 들어와서 용접을 하는 승현의 모습과 작업실 내부를 보고 놀란다.

"와아~ 멋진데."

전공 연구 공간으로 받은 개인 작업실은 생각보다 넓었다. 아마도 이곳은 학교가 학생들에게 지정해 준 공식적인 공간은 아닐 것이다. 아마도 이곳은 진짜 창고로 쓰이던 곳이거나 창고로 쓰기 위해서 만든 곳이었을 텐데 어떤어떤 사정에 의해 지금의 문승현의 개인 작업실로까지 연결된 것일 테다.

주변에 널려 있는 설계도면.

여러 대의 모니터를 갖춘 최신 컴퓨터와 부품, 장비들.

밖은 그저 그런 창고로만 봤었는데 안으로 들어오니 좀 어수선한 무슨 프로젝트 계발 연구소에 들어와 있는 듯하다.

그런데 그런 공간 한복판에 멋진 조형물이 자리 잡고 있으니 호기심 많은 민제후가 그냥 지나칠 리가 없다. 주변에 다른 컴퓨터들과 많은 작은 작품들이 어지럽게 있었으나 역시 한가운데 작업장 위에 놓인 그것이 금갈색 머리칼의 소년의 눈엔 가장 멋지게 보였다.

"비행기? 비행기야? 탈 수 있어?"

항공기 형상을 한 그것에 감격하며 물어보는 제후의 모습에 승현이 어이없어하면서도 재미있어하는 자신을 느끼며 민제후의 머리통을 쥐어박았다. 오늘 처음으로 웃어보는 것 같았다.

"에그, 너 같음 탈 수 있겠냐? …원격 조종하는 거야. 그냥 만들어보고 있어."

"그냥 만드는 수준이 아닌 거 같은데? 근데 이거 처음부터 끝까지 다 네가 만든 거야? 우와~ 정말 대단하다. 사람은 못 타도 상당히 크네?"

"별거 아냐. 어? 잠깐 너, 그거……."

"앙?"

민제후의 관심에 조금 표정을 부드럽게 하던 승현은 제후의 손 안에 잡혀 있는 무언가를 보고 얼굴을 찌푸렸다. 제후가 그 표정에 손을 올려 손바닥 안을 내려다보았다. 그곳엔 한 손에 딱 잡힐 만한 동그란 뭔가가 잡혀 있다. 제후가 그저 손장난 치다가 공터에서 무의식 중에 들고 들어온 것인 듯싶다.

혹시 그것은 문승현이 그렇게 찾아다니던 그 물건?

"야, 너 어디서 찾았어, 그거? 아까 아무리 찾아도 없었는데?"

"어? 그냥 아까 나무에서 떨어질 때 손에 짚이길래 움켜잡았을 뿐인데. 이거 대단한 거야? 생긴 걸 보아하니 큰 바늘, 작은 바늘도 있고… 음, 혹시 비행기나 어디 다른 기계에 붙일 계기판?"

제후가 뭔가 멋진 곳에 쓰이는 부품이라고 기대하곤 눈을 초롱초롱 빛내며 물었다. 한데 여전히 표정 변화 없이 담담한 얼굴로 그 상상을 부수는 승현의 목소리.

"아니, 내 알람시계."

아무 생각이 안 났다. 그저 그 두 명의 소년이 서로 마주 보고 눈을 끔벅였을 뿐.

"그냥?"

"그냥."

"단순히?"

"그래."

단순히 그저 문승현의 알람시계. 그런데 뭘 그렇게 대단한 것인 듯 찾았다고 분위기를 띄웠던 것이더냐! 아니, 원래 문승현이 표정이고 목소리고 모두 덤덤한 아이라 특별히 나댄 것은 아닌 걸 제후 혼자 멋대로 그렇게 생각한 것일 수도 있지만.

어쨌든 보통은 그 상황에서 말을 끊으며 물어볼 정도의 물건이면 예사 것이 아니라고 생각하는 것이 상식인 것이다.

"후우~ 형씨는 정말 알다가도 모르겠어."

제후는 무심하다 못해 특이한 선배인 승현에게 다가가 어깨를 짚고 묘한 웃음을 흘리며 말했다.

"여하튼 고맙다. 도대체 잃어버릴 이유가 없는 물건들을 난 항상 잃어버리거든. 대강의 위치는 알겠는데 아까 밖이 너무 복잡해서 못 찾았어."

"……?"

문승현의 말에 민제후가 어리둥절한 모양이었다. 그 말의 뉘앙스는 어쩐지 잃어버린 물건인데 그 물건의 위치를 알 수 있었다는 말로 들렸으니.

신동민이나 유세진 같은 아이들도 참 특이하다고 생각했지만 문승현도 만만치 않다고 생각하는 제후였다. 단둘이 따로 있어보니 훨씬 더 문승현의 독특한 분위기와 성격을 느낄 수 있다. 게다가 오늘은 우연이긴 하지만 전공 연구의 개인 작업실까지 구경하게 되었고, 전자 · 기계 부분에서 공부하는 클래스C의 모습을 조금이나마 가까이에서 볼 수 있었다는 것도 큰 수확이었다.

"어라? 이건 뭐야, 이 쬐끄만 건?"

"응? 뭐가?"

"이거 말이야, 이거."

제후는 빙긋 웃으면서 자기가 손에 쥐고 있던 알람시계를 승현에게 넘겨주다가 그 밑에 붙은 묘한 것에 시선을 뺏기고 자신도 모르게 질문부터 하였다. 손 안에 딱 들어오던 시계 뒤편에 붙은 것은 원래 부품이라고 보기 어렵다.

뭔가 신기한 것이 아닐까? 에이, 설마. 무심대마왕 문승현이 또 그 상상력을 깨뜨릴 테다라고 속으로 중얼거리는 제후였다. 그런데…

"아아~ 그거, 추적 장치야."

"그렇구나, 이것도 그냥 단순한 추적 장치… 에?"

진짜 상상을 깨는 인간.

제후가 정확하게 눈 세 번을 깜박거리고 나서야 화들짝 놀랐다.

"에엣?! 정말? 그럼 이 쬐끄만 게 007 영화 같은 데 나오는 그런 거란 말야?"

그런데 그런 걸 그렇게 쉽게 말하다니! 그것들은 영화 속에 나오는 최첨단 장비 아닌가? 이걸 붙여놓으면 그 물체가 어디에 있는지 찾을 수 있다는 소린데.

"어떻게 만들었는데?"

제후가 어린아이처럼 들떠서 눈을 빛내며 묻는다. 주변에 천재라는 인간들이 있긴 하지만 기계적인 것을 직접 설계하고 만들고 조립하는 사람은 본 적이 없기에 신기했다.

워낙에 열성적으로 질문을 하기에 지금껏 민제후를 모른 척 자기 일에 몰두하던 승현은 잠시 그 소년 쪽으로 고개를 돌려 담담하게 한마

•디 해줬다.

"잘."

"……."

"난 가끔 깜박깜박 잊어버려서 물건을 자주 잃어버리기 때문에 그 자주 잃어버리는 물건들을 찾기 위해서 만들었지. 만들 땐 좀 고생하긴 했지만 편리해."

"……."

또 조용해졌다.

승현은 얼굴을 찡그리며 자신이 뭘 어쨌다고 그러는 것인지 생각에 잠겼다.

'특별히 잘못한 게 없는데 이상하군.'

그러자 곧 제후가 이상야릇한 웃음을 흘리며 다가와 다시 한 번 문승현의 어깨를 꽉 짚고 아까 했던 얘길 또 한다.

"후후, 다시 한 번 말하지만 역시 형씨는 알다가도 모르겠다구."

"…그 '씨' 자를 빼든가 그냥 선배님이라고 불러줬음 좋겠군."

교내는 이제 학생들이 거의 다 빠져나갔는지 간간이 바람에 실려오던 아이들의 시끌시끌한 소리가 더 이상 들려오지 않았다. 오늘은 어쩐 일인지 평소보다 소란스러운 분위기가 그 한적한 전공 연구소로 올라왔었는데 이제는 거의 진정이 된 듯.

학교 안에서 무슨 일이 있었던 것일까?

"어쨌든 이게 추적 장치란 말이지? 호오~ 그렇다면… 므흐흐흐……."

문승현은 녹음으로 흔들리는 시원한 창밖을 내다보다가 계속적으로 흘러나오는 민제후의 검은 웃음소리에 뒤를 돌아보았다.

도대체 무슨 음모를 꾸미는 것일까, 저 녀석?

*   *   *

부숴 버릴래.

아련한 시야 속으로 작은 몸의 남자 아이가 말한다.
모습이 잘 보이지 않는다. 하지만 온몸이 찢겨지고 상처투성이.
어디에서 싸움이라도 한 건가?
손을 내밀려고 했으나 그 아이가 내 손을 매정하게 뿌리친다. 그 작은 소년의 눈은 자존심으로 똘똘 뭉쳐져 자신에게 아무도 다가오지 말라는 무언의 경계의 눈빛을 쏘아보내며 말하고 있었다.
　'저 아인… 난 누군지 알고 있는데… 그런데, 누구지? 기억이 잘 안나…….'

내가 가질 수 없다면 부숴 버릴 거야, 형.

너무나 차갑고 냉랭하게 말하는 아이다.
가슴에 무엇이 그리 맺혔기에 저 어린 나이에 그런 슬픈 말을 내뱉는 것일까? 어때서 저런 무서운 말을 일말의 망설임이나 두려움없이 꺼내는 것일까?
가슴이 아프다. 하지만 겁도 난다. 저 아이를 자신이 감히 감당할 수 있을지… 자신의 영혼에 스스로 상처를 내고 피를 흘리는 저 아이를 내가 감히 구원할 수 있을지…….

내 손으로 직접. 아무도 가질 수 없도록. 그리고 내 앞에, 이 현성우 앞에 걸림돌이 되는 것이 있다면 그것이 누구고 무엇이든 간에 역시……

'그럼 안 돼, 꼬마야.'
소리치고 싶지만 목소리가 나오지 않는다.
독기 어린 눈이나 표정이 아니다. 조용조용 이야기하는 소년은 웃고 있다. 그래서 더욱 무섭다. 그것은 감정적인 상태에서 내뱉는 소리가 아니라는 말이니까. 가슴 깊이 새기고 있는 가치관이자 믿음이란 소리니까.

없애 버릴 거야, 경덕 형.

당돌한, 그리고 반항적인 귀여운 꼬마의 얼굴.
아니, 순종적이고 차분해 보이는 얼굴?
'아, 안 돼… 이대로 두면 저 아이가 다친다. 그전에 내가… 내가 뭐든 해야… 으윽!'
그런데 그때, 그 아련한 안개 속에서 자신을 이끌어내는 힘이 들어왔다.
저 아이가 누군진 잘 모르겠지만, 그리고 왜인지는 잘 모르겠지만 꿈속에서 자신의 마음을 아프게 하는 상처투성이의 작은 아이의 작은 절규가 가슴을 짓누른다.
'아참, 아까 저 아이가 자신의 이름을 뭐라고 불렀었지? 분명히 자기 이름을 말했었는데. 그리고… 내 이름을 말했다?'

생각이 깊어지고 정신이 맑아지는 순간 번쩍 눈이 떠졌다.

시야로 빛이 폭발하며 쏟아져 들어왔다. 새로운 현실, 생생한 삶으로 몽환 속에서 돌아왔다. 그리고 눈을 뜨는 나의 귓가의 그 작은 아이의 마지막 말소리가 속삭이듯 울린다.

수단과 방법을 가리지 않고……

"무슨 꿈이 이렇게 개떡 같지? 우~"

제후는 멍한 얼굴로 침대에 일어나 앉아 있었다. 잠자리에서 일어난 지는 꽤 됐으나 도대체 어떤 꿈을 꿨는지 아주 오랜 시간 정신을 차릴 수가 없었다.

단지 꿈을 꿨을 뿐인데, 단지 그뿐인데 눈을 뜨자마자 밀려드는 그 감정들이라니……. 가슴이 미어졌다. 그리고 자책감, 무기력, 슬픔, 아픔, 그러나 또 그 속에서 타오르는 분노와 증오, 그리움이라니.

형용할 수 없는 수만 가지 감정들에 파묻혀 제후는 가슴을 쥐어뜯으며 꽤 오랜 시간 침대 위에 엎어져 웅크려야 했다. 호흡 곤란이었을까? 발작을 십수 분을 겪으면서 눈물을 쏟았다. 슬퍼서인지 분노였는지는 기억나지 않았다. 다만 방 밖으로 소리가 새어 나가지 않게 입에 재갈처럼 침대 시트를 물고 그 고통이 지나가길 빌었다. 그리고 결국 이렇게 모든 것이 또 지나갔다.

"세수부터 해야……."

오늘이 성전그룹 창립 60주년 기념 파티와 블루 다이아몬드전 개막이라 준비할 것이 많은데 오늘 제후는 상당히 컨디션이 좋지 못하다.

'내 발작은 정신적인 것이 원인인 듯하다고? 그러니 마음을 편히 가

져? …말이야 쉽지.'

제후는 휘청이는 걸음걸이로 침대에서 빠져나와 욕실로 들어가며 자신의 주치의인 김 박사가 했던 말을 떠올리고 욕설의 릴레이를 펼쳤다. 어디까지 겹치지 않고 욕으로만 도배해 가며 혼잣말을 이어갈 수 있을까? 새로운 도전이다.

"으엑! 눈 밑에 작전 나가는 군바리처럼 까만 줄이 갔잖아?! 이런이런… 이거야 원, 푸닥거리라도 해야지. 쳇!"

거울을 보니 창백한 안색의 남자 아이가 뚱하게 서 있다.

멍한 눈빛. 울어서 부은 눈두덩이. 까치집 저리 가라 할 만한 헝클어진 금빛 머리칼.

양치질하고 세수를 하고 나오면서 훨씬 좋아지긴 했지만 오늘 성전 그룹 창립 기념 행사가 걱정됐다. 무엇보다 어머니인 장혜영 여사께서 오늘을 위해서 준비한 의상과 이벤트에 시달릴 텐데 그것이 가장 걱정이다.

"오늘 꿈자리도 사나운 것이… 아무래도 마(魔)가 낀 게 분명해. 허허~ 이런!"

"어떤 꿈인데 그러십니까?"

'응?'

방에서 나와 거실로 들어서자 제후가 중얼거리는 말에 반응하는 목소리가 들린다.

검은 양복의 언제나 빈틈없는 모습의 비서이자 회장의 오른팔인 김성민 비서실장. 오늘은 보통 때보다 일찍 나타났지만 역시 오늘도 완벽해 보인다.

'에구~ 부지런도 하셔라.'

제후는 두근두근 기대감을 안고 있을 김 비서의 예쁜 꿈을 짓밟지 않기로 했다.

욕실에서 막 나와 아직 촉촉하게 젖은 금빛 머리칼의 소년이 김 비서를 보며 화사하게 미소 짓는다.

"어, 슈퍼돼지들이 단체로 부르스 관광 나가는 꿈."

"……."

상당히 감격한 모양이다.

돌처럼 딱딱하게 굳어서 한동안 움직일 줄 모르는 김 비서를 보며 제후는 그렇게 생각했다. 그렇다면 이대로 끝낼 것이 아니라 좀 더 김 비서를 위해 꿈 이야기를 자세히 해줘야겠다고 또 생각하는 소년이었다.

"훗! 말도 말라고, 김 비서. 정말 장난이 아니었다니까. 난 대마왕 슈퍼돼지에게 사로잡히고 말았지. 용감하게 검을 휘둘렀지만 어쩔 수가 없었다네. 그 늙탱 슈퍼돼지의 앞에는 요사스런 슈퍼마녀가 버티고 있었거든. 그 사이한 웃음소리에 내 내공은 흩어지고 정신이 혼미해졌고 결국 용사인 난 마지막에 피를 토하며 동료들에게 이렇게 외쳤지. '오~ 룸바 아이도크레이스!'. 꿈이었기 때문에 잘은 기억 안 나지만 그것은 이런 뜻이었던 것 같아. '나는 이제 가지만 백 년 후에 온 세상은 민제후의 돼지 도축 신공으로 귀일(歸一)할 것이다'라고 말이야! 하지만… 애석하게도 용사는 세상을 떠났고 슈퍼돼지들은 승리를 축하하며 단체로 변태 부르스 관광을 떠났지. 정말 끔찍한 악몽이었어. 휴우~"

꿈 이야기가 조금씩 진행될 때마다 김성민의 이마에 십자 무늬가 하나씩 떠오른다. 미간을 찌푸리는 것이 두통까지 이는 듯하다. 민제후가 이제마 선생도 아니고 도대체 뭐가 백 년 후에 귀일한단 말인가?

김 비서가 지끈거리는 머리를 손가락으로 지그시 누르며 점잖게 물어보았다.

"진짜입니까?"

"당연히 농담이지."

김 비서의 물음에 돌아오는 건 그럼 진담인 줄 알았냐는 담백한 목소리.

게다가 어이없음에 현기증까지 느끼는 김성민을 농락하듯 금빛 머리칼의 소년이 레몬 같은 상큼한 미소를 지으며 마주 서 있으니…….

김 비서는 날이 갈수록 감당하기 어려워지는 이 소년의 모습에 가슴의 답답함을 느꼈다. 저걸 때릴 수도 없고.

"그런데… 악몽을 꿨다는 건 진짜야."

"……."

그가 도련님의 황당한 성격으로 받은 충격을 조용히 다스리고 있자 또다시 새로운 느낌을 담은 제후의 목소리가 들려왔다. 다시 고개를 돌려보니 그곳에 메이드가 챙겨놓은 가벼운 평상복으로 옷을 갈아입으며 사뭇 진지한 얼굴로 서 있는 민제후란 소년이 있었다.

"……!"

어쩐지 그 얼굴에서 하룻밤 사이 또 달라진 새로운 뭔가를 발견하는 김성민이었다. 확실히 전에 없던 어두움과 그늘이 짙게 내려앉았다. 그건 그 아이의 분위기가 그렇다는 것이 아니라 본질적인 뭔가가…

단지 이 소년의 말대로 악몽을 꾼 탓일까?

"이번 전시회에 다녀와서 조금이라도 좋아지셨으면 좋겠군요."

김성민이 제후를 따라 거실 옆에 붙은 작은 서재로 들어서며 중얼거리듯 말하자 제후가 살짝 뒤돌아보며 웃었다.

"그게 무슨 말이야?"

"다이아몬드 말입니다. 옛 사람들은 다이아몬드가 악몽을 막아준다고 여겼으니까요."

'아~ 오늘 블루 다이아몬드전 말인가?'

제후는 예의 바른 김 비서의 얼굴을 보며 책상에 앉으며 피식 웃음 지었다.

"후후… 그래? 효과가 있었으면 좋겠군."

컴퓨터가 켜졌다. 그리고 그는 서재 책상에 앉아 김 비서의 도움을 받아 오늘 꼭 처리해야 할 결제와 프로젝트 진행 상황을 체크한다.

회사와 네트워크 화가 잘되어 있고 이 총수 사택 자체가 성전그룹의 일부라고 할 수 있기 때문에 이 소년은 바로바로 이렇게 쉽게 회사 업무를 볼 수 있었다. 그리고 회장 비서실 직원들도 총수 사택에 상주하며 일을 도우니, 그래서 지금껏 성전그룹 총수는 자신의 위치를 최대한 노출시키지 않고 회사를 이끌어 갈 수 있었던 것이다.

그러나 오늘은 창립 기념 행사가 있기 때문에 두 사람은 몇십 분 지나지 않아 하루 일과를 대충 서둘러서 끝냈다. 평소와 비교하면 정말 시작하려다 만 일과다.

"네, 좋습니다. 수고하셨습니다. 그럼."

"김 비서, 자네도 악몽에 시달리면 깨어나도 감정 컨트롤이 어려워지나?"

설핏 웃으며 뒷정리를 하는 김 비서에게 너무 갑작스런 질문이었을까?

"예?"

"아니… 전엔 이런 악몽, 가끔씩만 꿨는데 점차 그 간격이 좁아지더니 요즘은 매일이야. 그런데 문제는 꿈에서 막 깨어났을 때 그 꿈에서 느꼈던 감정 때문에… 으윽… 머리야. 이렇게 꿈 생각을 깊게 하려고 하면 두통이 생겨서. 감정 기복도 심하고."

"또… 발작이 있으셨습니까?"

김성민의 눈이 걱정으로 가득 찼다. 마치 어린 막내 동생을 바라보는 큰형처럼. 더구나 과거의 민제후, 현재의 민제후를 모두 아는 김 비서에게는 이 소년의 상처들이 너무나 잘 보였기에, 그렇지만 그 누구도 어떻게 해줄 수 있는 성질이 아니기에 더욱 걱정하는 빛이 가득하다.

약물 과다 복용으로 사경을 헤매다 깨어나고 나서부터 때때로 일으키는 민제후의 호흡 곤란과 발작 증세. 몸에는 아무 이상이 없어 의사들이 정신과 치료를 권했었던 증세였는데.

"아냐, 그런 건 아니야."

제후는 김성민의 눈에서 걱정과 함께 복잡한 상념들이 스치고 지나가는 걸 깨닫자 얼굴을 굳히다가 곧 방긋 웃으면서 부정했다.

그 소리에 한시름 놓는 김 비서. 하지만 금세 얼굴을 다시 바꾸고 진지하게 말을 잇는다.

"글쎄요. 잘은 모르겠지만 별로 좋은 현상 같진 않은데요. 김 박사님께 연락해 두겠습니다. 오늘 밤에 검진을 한번 받아보죠."

"아아, 됐어. 또 똑같은 소리만 할 거야. '마음을 편하게 가지세요', 뭐 이러겠지. 그리고 난 정신병자가 아니야. 그보다……."

"말씀하십시오."

"그건 어떻게 됐어? 성전영상 이미지 『신화(神話)』의 모델이 성전특고생이라고 퍼진 소문 말이야? 그때 기자들이 학교로 몰려왔던 일을 생각하면 지금도 아찔하다고. 그리고 도대체 그건 누가 찌른 거야?"

소년이 눈앞으로 흘러 내려온 앞 머리칼을 쓸어 올리며 책상을 짚고 일어서서 걸어나갔다. 굳이 신경질적인 태도는 아니지만 그렇다고 편안해 보이지는 않는다. 그 소년의 눈동자가 웃는 얼굴 속에서 날카롭다.

"네, 정말 큰일 날 뻔했죠. 특히 연예부 기자들이란 한번 물면 사생활의 밑바닥까지 파고드는 게 생리인데 만약 도련님께서 그 광고의 모델이라는 것이 알려졌다면 도련님의 배경을 알아내서 흥미 위주로 뿌렸을 테니까요. 소문의 출처는 촬영에 참여했던 스탭 중의 한 명의 입을 통해서였던 것 같습니다. 그날 사고가 났을 때 도련님을 병원으로 업고 간 학생이 성전특고의 교복을 입고 있었다고요."

"아아, 문승현 말이군. 맞아."

"…간신히 막았습니다. 주위에 혼선을 빚을 만한 다른 정보도 적당히 흘렸고 신문이나 방송 언론을 경계하고 있으니 이제 괜찮을 것 같습니다. 그러나 도련님 학교 내에 퍼진 소문까지는 저도 어쩔 수 없다는 거, 아시죠?"

책망의 눈빛. 엄한 목소리. 다른 땐 몰라도 이렇게 찔리는 사건이 있을 시에는 제후도 반항하기 힘든 눈초리다.

"미, 미안. 그렇지만 그때 상황이 모델을 거절할 수 있는 상황이 아니었거들랑."

"그때 도망가지 않으셨으면 그런 일도 없었죠. 다치는 일도 없으셨을 테고."

"아하하……."

'하지만 만약 그랬다면 마리안, 그 녀석을 만나지도 못했을 테고, 그

러면 그 녀석을 구하지도 못했을 거야. 그래서 후회하진 않아.'

그러나 역시 왠지 그 말은 가슴에 혼자 담고 어색한 웃음을 흘리면서 그 공간에서 서둘러 빠져나온 제후였다.

"참! 내 친구들은?"

"세진 군과 동민 군은 벌써부터 기다리고 계십니다. 마리안 양은 예지 양과 함께 혜영 아가씨와 계실 거구요. 아, 그리고 혜영 아가씨께서 마리안 양을 보시고 너무너무 좋아하셨습니다."

제후는 충분히 상상이 갔다.

장혜영 여사님 취향에 달빛 폭포수 같은 긴 은빛 머리칼과 반짝이는 청록빛 눈동자를 가진, 연예계에서도 숲의 님프 다프네라고 불리는 요정 같은 마리안을 마음에 안 들어할 리가 없다. 분명 보자마자 예쁘다고 끌어안고 부비부비 공격을 퍼부었을 테지. 그리고 새로운 인형, 것도 최고급 인형을 선물받은 그녀는 오늘 밤 파티를 위해서 벌써부터 드레스다 보석이다 여자들의 복잡한 행사를 치렀을 것이다. 어지러울 정도의 휘황찬란한 장신구와 옷가지들, 그리고 여자들에게서 빠질 수 없는 수.다.까지 껴서. 그 일행에 한예지까지 참여하고 있었다면…….

'우리 장 여사의 반응은 안 봐도 비디오, 아니, 화질 짱 좋은 DVD 다!! 마리안, 그리고 예지마녀, 미안하다. 내가 살아남기 위함이었느니라. 크흑!'

하지만 제후는 한편으로 그 두 소녀들도 만만치 않은 상대인데다가 장혜영 여사와 마찬가지로 같은 여자들이니 오히려 서로 쿵짝이 잘 맞아서 즐거워하고 있을지도 모른다 생각했다. 자신과 동민이는 결국 질려 버렸지만 그녀들은 화려한 드레스와 보석, 파티, 수다를 즐길지도 모른다. 그녀들도 두려운 그 이름 '여자' 니까.

"그럼! 딱 어머니 취향이지, 마리 걔가. 흐흐흐… 덕분에 우리 남자들은 좀 더 일찍 그 마수에서 빠져나올 수 있었던 거라고. 마리안을 내세우지 않았다면… 오늘 또… 쿨럭쿨럭! 다시 어제의 그 전쟁을 치러야 했던 거잖아? 당해보지 않은 사람은 몰라. 모른다고. 김 비서는 옷 속에 파묻혀 본 적 있어? 으으으~"

김 비서도 어제 하얗게 질려 공포스러워하던 제후와 동민의 얼굴을 기억해 내고 입을 다물었다. 자신도 혜영 아가씨의 치장을 받아야 한다면 그 두려움을 이길 자신이 없으니까.

그래도 장혜영과 마리안과 한예지라는 아름다운 소녀들이 한껏 치장하고 나타나는 창립 기념 파티가 참 볼 만해질 거라고 생각했지만 차마 지금은 그 창립 기념 파티 준비의 안 좋은 기억들로 몸서리치며 악악대는 제후 도련님께 할 말은 아니라고 생각해 가만히 있었다.

"아참, 이 서류는 부탁하셨던 보고서입니다."

그리고 김 비서는 그런 제후의 생각을 다른 곳으로 돌려보고자 파일 하나를 건넸다. 역시 노련한 베테랑 비서.

"엇?! 이건……."

"이번에 성전영상사업단의 이미지 사진 촬영장에서 일어났던 사고에 대한 정밀 조사 보고서와 성전특고 클레이 사격장에서 일어났던 총기 오발 사고에 대한 보고서입니다. 그리고 그 밖에 「N—씨녀기획」 측에서 보낸 자료와 자체 조사 보고서가 더 첨부되어 있습니다. 특히 이우진 씨가 보내온 자료에는 그 사고들에 대한 객관적인 부분뿐만이 아니라 심중과 의심이 가는 단서들까지 따로 정리해서 자료를 보내온 것은 물론, 최근 마리안 양에게 일어났던 불미스런 사건들과 그 정황들까지 꽤 세세하게 정리했더군요. 한데 한 가지……."

똑똑!

그때였다.

노크 소리……. 좀 진지하게 이야기에 몰입되어 가나 싶을 그때 누군가의 개입으로 맥락이 끊어져 버렸다.

"도련님, 친구 분들께서 오래 기다리셨습니다. 약속 시간이 지났다고."

"아, 맞아! 그렇다고 그랬지?! 나머지는 오늘 밤에 와서 듣자고, 김비서."

"네, 그러시죠."

제후는 다급하게 보고서들을 탁탁 모아 정리해서 테이블 위에 그대로 올려놓았다. 지금은 오늘 행사니 뭐니 일정이 많고 바빠서 못 보니까 오늘 나갔다 와서 조용히 혼자서 살펴볼 생각이었다.

그 자신이 요구했던 자료들이었다. 예전에 다짐했던 대로 끝을 봐야 하니까. 이번 일은 어떤 방법으로든 꼭 매듭을 짓겠다고 되돌아보며 결심하는 소년이었다.

쾅!

민제후가 서두르더니 방문을 큰 소리가 나게 닫고 방 밖으로 뛰어나갔다. 그런데 그 바람에 열려 있는 창문에서 요란하게 커튼이 펄럭인다. 강한 바람이 방 안으로 쏟아져 들어오는 것을 제후는 몰랐다.

그 바람에 파일이 떨어지며 팔락팔락 위로 넘겨지는 테이블 위의 보고서. 마침내 바람이 멈추고 얇은 종이 뭉치들도 제자리에 멈춰 섰다. 펼쳐진 곳은 그 보고서의 마지막 장. 「N─씨녀기획」의 이우진이 보내온 자체 조사 보고서와 심증이 가는 인물들, 조사해 볼 가치가 있는 폭력 조직에 대한 글이 있는 장.

그런데 그곳에… 그중 눈에 띄는 한 개의 단어.

'해성파'!

그것은 이번 사건들과 상당한 연관성이 있을 것으로 여겨지는 열거된 서너 개의 폭력 조직 이름 중에 끼어 있는 단어. 그리고 그 마지막 장에서도 가장 마지막에 짧게, 아무것도 알려진 것이 없으나 위험 인물로서 분류되어 일명 해성유통이라고 불리는 사업체의 사장으로서 언급한 이름은…

'현성우' 였다!

보고서의 마지막 장을 장식하고 있는 두 단어 '해성파'와 '현성우'라는 이름!

그런데 안타깝게 찰나지간으로 이 보고서를 끝까지 읽지 않고 나간 민제후에게 오늘 어떤 일이 벌어질지는 신만이 아실 것 같았다.

본격적으로 악연의 고리가 점차 맞물려 돌아가고 있었다.

"아, 안녕하세요… 채… 마리라고 합니다."

마리는 난생처음 와보는 궁궐 같은 집을 보곤 아직 놀란 가슴을 진정시키지 못하고 있었다. 오늘 무슨 파티에 간다고 했었는데, 그래서 예지 언니와 만나 손잡고 즐거운 마음으로 어딘가로 향했는데 대낮부터 대궐 같은 저택으로 들어온 것이다. 놀라서 벌써 파티 장소에 가는 거냐고, 저녁때 가는 거 아니었냐고, 몸만 오라고 해서 그냥 왔는데 어떡하냐고 마리안이 안절부절못하자 한예지란 이름의 소녀는 이곳이 아니라고 고상하게 웃는 것이 아닌가. 이곳은 누군가를 만나러 온 것이라고 말이다. 여기에서 준비하고 그 장소로 이동할 것이라고.

어쨌든 눈이 휘둥그레진 마리안은 예지의 손에 이끌려 그렇게 왕자님이 사는 것 같은 궁전 같은 저택으로 들어왔었다. 그런데 그곳에서 마리안은 지금 왕자님이 아니라 왕비님을 만나고 있었다.

"어머! 이 꼬마 아가씨가 마리안이군요! 만나서 반가워요. 난 장혜영이라고 해요."

장혜영… 장혜영……

어디선가 들어본 이름인데 잘 기억이 안 난다. 그렇지만 마리안은 자신의 눈앞에 있는 부인을 보고 보통 사람이 아닐 거라는 것만은 알 수 있었다. 외모의 화려함도 그렇지만 그녀의 눈에서 발하는 빛은 여성적인 섬세함과 함께 강렬한 카리스마가 담겨 있었다. 그리고 전체적으로 풍겨 나오는 분위기는 우아하며 열정적이다.

"정말 진짜 듣던 대로 너무너무 예쁘게 생겼네? 노래를 부른다고? 아, 미안해요. 마리안 양이 인기 스타라고 하지만 내가 쭉 외국에서 살다가 한국으로 귀국한 지는 얼마 안 됐어요. 게다가 한국에 들어와서는 계속 바빴거든요. 그래서 그쪽으론 잘 몰라요. 기분 상한 건 아니죠?"

"그, 그럼요. 아니에요."

"호호호호~ 어쩜 이렇게 감찍하고 예쁠까? 마치 예쁜 인형 같애! 딱 우리 딸내미 했음 좋겠다!"

마리안은 맞은편에 앉아 활기 차지만 우아하게 행동하는 장혜영을 바라보며 쭈뼛거렸다. 잘못하다가 어른 앞에서 험한 행동을 보일까 조심스러운 것도 있었고, 이런 궁전 같은 저택에서 사는 왕비님 같은 부인이 처음 보는 자신에게 너무 친절하고 따뜻하게 대해주시니 어떻게 해야 할지 갈피를 못 잡고 있어서도 그랬다.

아직 신인이라고 할 수 있는 마리안. 지금은 이제 어느 정도 스타 대접을 받고 있지만 알려지지 않았을 때는 그때 나름대로, 지금은 또 스타가 된 지금 나름대로 돈 좀 있고 힘있는 사람들로부터 연예인이란 것 하나만으로 우습게 여겨지기도 했던 것이다. 물론 앞에서는 그녀가 인기 스타니 웃으면 친한 척을 하려 들지만 마리안이 과한 호의나 이상한 제의 등을 거절하면 남자 여자 할 것 없이 가면을 벗고 업신여기는 태도를 보였었기에. 깨끗한 척을 한다느니, 이 바닥이 어떤지 다 알고 있는데 어째서 고깝게 구는 것이냐는 등.

그런 반응에 부딪치면 안 그런 척해도 솔직히 너무 무서웠다.

하지만 그렇다고 마리안이 장혜영 여사를 그런 사람들과 똑같게 생각하는 것은 아니다. 마리안에게 장혜영 여사는 '왕비님'의 이미지로 이미 각인되어 버린 것이다. 우아하고 자애롭지만 때로는 힘이 넘치고 카리스마있는 왕비님으로 말이다. 마리안이 혜영 여사의 친절에 어찌할 바를 모르는 것은 다만 당황하고 부끄러워하는 소녀다운 반응이라고 해야 할 테다.

"아줌마, 저도 왔어요. 너무하세요, 마리안만 예뻐하시고."

"아니, 무슨 그런 말을. 예지도 반갑지. 우리 제후의 가장 친한 친구들인데 안 반가울 리가 있어요? 호호호."

마리안은 한예지가 새침하게 장난으로 섭섭하다는 표정을 짓자 장혜영 여사가 약간 과장된 제스처를 취하며 맞이하는 것을 보고 놀랐다. 마치 딸과 어머니 사이처럼 가까워 보이는 것이 놀라웠다. 그리고 그 왕비님의 말 중에 들어 있는 '우리 제후'라는 부분에서도.

제후? 제후라니?

'그럼 민제후? 그 제후 오빠가 이 집하고 무슨 연관이 있는 거야?'

마리안의 놀라서 눈이 휘둥그레진 것을 예지가 돌아보고 생긋 웃는다.

원래도 큰 눈인데 깜짝 놀라니 마치 인형에다가 커다란 에메랄드를 눈동자 삼아 박아 넣은 듯해 마리안이 너무나 사랑스럽다. 청록색 눈동자가 예쁜 그 어린 요정 소녀의 모습에 그녀들이 귀엽다는 듯 달빛 머리칼을 부드럽게 쓰다듬었다.

"아, 맞다. 마리안은 몰랐겠구나. 제후가 이 아줌마 아들이거든. 그리고 이 저택이 바로 제후네 집이야."

"에에에에엑?!!"

"어머! 예지야, 이 아이 반응이 꼭 우리 제후 같다. 어머머머~ 호호호호, 세상에! 어쩐지 느낌이 익숙하다 싶었더니 우리 아들하고 비슷한 데가 있네? 마리안, 정말 이 아줌마 딸 안 할래요?"

예지의 대답에 마리안이 화들짝 놀라자 장혜영 여사가 날카롭게 딱 한 번에 그 점을 집어낸다. 예전에 세진이도 한번 집고 넘어갔던 그것. 다르지만 이상하게 비슷한 두 아이의 모습. 외모가 비슷한 것보다는 기질이 비슷한 것이 더 똑같이 느껴질 때가 있는 법이다.

그러나 장혜영의 웃음소리에 예지가 골똘히 생각하더니 다른 의견을 내놓는다.

"제가 보기엔… 마리안은 제후보다 아줌마를 더 많이 닮았어요. 조금 분야가 다르긴 하지만 두 사람 모두 똑같이 음악을 하는 것도 그렇고."

'저, 저기요…….'

어정쩡하게 굳어 있는 마리안을 사이에 두고 화기애애한 대화의 꽃을 피우는 한예지와 장 여사였다. 그 모습에 민제후가 왕비님 같은 저 부인의 아들이라는 충격에서 어느새 벗어난 마리안이었다.

"아참! 지금 몇 시지? 어머머, 내 정신 좀 봐. 벌써 시간이 이렇게 됐네? 예지, 빨리 준비해야 해요."

"에엣? 왜, 왜 그러세요? 아직 시간이 많이 남았는데……."

대화의 꽃, 다른 말로 하자면 '수다'라는 이름의 여성들의 친목 도모의 장이 파했다. 그 갑작스러움에 아직 어색함에서 완벽하게 벗어나지 못한 마리안이 주저하며 물어보았다. 그녀들이 이렇게 서두르는 이유를 알 수가 없다. 창립 기념 파티라면 저녁때라고 했고, 또 지금은 아직 어두워지려면 시간도 많이 남았는데.

하지만 '아직 시간이 많이 남았다'는 이쪽 세계에 익숙하지 않은 마리안의 기준에서만 통용되는 말이었나 보다.

장 여사가 정색을 하며 말한다.

"무슨 소리예요, 마리안! '아직'이 아니라 '벌써'라고, '벌써'! 아참! 그리고 마리안 양, 내가 연장자니까 말 놓을게요. 좋죠?"

"아, 네, 네."

"음, 좋아, 마리. 이제부터 아줌마가 시키는 대로 하는 거다. 알았지?"

"네!"

"좋아요! 그럼 오늘 밤 파티에선 전시회의 다이아몬드보다 우리 여자들이 훨씬 더 아름답다는 것을 밖에 있는 저 남자들한테 가르쳐 주도록 합시다. 가꾸는 여성이 빛이 나는 겁니다. 오호호호호호! 자자, 시작!"

정신이 하나도 없어졌다.

곧 장혜영 여사의 손뼉 소리가 나자 그 저택의 응접실 문이 열리고 제복을 입은 많은 하녀들이 들어와 어지럽게 시중을 들어주기 시작했다.

화려한 드레스들이 옷장에서 끝도 없이 꺼내져 선을 보였고 옷에 어울리는 장신구를 찾기 위해 장혜영 여사는 보석함을 거의 뒤엎었다. 리본과 장갑 등을 고르는 것도 보통 어려운 일이 아니다. 특하나 모든 것이 갖춰진 공주님과 왕비님이 사시는 궁전 같은 저택에선 말이다. 그리고 목욕하고 화장과 머리 손질까지…….

남자들이라면 충분히 질릴 만한 스케줄이었지만 여자들은 제후의 예상대로 아주 즐거워하고 있었다. 처음에는 어리벙벙해하던 마리안도 차츰 그녀들끼리 수다도 떨어가며 자신들을 가꾸는 데 즐거운 시간을 보냈다.

그리고 그렇게 소란스런 시간이 유수처럼 흘러가서 어느덧 창밖은 붉은 노을이 지며 점차 어둡게 변해갔다. 동시에 화려한 성전 총수 사택은 밝은 조명으로 더욱 아름다운 옷으로 갈아입는다. 마리안의 표현대로 진짜 왕자님이 사는 궁전처럼.

"와아~ 우리의 노력의 결실이 보여요. 너무 아름다우세요, 부인."

"어머나, 세~상에! 마치 선녀 같아요. 예지 양의 저 찰랑이는 긴 검은 머릿결 좀 봐."

"마리안 양, 전부터 저 팬이었는데 오늘은 더 반해 버렸어요! 정말 예뻐요! 정말이에요! 눈물이 날 것 같애… 아차, 그리고 나가시기 전에 사인 좀… 호호호~"

장혜영 여사와 한예지, 마리안의 성전그룹 창립 60주년 기념 파티에 갈 준비가 드디어 끝이 났다. 그리고 그 순간에 여기저기에서 터져 나오는 탄성과 감탄사!

시중을 들어주던 십수 명의 제복을 입은 하녀들이 일제히 자신들의 솜씨에 자화자찬하며 그녀들의 미모를 칭찬하기 바빴다.

장혜영 씨.

그녀는 평상시에도 원래 화려한 것을 좋아했던 여인으로 오늘 저녁에도 긴 롱드레스를 선택했다.

몸의 선을 자연스럽게 살리는 심플한 검은 이브닝 드레스. 그러나 심플한 디자인이라고 결코 초라하진 않았다. 업 스타일의 헤어스타일에서 드레스 디자인상 드러난 어깨와 목으로 유혹적인 느낌을 주도록 몇 가닥씩 컬을 이루며 늘어뜨렸고, 양팔에는 드레스의 느낌과는 사뭇 다르게 반짝이는 화려한 숄을 둘러 우아함을 최고로 끌어올렸다.

화장은 블루 다이아몬드 전시회 개막전을 겸하여 열리는 화려한 파티이므로 약간 과장된 듯하게. 입술은 그녀의 분위기와 딱 어울리는 레드 와인의 빛깔이다.

마지막으로 그녀의 틀어 올린 머리와 시원하게 드러난 목 등에는 크고 화려한 보석으로 장식하자 정말 완벽했다. 진실로 우아하고 당당한 여왕님의 모습으로 완벽하게 변신한 그녀였다.

한편 한예지.

이 소녀는 아직 학생인데다가 화려한 이미지는 잘 안 맞는다고 여겨져 메이크업을 담당한 이들은 청초한 순백의 느낌을 최대한 살리려고 노력했다. 티끌 하나 없는 백옥 같은 피부와 결 좋은 긴 검은 머리만으로도 최고의 장식이 아닌가! 그 소녀의 모습은 마치 동양화 속에서 튀어나온 천상의 선녀와 같았다.

의상은 바닥에 끌릴 듯한 어른스런 드레스가 아닌 한밤중에 조용히 내려 마당을 내리덮은 순백의 눈밭 같은 하얀색의 청초한 원피스를 입었다. 장식은 허리에 묶은 얇은 연보랏빛의 굵은 리본. 허리 뒤에서 곱게 매듭진 리본의 끝이 무릎보다 약간 길게 내려온 치마 끝자락까지 매력적인 선을 이루며 내려온다.

또한 길게 늘어뜨린 찰랑이는 긴 검은 생머리.

앞으로 내려뜨린 머리칼의 일부는 옷 장식과 같은 엷은 연보라 빛깔의 리본으로 꼬아내려 동양의 선녀화 같은 신비스런 느낌을 살렸다. 화장은 살짝 한 듯 안 한 듯하게 하였으나 핑크 빛 립글로즈만으로도 예지는 오늘 밤 최고로 아름다운 소녀였다.

"어머나~ 너무 사랑스러우세요!"

마지막으로 치장을 마친 사람은 마리안이었다.

그 소리에 매혹적인 장혜영 여사와 청초한 아름다움인 한예지를 바라보며 넋을 잃던 고용인들이 마리안 쪽으로 시선을 돌렸다.

마리안.

한국 이름은 채마리.

은빛 블론드와 청록빛 눈동자가 환상적인 아름다움을 자아내던 그 소녀의 지금의 모습은… 정말로 사랑스러웠다!

역시 눈동자 빛깔처럼 연둣빛이 너무나 잘 어울리는 소녀다. 귀엽게 무릎까지 내려오는 스커트 길이의 연둣빛 원피스는 마치 판타지 속의 페어리가 환생한 듯 깜찍하고 귀여운 디자인이다. 그리고 봄에 솟아난 새순의 빛깔 같은 엷은 연두에서부터 생기발랄한 진녹색의 색상까지 고루 담긴 드레스와 꼭 어울리게 초록빛 리본으로 그 환상적인 은빛 머리칼 또한 귀여운 스타일로 만들어 고정시켰다. 양 뺨 옆으로 살짝 늘어진 듯 둥글게 말아 내려서 매듭 부분은 지그재그로 교차한 리본으로 깔끔하게 정리했다.

화장은 예지와 똑같이 한 듯 만 듯 엷게 시늉만 했고 오렌지 빛 립글로즈를 발라 역시 이 소녀가 가지고 있는 천성적인 생기발랄한 상큼한 매력을 최대한 어필했다. 하얀 장갑까지 낀 마리안의 지금 모습은 꼭 그녀가 동경하던 동화 속의 공주님이었다.

사랑스럽고 귀여운 공주님.

"와~ 정말 예쁘다, 마리."

예지가 마리안의 모습에 환하게 웃으며 다가가 머리를 쓰다듬으며 말했다.

"이게 진짜 나예요? 너무… 예뻐요!"

마리안은 눈앞에 더욱 아름답게 변신한 장혜영과 한예지를 넋을 잃고 바라보다가 자신을 보고 웃는 예지의 반응에 거울을 보고 깜짝 놀라며 말했다.

연예인이 돼서 각종 쇼 프로나 사진 촬영을 해봐서 화려함에 익숙한 줄 알았는데 오늘 일을 겪으면서 생각을 바꿔야 했다. 오늘 자신의 치장을 맡아서 해준 이들의 실력 또한 일반적인 연예계에서 찾을 수 있는 수준의 것이 아니었다. 더군다나 옷과 보석, 리본, 장신구 등도 마찬가지. 이곳의 것들은 그저 비싸고 화려한 것이라기보다는 수준 자체가 달랐다. 또 그렇게 눈부시게 화려하기만 한 것도 없었고.

가장 화려하고 반짝인다고 그것이 가장 고가의 물건이 아니듯이.

그런데 그때였다.

"뭐 하시는 거예요! 아직 멀었어요? 기다리다 목 빠지겠네~"

멀리 밖에서 외치는 어느 소년의 목소리가 들려왔다. 목소리를 듣자니 그 소리의 주인공은 민제후라는 소년 같다.

오래 기다렸던가? 소리치는 소년의 목소리에 기다림에 지친 기색이 역력하다. 그리고 그 분위기에 장혜영 여사가 여자 아이들에게 '이제 그만 나갈까?'라는 눈빛을 보내고 생긋 웃으며 밖을 향해 똑같이 소리쳤다.

"간다, 가! 어쩜 그새를 못 참니? 하여간 남자들이란. 원래 여자들은 준비하는 데 남자들보다 더 오래 걸리는 법이야."

방에서 나와 복도를 걸어가면서 마리안은 이게 정말 꿈인지 생신지 어리벙벙했다. 궁전 같은 대저택에서 공주님 같은 예쁜 드레스를 입고 파티에 가기 위해 에스코트하기 위해 기다리는 남자들을 향해 걸어가고 있다니 말이다.

마침내 약간 어두운 느낌이 감돌던 저택의 복도를 나와 중앙 홀을 거쳐 입구로 나왔다. 그러자 빛이 쏟아지는 것 같았다. 아니, 실제로 빛이 쏟아지는 것이 아니었지만 마리안의 눈에 그렇게 보였다.

"정말 오래 기다렸다구요. 저흴 너무 오래 기다리게 하셨어요."

입구로 나오자 긴 계단이 보였다. 예전에 TV 세계 문화 기행 같은 것에서 봤던 그리스 신전의 계단 같은 그런 긴 대리석 계단. 그리고 놀랍게도 그 위로 붉은 융단이 깔려 있고 그 융단의 끝에는 번쩍이는 고급 리무진이 기다리고 있었다.

그런데 사실 그것이 문제가 아니었다. 가장 눈에 번쩍 뜨이는 것은…

"하지만 이토록 아름다운 부인을 모시게 해주셨으니 용서해 드릴게요."

그녀들을 맞이하러 온 멋진 세 명의 소년들!

여자들은 준비하는 데 너무 오래 걸린다고 퉁명스런 목소리를 내던 민제후가 환상적인 미소를 지으며 먼저 앞으로 나와 에스코트하기 위해 장혜영 여사의 손을 잡았다.

"우와~"

마리안은 자신도 모르게 감탄사가 터져 나왔다.

여자들을 에스코트하기 위해 기다리던 소년들.

턱시도를 입고 리무진 앞에서 그녀들을 기다리는 소년들의 모습은 한마디로 그림이고 환상이다. 하나같이 어디 하나 빠지는 데 없는 엘리트 소년들.

"진짜 왕자님들 같애……."

마리안의 탄성대로 진짜 왕자님들이었다. 그것도 한 명이 아닌 세 명의 왕자님들.

민제후.

그 소년은 단정하게 넘긴 금갈색 머리칼과 턱시도 차림을 한 탓인지 평소에도 때때로 느끼게 한 귀공자 분위기를 유감없이 발휘하고 있었다. 형식적인 매너는 조금 어색해하는 듯하지만 어머니인 장혜영 여사의 손을 잡고 계단을 내려오는 모습은 마음에서 우러나오는 친절로 따뜻함을 느끼게 했다. 말씨는 퉁명스러워도 정이 많고 상대를 배려할 줄 아는 귀족적인 소년이었다. 또한 그의 반짝이는 강한 의지의 눈빛은 사람을 끌어당기며 리드하는 카리스마를 느끼게 한다.

"아름다운 아가씨, 그럼 우리도 가실까요?"

"네에~ 감사합니다."

다음으로 계단으로 올려와서 예지 쪽으로 팔을 내밀며 웃는 소년은 신동민이었다. 예지도 동민의 인사에 살짝 무릎을 굽혀 인사하고 그 팔을 잡고 계단을 내려갔다.

신동민.

훤칠한 키에 핸섬한 용모를 가진 줄은 알았지만 정식으로 몸에 딱 맞는 고급 턱시도를 입고 있으니 그렇게 잘 어울릴 수가 없었다. 게다가 샤프한 이미지에 지적인 눈동자. 오늘따라 무테 안경을 살짝 걸치고 있어 최고 엘리트다운 매력이 더욱 흘러넘친다.

그리고 마지막으로 남은 한 명의 소년은…

'세진 군.'

저택과 주변의 조명등에서 흘러나오는 은은한 빛이 감싸고 있는 그 공간에 리무진 앞에서 유세진이 서 있었다. 얼마 전까지 병원에 입원해 있었는데 이제 거동을 해도 되는 모양이었다. 비록 한쪽 손에 지팡이를 짚고 있긴 했으나.

세진이는 오늘 평소에 자주 쓰던 그 두꺼운 뿔테 안경을 쓰고 있지 않았다. 그래서 그런지 더욱 시원해 보이는 인상. 역시 멋진 턱시도 차림의 완벽한 신사의 모습을 하고 있었지만 머리칼만큼은 뒤로 넘기지 않았고 정리를 하긴 했으나 그저 시야를 가리지 않을 정도로 자연스럽게 앞머리를 내린 상태였다. 촉촉하게 젖은 듯한 새까만 머릿결이 조명에 환상적인 푸른빛을 반사한다.

창백해 보일 정도의 새하얀 얼굴, 그리고 흔들리는 푸른 앞 머리칼 사이로 빛나는 예리한 시선.

…매혹적이다. 유세진은 마력이 느껴질 정도로 매혹적인 소년.

마리안이 자신에게 꽂혀 있는 유세진의 집요한 시선을 느끼면서 자신이 먼저 나는 듯이 계단을 내려가 세진의 앞에 섰다.

"다리 괜찮아? 그리고 오늘 내 에스코트해 주기로 한 거… 정말 고마워."

"아닙니다. 그보다……."

어쩐지 억지로 자신을 떠맡은 것이 아닌가 싶어 미안하던 마리안이 방긋 웃으며 어렵게 감사를 표시하자 마치 얼음 조각처럼 서 있던 유세진이 입을 열었다.

"마리안이 오늘 너무 아름다워서 시선을 빼앗기는 바람에 맞으러 가지 못했군요. 이건 그 사과의 선물로 받아주시죠."

"응?"

그 순간, 마리안의 눈앞에 나타난 비로드 상자. 세진의 주머니에서 나온 그 작은 상자가 열리자 그 속에서 너무나 귀엽고 앙증맞은 고양이 브로치가 나타났다.

녹색 눈동자를 가진 은빛 고양이.

너무너무 예쁘고 귀엽다는 건 둘째 치고라도 섬세한 세공이 보통 귀한 물건 같지가 않았다.

"저, 저기… 이런 걸 내가 받아도 되는 거야?"

마리안이 떨리는 목소리로 그 상자와 세진의 얼굴을 번갈아 쳐다보며 묻자 유세진이 잠시 이해 못한 듯하다가 곧 방긋 웃었다.

"네, 선물이니까요."

세진의 새하얀 미소가 마리안의 얼굴을 붉히게 만든다.

'뭐, 선물이라니까. 그래! 나중에 아니다 싶으면 돌려주면 되지 뭐.'

복잡한 생각에 잠시 어지러운 마리안이었지만 곧 단순하게 밝게 살아가는 생기발랄한 마리안답게 다시 환하게 웃었다. 그리고 한예지가 신동민의 에스코트를 받을 때 했던 것처럼 양손으로 치마를 살짝 잡고 무릎을 구부리며 숙녀다운 인사를 건넸다.

"그렇다면, 감사합니다."

그런데 그때 푸른빛 검은 머리칼의 소년이 그 소녀에게 가까이 다가가 그 브로치를 직접 그녀의 드레스 앞깃에 달아주었다. 그리고 당황해하는 마리안의 눈에서 자신의 웃고 있는 시선을 떼지 않고 그녀의 손등에 천천히 키스하며 말했다.

"저야말로."

유세진의 눈동자가 마리안의 눈을 똑바로 쳐다보면서 파랗게 반짝였다.

"지극히 영광입니다, 공주."

제4장
Lullaby Ⅱ

"그럼 잠시 실례하겠습니다."

한 소년이 몇몇의 어른들과 음료 잔을 들고 서서 이야기를 나누다가
웃으며 양해를 구하고 자리를 빠져나왔다.

화려한 홀.

세 개의 층을 연결하는 중앙 계단 한가운데에 대형 샹들리에가 화려
한 빛을 내뿜고 그 대형 조명 주위를 나선형 계단이 층층을 연결한다.
건축적 미학도 상당히 뛰어난 이곳은 성전의 '블루 다이아몬드전'이
열리는 성전 명품관.

그러나 지금은 대성전 그룹 창립 60주년 기념 파티로 각계 각층의
요직 인사와 중요 고객들이 가득 채우고 있었다. 물론 그 인파 중에 여
성들은 절대 빠지지 않았다. 더구나 오늘은 전국적으로도 주목받는 보

석 전시회가 개막하는 자리가 아닌가. 아름다운 것을 추구하고 사랑하는 여성들은 당연히 그 보석 전시회에 눈을 빼앗기고 있었다.

사실 '블루 다이아몬드전'이라고 해도 이번 보석 전시회에 선보이는 블루 다이아몬드는 「블루호프」를 포함하여 단 세 점. 하지만 그 외에도 팬시 컬러라고 불리는 핑크, 옐로우, 브라운, 코냑 컬러 등 다양한 천연 컬러의 다이아몬드 100여 점이 선보인다.

그렇다면 이 팬시 컬러 다이아몬드는 가치가 떨어지는 보석일까?

그것을 알기 위해서 우선 짚고 넘어가야 할 것은 다이아몬드는 무색에서 약간의 황색을 띠는 것이 일반적이고 약간의 회색이나 갈색을 띠는 것도 있다는 것이다. 다이아몬드는 색상(Color)에서 무색에 가까울수록 희귀하므로 가치가 높아진다는 사실이다. 일반적으로 색상의 등급은 완전 무색인 D등급을 최고 등급으로 해서 알파벳 순서로 Z까지 23등급으로 나눈다. 여기에서 Z 이상은 팬시 컬러로 취급된다. 이런 공식대로라면 가장 가치가 높다는 완전 무색인 D등급의 정반대인 이 팬시 컬러는 최저질로 가치가 없는 돌이어야 마땅하다.

하나 다이아몬드는 그 상식을 뒤엎고 아름다운 청색, 보라색, 핑크색 등의 것은 극히 드물며 오히려 가치가 훨씬 높다는 것! 그런데 이번 다이아몬드 전시회에서 그런 천연 컬러 다이아몬드가 100여 점이 선보이는 것이다.

게다가 이것들은 모두 '황제 다이아몬드'라고 칭하는 1캐럿 이상! 전시회의 총액 규모는 500억! 물론 이 금액 규모는 이번 다이아몬드 전시회의 중심인 「블루호프」는 제외하고서 하는 말이다. 세계적으로 유명 보석인 블루 다이아몬드 「블루호프」까지 금액으로 산정한다면… 그것은 상상에 맡기겠다.

이렇게 오늘의 파티는 화려한 만큼 엄청난 금액 규모의 장이었다.

"우~ 이건 정말 장난이 아니야. 가까운 집안 사람들만 날 안다고 해도 난 마주치는 대로 인사하고 다니려니… 골이 다 땡겨."

그때 어른들 사이에서 밝게 인사하며 예의 바르게 잘 처신하는 것처럼 보이던 민제후가 친구들 쪽으로 비틀비틀 다가와 호소한다. 멀리서 지켜볼 때는 정말 능청스럽게 잘하는 것 같더니만.

"게다가 마주치는 인간들마다 말속에 칼을 숨기고서 어떻게든 날 흠집 내려고 덤벼드니까… 하! 참나."

"그래도 잘 참네? 성질 건드리는 인간 나오면 뒤집어엎는다고 난리칠 줄 알았더니."

제후의 우는소리에 벽에 기대어 칵테일 잔을 비우던 신동민이 피식 웃으며 말했다. 그러자 그 말을 유쾌하게 받는 제후.

"후훗! 내가 그냥 있을 인간이냐? 나도 그동안 많은 걸 배웠지. 말로 돌아온 비수는 다시 말로 상대해 줘야 하는 법. 걸어온 싸움은 받아주는 것이 도리! 나도 슬슬 어르는 척 뺨치고 슬슬 긁어줬으니까 피장파장 아니겠어? 냐하하하!"

"어휴~ 장하십니다."

"야, 한예지. 그럼 넌 내가 저 인간들한테 뭐 같은 대접을 받았으면 좋겠냐?"

"뭐, 그렇다기보다는… 호호호, 그보다 아줌만 어디 가셨지?"

"응… 대강 저쪽 홀 끝에 계신 것 같군. 위치 표시가 약 80미터 전방으로 되어 있으니. 후후후."

무슨 일을 벌였는지 추적 장치니 위치 표시니 알 수 없는 소리를 중얼대며 혼자 나직한 웃음을 뿌리는 제후였다. 예지가 그런 제후를 보고 또 미간을 찌푸렸다.

"역시 미끼로 다이아몬드 목걸이라는 강수를 써야 했지만 투자할 만한 가치가 있었어! 난 이제 장 여사의 손아귀에서 벗어날 수 있다고. 위치만 파악된다면야. 흐흐흐흐……"

"도대체 무슨 소릴 하는 거야?"

하지만 어쨌든 정말 아름다운 소년 소녀들의 무리였다.

주변에서 수군대며 그 아이들 쪽으로 자꾸 시선을 힐끔힐끔 주는 것이 장난이 아니다. 그런데 그때 옆에 얌전히 앉아 있던 마리안이 어떤 기척에 고개를 홱 돌렸다. 마치 레이더망에 뭔가 걸린 것처럼 예민하게 반응하는 마리안.

오늘은 너무나 예쁜 공주님의 모습으로 나타난 마리안이기에 그런 말은 하면 안 되겠지만 제후네 일행은 그 순간 마리안의 뒷모습에서 귀를 쫑긋 세우고 다음 순간 발톱 또한 세우는 고양이가 연상된다고 똑같이 생각했다.

"얘, 너 이름이 뭐니? 여긴 어떻게 왔어? 어느 댁 자제니?"

"저랑 잠깐 얘기 좀 해요. 할 말이 있는데."

"누구랑 왔어요? 혼자죠? 그죠?"

여자들이다, 시끄러운 여자들.

마리안의 시선이 닿아 있는 그곳에 창피도 염치도 모르는 것 같은 여자들이 달라붙어 있었다. 만약에 그런 것을 아는 여자들이라면 처음 만나는 사람에게 저렇게 달라붙을 수는 없을 테니까. 그리고 그 한가운데에 있는 것은 유세진이다.

일행인 그녀들의 음료수를 가지러 간 세진이가 여자들의 육탄 공격을 당하는 중인 것 같다. 겉으로 보기에도 참 끈질긴 여자들이고 세진이가 어떻게 처리도 못한 채 얼굴만 찌푸리고 있어 제후와 동민이가 지원하러 가야겠다 싶어 막 자리를 뜰 참이었다. 또 그냥 이대로 있다간 이글거리는 눈동자로 그들을 노려보고 있는 마리안이 먼저 일을 내겠다 싶어서이기도 했고.

한데 그때,

"아, 네, 저도 여성을 좋아합니다. 대화도 좋습니다. 남자라면 숙녀에게 항상 친절하고 예의 발라야 하죠."

세진이 그 단정한 얼굴에 순백의 미소를 띠며 말하는 것이 아닌가!

당황한 민제후 일행들. 그러나 반면에 화색이 되어 피어나는 여자들.

세진이가 저 여자들을 귀찮아하는 것이 아니었던가? 그렇게 보였고 평소 세진의 성격으로도 저런 여자들과 일 분이라도 같이 있고 싶어하지 않을 것 같아 도우려고 했는데 이게 무슨 일인지. 충격이다.

"그런데 이 일을 어쩌죠? 전⋯⋯."

'엉?'

그때 다시 반전되는 분위기?

유세진이 눈을 반짝이며 더욱 깨끗한 미소를 지으며 단호하게 말했다.

"여자는 좋아하지만 감자나 호박은 별로거든요."

쇼크 상태에 빠진 여자들.

그 멋진 한 방에 지겹게 달라붙던 파리와 진득이, 아니, 감자와 호박 무더기를 떨궈내고 유유히 일행에게로 돌아온 유세진이었다.

"야야~ 유세진, 너 진짜 멋진데!"

"장난 아니다. 저 여자들, 한동안 제정신 못 차리겠다. 호호호호~"

"호오~ 너, 정말 저 여자들이 감자나 호박으로밖에 안 보여?"

제후와 예지, 그리고 동민의 순으로 반색을 하며 세진을 맞자 그런 친구들의 반응에 멋쩍은 듯 코끝을 살짝 찡그리다가 대답했다.

"사실 전부 감자, 호박조차 아니었습니다. 절반 이상이 불량 감자 이하였죠. 제가 마음이 여려서 너무 순하게 표현했어요."

'그게 여리냐?'

충분히 독하다고 생각하는데.

특별히 할 말이 없어진다. 진실만을 대답한다고 말하는 듯한 맑은 눈으로 천사 같은 미소를 지으며 그렇게 단호하게 말하는데 또 뭐라고 물을 수 있을까? 다만 난 뭘로 보일까라며 심각하게 고민이 되는 아이들이었다.

"그런데 제후 군은 인사가 끝난 겁니까?"

그렇다. 오늘 이 자리는 성전그룹 창립 60주년 기념 파티이자 장씨 문중에 장씨 성이 아닌 민씨 성을 가진 자손이 가주로서 총수로서 처음 선을 보이는 자리인 것이다.

"아, 그거야 뭐, 그냥 참석만 하면 되는 거야. 난 이미 이 자리에 서 있으니 이걸로 된 거지 뭐. 인사를 특별히 하러 다닐 필욘 없어. 상대가 인사하면 같이 아는 척은 해주고 있지만."

"기자들은요?"

"이번 공식 행사의 시나리오는 성전그룹 신임 총수는 급한 일이 있어 아주 잠시만 들렀다 간 것으로 되어 있어. 물론 당연히 아무도 그를 보지 못했고 말이야. 쿡쿡쿡."

냉소적인 미소를 짓는 제후를 보고 세진이가 마주 웃었다.

"그렇다면 우리 흔치 않다는 블루 다이아몬드 전시회인데 구경이나

가보죠. 「블루호프」도 보고 싶고 말입니다."

"「블루호프」?"

아이들이 전시장으로 천천히 걸음을 옮기며 이번에 열리는 블루 다이아몬드 전시회에 대한 이야기를 하기 시작했다. 제후는 보석에 대해 관심도 없었고 문외한이라 「블루호프」라는 말에 어리둥절한 표정을 짓자 신동민이 간략한 설명을 해주었다.

"「블루호프」란 이번 '블루 다이아몬드전'에서 가장 주목받는 보석 이름이야. 이름 그대로 블루 다이아몬드. 이것을 소유했던 주인들은 개에 물려 죽거나 천연두, 자살, 정신병, 교통사고, 약물 중독 등의 재앙이 내려졌기에 저주받았다고도 말하는 세계적으로 유명한 다이아몬드지. 지금은 현재 미국 워싱턴 스미소니언 박물관에 기증되어 있는 상태야."

'저주?'

신동민의 설명에 귀 기울이고 생각에 잠시 빠졌었더니 제후는 어느새 금방 전시장에 도착한 자신을 발견할 수 있었다. 옆에서 예지가 뭐하나고 옆구리를 친 덕분에 정신이 들었다.

아무래도 수면 부족이지 않을까? 자꾸 깜박깜박 멍하니 정신을 놓는다. 하지만 이 정신없는 와중에서도 어젯밤 꿈 생각이 머리에서 떠나지 않는다.

뭐였지? 뭐였더라?

"저것이 그 유명한 「블루호프(Blue Hope)」입니다."

"후와—!!"

그때였다, 주변의 탄성과 함께 일행의 목소리도 나지막하게 감탄하는 소리로 들린 건.

제후는 그 탄성에 자신도 가까이 다가가 그 유명하기 짝이 없다던 「블루호프」란 보석을 뚫어지게 쳐다보며 구경하였다.

사파이어도 아닌 것이 푸른빛을 내는 커다란 다이아몬드가 작은 여러 개의 다이아몬드에 둘러싸여 당당하게 오만한 빛을 뿜고 있는 것이 보였다. 블루 다이아몬드를 둘러싸고 있는 여러 개의 작은 다이아몬드는 세공도 모두 똑같지 않고 각각 달랐다. 물방울 모양, 사각형 모양, 동그란 모양 등. 그런데 이 푸른 다이아몬드가 주인에게 재앙을 안겨 주는 물건이었다니 이상한 느낌이다.

"「블루호프」는 생각보다 상당히 작은 45.52캐럿의 암청색으로 인도에서 나온 세계적으로 유명한 다이아몬드 중 하나입니다. 저 보석은 1830년 런던 시장에 출현해서 헨리 필립 호프의 보석 수집품으로 9만 달러에 매각되었죠. 그리고 1839년 필립 호프가 사망한 후에 그의 조카 헨리토마스 호프의 것으로 되었고, 1851년 수정궁(Crystal Palace) 전람회 때 이 돌을 진열했는데 그때 이 블루 다이아몬드는 공식 명칭인 '호프'라는 이름을 얻게 되었습니다."

모두가 다이아몬드 전시장의 중심이라 할 수 있는 「블루호프」 앞에서 떠날 줄 모르자 유세진이 생긋 웃으며 이야기 보따리를 풀어놓기 시작한다.

"「블루호프」는 1642년에 인도에서 발견된 이래 호프를 소유한 사람들에게 좋지 않은 일이 많았습니다. 아까 동민 군이 말했듯이 저주라고할 정도로 말입니다. 후후… 먼저 1887년 헨리토마스의 처가 죽었을 때 그녀의 외손녀인 유카 슬로공에게 유산으로 남겼습니다. 그 후 이돌은 경제적인 곤경으로 매각되어 1908년 터키 황제 압둘하미드 2세가 40만 달러에 구입하였다가 혁명의 위험성 때문에 파리에 되돌려보내

팔았죠. 그 후 1911년 삐엘 카르띠에(Pierre Carter)가 이 블루 다이아를 손에 넣었다가 당시 워싱턴포스트 지의 소유자였던 에드워드 비 맥클린 부인의 선물로 154,000달러에 구입했습니다. 한데 호프 다이아몬드에는 많은 살인 사건과 두 곳의 왕가에 재난을 안긴 재앙에 얽힌 돌이었음에도 맥클린의 부인은 이 블루 다이아가 불길하다고 생각하지 않았다고 합니다. 그리고 1947년에 맥클린 부인이 죽고 뉴욕 시의 보석상 해리 윈스턴이 이 블루 다이아를 179,000달러에 사서 워싱턴 D.C에 있는 스미소니언 박물관에 기증했습니다. 그렇게 재앙과 저주라는 말이 붙어 다니던 「블루호프」의 몇백 년의 세월이 서서히 막을 내리게 된 것이죠."

역시 걸어다니는 백과사전 같은 유세진의 정보력.

그 푸른빛으로 흔들리는 검은 머리칼의 소년이 천천히 다른 보석들이 전시되어 있는 곳으로 걸음을 옮기며 「블루호프」에 대한 설명을 마쳤다.

"이 호프 다이아몬드는 후에 1962년 파리의 루브르 박물관에서 열린 「프랑스 장식품 10세기의 발자취」에서 호평을 받았습니다. 게다가 이 보석은 보통의 빛에서는 청색이나 자외선 밑에서는 형광과 인광을 내며 밝은 적색으로 보이는 특이한 다이아몬드입니다."

"다른 것들도 너무 아름다워. 세공도 훌륭하고."

그렇다. 다른 다이아몬드들이 비록 「블루호프」와 같은 강렬한 존재감을 뿜어내진 못하고 있었지만 그 하나하나의 것들은 세공마저 훌륭한 명품 중의 명품이었다. 호프 다이아몬드 말고도 전시되는 다른 두 개의 블루 다이아도 무색·투명의 단계를 넘어 맑은 시냇물과 같은 청색의 빛을 발해 '신이 빚은 다이아몬드' 라는 찬사를 받는 보석이니.

다이아몬드 평가 기준인 Color(색상), Clarity(투명도), Carat(무게), Cut(연마) 등 4C를 골고루 갖췄으며 국내에서는 소문만 무성했을 뿐 한 번도 소개된 적이 없었던 최상의 아름다움을 갖춘 팬시 컬러 다이아몬드들이 자신에게 한번 홀려보라는 듯 그 자태를 한껏 뽐내고 있었다.

신동민은 그 화려한 보석 전시회에서 눈을 떼지 못하는 예지와 마리안을 보며 웃어 보였다.

"쿡쿡. 아가씨들, 뭘 그렇게 열심히 쳐다보는 거야?"

"아, 저거 말이야, 저거. 저게 물방울 다이아라는 거죠? 옛날에 뉴스에서 절도 사건으로 한참 시끄러웠던 때 많이 나왔었던 것 말이에요."

마리안이 발그레하게 약간 상기된 얼굴로 돌아보며 묻자 동민이 마리안을 귀여운 여동생 보듯 쳐다보며 마리안의 머리끝을 살짝 톡톡 치며 말을 이었다.

"아~ 페어 커트(Pear cut)된 다이아몬드 말이구나."

"페어 커트?"

"응. 난 세진이처럼 다방면에 박식하지 않아서 간단하게밖에 잘 모르지만, 다이아몬드는 원석이 아무리 훌륭하다 하더라도 빛과 어울려서 휘광(Brilliancy), 섬광(Scintillation), 분산(Dispersion) 등에 의해 아름다운 보석이기 때문에 커트가 중요하다고 알고 있거든. 물방울 모양의 페어 커트는 그 다이아몬드 세공법 중 하나지."

"그럼 다른 모양의 것들도 있어요?"

"음, 우선 라운드 브릴리언트 커트(Round Brilliant cut)가 있고, 약간 길죽한 타원형인 오벌 커트(Oval cut), 가느다란 느낌의 마퀴즈 커트(Marquise cut), 귀여운 하트 커트(Heart cut)… 에, 또 에메랄드 커트

(Emerald cut) 등이 있지."

진지하게 설명을 차분히 해주는 신동민의 모습에 예지가 감탄을 한다.

"뭐야, 신동민? 잘 모른다면서 굉장히 박식한데?"

"야야, 쑥스럽다. 난 여기까지밖에 몰라. 저기 각종 모든 분야로 모르는 것 없는 세진이 녀석도 있는데."

"엥? 무슨 말이야?"

그때 갑자기 불쑥 나타난 민제후. 아이들은 그들끼리 이야기하다 깜짝 놀래키며 나타난 제후를 있는 대로 째려보았다. 여자 아이들은 진짜 화들짝 놀랐기에 한예지가 민제후를 향해서 더 엄한 표정을 지어 보였다.

"야! 놀랐잖아!"

"아하… 하하… 그, 그치만 이제 중앙 홀로 모두 내려가야 할 것 같아서… 뭘 그런 걸 갖고 도끼눈을 뜨고 그러냐? 이게 다 사람 사는 재미고 낙이지."

"계단에서 떨어져도 참 재미고 낙이겠다. 흥! …근데 그게 무슨 소리야? 홀로 내려가다니?"

"아, 마리안 때문에? 마리안, 가자!"

"에? 나? 왜, 오빠?"

마리안은 예지의 화를 감당해 내며 식은땀을 삐질삐질 흘리는 민제후를 보면서 매번 저럴 거 왜 맨날 예지 언니를 건드릴까라고 고개를 갸우뚱하다 자신을 부르는 목소리에 깜짝 놀랐다.

파티는 시작된 지 얼마 되지 않았고 이제 막 블루 다이아몬드 전시회를 보았을 뿐인데 중앙 홀로 빨리 내려가야 한다니? 왜일까?

"에구, 애도 참. 오늘 너 간단하게 노래하기로 했었잖아. 생각 안 나? 창립 60주년 기념 행사 말이야. 이것도 아니면 악악대는 너희 매니 저를 무슨 수로 따돌리고 오늘 하루 스케줄을 몽땅 뺄 수 있었겠어."

"아! 맞다, 노래!"

그때서야 생각났다는 듯이 손바닥을 딱 치는 마리안. 그 모습에 제 후의 눈이 가늘어진다.

"…뭐야. 혹시 너, 준비도 안 한 거 아냐?"

"무, 무슨 소리야! 그냥… 잠시 까먹고 있었을 뿐이야 뭐. 오늘 보통 정신이 없었어야 말이지. 흥!"

"가사나 까먹지 마라."

"가사 없는 곡이네 뭐. 게다가 난 이미 프로라고. 베에~"

혀를 낼름 내미는 형상이 꼭 끌어안고 싶을 만큼 귀엽고 사랑스럽기 그지없는 마리안이지만 '프로' 라는 단어에는 어쩐지 믿음이 안 가서 다들 웃음 지었다.

그 웃음 짓는 무리 속에 너무나 예쁘게 미소 짓는 두 명의 아름다운 소녀들. 옥구슬 굴러가는 듯한 그 맑은 웃음소리에 파티에 참석한 다 른 유명 자제들이나 젊은 청년 사업가들의 시선이 홀린 듯이 집중된다. 오늘 밤 그 소녀들을 에스코트하는 소년들의 가장 큰 기쁨이자 애로점 이기도 했다.

일행들이 화기애애하게 웃음꽃을 피우며 중앙 홀로 연결된 나선 계 단을 내려갔다. 하지만 그때 뒤쪽에 물러서서 그녀들을 바라보는 유세 진의 눈동자.

그 소년의 어둡고 복잡한 시선. 그 시선을 눈치 챈 사람은 단 한 명 뿐이었다.

성전그룹 창립 60주년 기념 파티가 있는 성전 명품관.

세계적인 유명 보석들을 전시하는 블루 다이아몬드 전시회가 열리기도 하는 이 화려함의 극치인 이 장소. 바로 그곳 중앙 홀에 마련된 크지도 작지도 않게 마련된 무대가 있었다. 그랜드 피아노가 놓여 있어 그리 넓지 않은 공간만을 남겨놓은 그 무대 위로 이 순간 파티에 참석한 각계 각층의 유명 인사들의 시선이 쏠리고 있었다.

점차 잦아드는 소란스러움.

특별한 이유도 없는 것 같은데 갑자기 바뀌는 분위기가 의아하다. 하지만 그 궁금증은 얼마 지나지 않아 금방 해소되었다.

불편하지 않은 고요함. 아니, 기대감 어린 공기.

부담이 될 수도 있는 그 분위기를 헤치고 한 소녀가 무대 위로 올랐다. 연둣빛 귀여운 드레스를 입은 사랑스러운 소녀. 은빛 머리칼과 에메랄드처럼 반짝이는 청록빛 눈동자가 너무나 신비롭게 느껴지는 어린 소녀다.

마리안(Marian)!

현재 연예계에서 최고의 스타로 인기를 얻고 있는 소녀 가수 채마리였다. 한때 성악을 공부했었다고 하더니 어린 나이에 놀랍게도 풍부한 성량과 고혹적인 목소리, 노래 속에 생기발랄한 매력을 실어내 이미 가창력을 인정받았고 음악계에서도 기대가 사뭇 큰 아이였다. 어린 소녀가 성전그룹 창립 기념 행사에서 노래를 부르게 된 것만 봐도 알 수 있지 않은가!

세계적인 가수로서 성장할 가능성이 농후한 소녀.

그런 소녀가 지금 노래를 부르기 위해서 무대에 섰다. 그리고 마침

내 신사들과 귀부인들의 앞에서 무대의 막이 올랐다.

가벼운 피아노 선율이 흐른다. 그리고 그 속에 녹아드는 마리안의 음성. 하나 그것은 그저 단순한 노래라고 하기보다는 허밍으로 흥얼거리는 멜로디였다.

그러나 곧 홀 전체가 마리안의 매혹적인 허밍에 판타지 속으로 빨려들어가기 시작했다.

"이건……."

세진이 마리안의 목소리에 가라앉은 음성으로 중얼거렸다.

"Jim Chappell 의 「Lullaby」?!"

「Lullaby」…….

사전적인 뜻은 '자장가'.

졸음을 자아내는 노랫소리… 또는 미풍 소리…….

Jim Chappell, 그만의 색채를 느낄 수 있는 작품으로 그의 앨범 'NIGHTSONGS & LULLABIES'에 수록되어 일상에 지친 현대인들과 마음에 상처를 입은 이들이 영혼을 치료하고 싶어할 때 듣게 되는 곡.

그런데 이 곡을 선택한 것은 마리안의 어떤 의도였을까?

가사가 없는 잔잔한 허밍에서 백 가지 말보다 더 많은 말들이 전해진다.

음악의 힘…

지금 어떠세요?

삶이 힘드신가요? 파곤하세요?

세진은 무대 위에서 곧 사라질 듯한 신기루처럼 신비롭게 서서 노래하는 마리안을 바라보며 어쩔 수 없다는, 그렇지만 짧게 터지는 웃음 속에서 감탄과 감동을 담고…

　"마리안… 채마리, 넌… 정말……."

　그녀의 노래는 상처가 많은 사람에게 더욱 절실하게 다가온다. 마음을 두드린다. 그 어떤 말보다 마음을 어루만져 주고 위로하는 따뜻함. 유세진의 얼굴에 짧지만 의도되지 않은 밝은 미소가 스쳐 지나갔다.

　옛 기억, 옛 추억을 불러일으키는 노랫소리다.

　많은 사람들이 마리안의 달콤한 허밍의 환상에 빠져들고 있었다. 제후, 세진, 동민… 모두 나름대로 아픔과 상처를 끌어안고 사는 아이들.

　제후도 그 순간 마리안의 무대에 놀라워하면서 마리안이 창조한 판타지에 빠져 마음을 흘려보내고 있었다.

　'그래. 과거는 과거대로… 현재는 현재… 그리고 미래…….'

　흘러간다.

　아무리 고통스런 시간도, 아픈 기억도, 즐거웠던 순간까지도.

　행복한 시간이라고 붙잡을 수 없는 것처럼 좌절과 패배, 아프다고 느끼는 시간도 행복한 시간과 마찬가지로 똑같은 속도로 멈추지 않고 흘러간다. 사람들은 자신이 힘들어하는 시간이 언제까지나 계속될 것 같아 절망에 빠질지라도 그 절망에 빠져 있는 순간까지 멈추지 않고 흘러가고 있는 것. 흘러가고 흘러간다.

　'강물처럼… 시간처럼… 추억처럼…….'

　사람들의 안색에 각자 저마다의 환상과 미련, 아픔을 떠올리며 다시

한 번 자신의 영혼을 들여다보며 상처를 치유하려 하고 있었다. 지금 당장은 아니지만 자신의 상처는 스스로가 돌아볼 수 있는 용기가 있어야만 마지막까지 치유될 수 있는 것이니.

마리안은 지금 정말 귀한 선물을 사람들에게 하는지도 몰랐다.

심플한 피아노 반주에 맞춰 그렇게 마리안의 목소리가 이 공간을 현실이 아닌 이세계(異世界)로 인도하고 있었다. 눈을 살짝 내리감은 은빛 머리칼의 달의 요정. 그리고 점차 노래가 끝나간다. 잔잔하게 환상을 남기고, 여운을 남기고…

"들려요……?"

그때 제후는 그 마지막 달콤한 목소리와 부드러운 밤 공기, 현실과 환상의 절묘한 조화 속에 가슴을 열고, 자신도 모르게 '망각'이라는 이름으로 빗장을 걸어둔 기억의 문조차 열고 있었다. 마음을 흘려보내다 자신도 걸어둔 빗장을 스스로 열고 있었다.

이 노랫소리…「Lullaby」를 과거 언젠가 들어본 적이 있었다.

우연히도 어떤 기억과 맞물린 이 노래의 멜로디가 촉매제가 되어 민제후의 전생의 기억들이 서서히 개방되려 하고 있었다.

취한 듯 멍해 있는 그 소년의 귓가에 환청처럼 어느 여성의 목소리가 들려왔다.

"들리죠?「Lullaby」는요, 사랑하는 사람이 다른 세상으로 떠나서 아파하는 여자의 목소리예요."

"알아. 들려. 이 노래는… 사랑하는 사람을 떠나보내는 여자의 목소리야."

제후가 자신도 모르게 그 환청을 따라 중얼거렸다. 그리고 그 순간 마리안이라는 이름의 신비로운 소녀의 노래가 마침내 끝을 맺었다.

감동적인 공연이 끝나자 많은 신사들과 귀부인들이 박수를 보내며 놀라운 재능을 선보인 어린 소녀 가수를 환영하며 칭찬하기 바빴다. 모두가 브라보를 외치며 감탄한다.

'헉?!'

무슨 일이 있었던 거지?

"제후야, 뭐라고?"

"엥? 뭐, 뭐? 미안, 방금 뭐라고 말했어?"

제후는 마리안의 노래가 끝나자 옆에서 뭔가를 묻는 예지의 얼굴에 당황했다. 그러자 황당하다는 표정을 짓는 한예지.

"야, 그게 무슨 소리야? 네가 먼저 말 걸었잖아."

'내가 뭐라고 먼저 말했다는 거야? 뭘? 난 잘 모르겠는데.'

"그, 그랬나? 음… 냐하하하~ 모르겠는데."

"벌써 치매냐? 설마 서서 잔 건 아닐 테고."

"……."

아무 말 할 수가 없다.

"뭐야? 설마 진짜로 서서 잔 적이 있단 말이야?"

"그, 그건 그러니까… 아하하하… 살다 보면 별별 일이 다 있는 법이야. 내가 한평생 살아보니 그렇더라구."

마리안 공연 막판에 잠깐 기억이 안 나는 것 때문에 잔 적 없다고 말할 수는 없었다. 기억이 안 난다는 건 역시 그 순간 잠들었다고 볼 수 있으니까. 한데 이제 아무 일 없다는 듯이 서서 잘 수 있는 능력도 생기다니 놀랍다고 스스로에게 감탄하는 제후였다.

"네가 무슨 '불가능에 도전한다' 냐?"

하지만 제후는 새로운 재능에 시샘(?)을 품은 마녀에게 또 한 차례 갈굼을 당해야 했다. '네가 살면 얼마나 살았다고' 라고 중얼거리며 갈궈대는 마녀는 어쩔 도리가 없었다. 증거가 없으니.

마녀는 어떻게 꾸며도 역시 마녀일 뿐이라고 속으로 눈물을 흘리며 되새기는 제후였다. 아무리 청순하고 가녀린 숙녀처럼 변장(?)을 했다고는 하나 그 갈굼의 강도는 보통 때와 같은, 아니, 더 강력해진 것 같으니 말이다. 제후는 마음으로 부르짖었다.

모든 대한민국 남자들이여, 여자의 변신은 유죄(有罪)이니라.

한편, 제후와 예지가 있는 곳에서 조금 떨어진 위치에 검은 머리의 차가운 인상을 품은 한 소년이 그 아이들을 지켜보고 있었다. 아니, 정확하게는 한 포기 란(蘭)과 같이 그윽한 향기가 묻어날 것 같은 한예지라는 이름의 청초한 소녀를.

순백의 원피스. 그리고 강하게 대비되는 긴 검은 생머리. 새하얀 치마의 허리와 머리를 연보랏빛 리본으로 심플하게 장식한 그녀의 모습은 마치 천상의 선녀와 같았다. 게다가 그 청초한 용모 안에 담긴 여성다운 부드러움과 따뜻함이 너무 아름답다.

"너… 예지 좋아하는구나."

"……!!"

놀란 소년이 고개를 돌리자 샤프한 매력의 핸섬한 소년이 서 있다. 세진은 갑작스럽게 나타난 신동민의 등장에 입을 굳게 다물고 싸늘하게 다시 고개를 돌렸다.

"그런 거 아닙니다."

매몰차게 고개를 돌려 걸음을 옮기는 세진이었지만 안색마저 조절할 수는 없었는지 얼굴엔 미세하게 홍조가 떠 있다. 더군다나 아까 계단에서 예지와 마리안을 바라보는 복잡한 시선을 눈치 챘던 동민이었기에 이 작은 소년에게 딱 부러지게 할 말은 없었다. 그저…

"진심 아니라면… 아니, 아직 깊지 않으면 나서지 마라."

지금도 좋으니까. 이대로 서로 위하고 아껴주는 친구 사이로 남았으면 하니까. 아직 어른이 되지도 않았는데 친구들끼리 여자 때문에 이상하게 어색해지는 건 싫었다. 동민은 자신의 생각이 어리다고 말할 성질의 것이 아니라고 생각했다. 그 끝이 뻔히 보이는데 어떻게 그냥 있으란 말인가. 민제후는 몰라도 이미 한예지의 마음의 방향은 어느 쪽인지 이미 정해져 있음을 느끼는 동민이니.

아니다. 사실은 친구들끼리 어색해진다는 것보다는 유세진, 저 녀석이 걱정된다고 하는 게 더 솔직한 심정이었다. 정 안 가고 얄미울 때가 많은 놈이지만 그동안 미운 정이라도 들었는지 세진이가 더 걱정된다. 제후는 워낙 그쪽으로 둔감하고 성격상 단순한 녀석이니 금방 털어버릴 수도 있겠지만 유세진은 그렇지 않으니까.

이런 말을 하는 것 자체가 큰 실수이거나 잘못일 수도 있었다. 상처를 줄 수도 있었다. 그래도…

"그러지 마. 친구끼리 의 상한다."

세진이 제후와 등을 돌리게 될까 걱정되었다. 두 아이들 모두 대단한 인재들인데.

그런데 그때였다. 차갑다 못해 시리게 느껴지는 유세진의 음성이 들려온 건.

"흣! 우습군요."

"뭐?"

"우리한테 상할 의라도 있었나요?"

유세진이 어느새 뒤돌아서 매섭게 그를 노려본다.

새파랗게 빛나는 눈동자.

악의(惡意)로 가득 차 있다.

"절 언제부터 그렇게 챙겼습니까? 저를 친구라고 생각해 본 적이나 있었습니까? 아니아니, 우선 그게 문제가 아니군요. 그것보다……."

그것은 세진에게 한예지라는 이름을 거론했다기보다 마치 그 소년에게서 건드리면 안 될 부분을 손대려 했기 때문에 터지는 반발이라는 것을 동민은 알았다. 동민은 예민하게 반응하는 세진의 모습을 차분하게 바라보았다. 섬뜩한 표정을 짓는 유세진이라는 소년의 얼굴을.

"우리가 언제부터……."

싸늘하게 웃는 입 모양.

"친구였죠?"

상처받은 걸까?

마지막으로 그렇게 내뱉은 그 소년이 휙 돌아서서 절룩거리며 걸어갔다. 무엇으로부터 저렇게 방어적인지 모르겠다. 이미 가지고 있는 상처를 보듬어 안고, 웅크리고, 깊은 상처를 숨기고, 완벽한 모습에 숨어서.

한 명 한 명 들여다보면 모두들 나름대로의 상처를 안고 살아가는 아이들. 멀어져 가는 세진의 뒷모습을 고요히 바라보며 동민은 자신이 조금씩 그들로 인해 치유받은 것처럼 저 아이들도 점차 편해지기를 바랬다.

'그 둘 사이에 끼어들 틈이나 있을까요? 쿡!'

한편, 유세진은 마음에서 피를 쏟는 기분으로 정원으로 향하고 있었다. 이대로 숨 막히는 실내에서 견딜 자신이 없었다. 그리고 무엇보다 신동민에게 조금이나마 간파당한 마음이 자존심 상하고 상처가 됐다. 또한 평소의 유세진답게 싸늘하게 코웃음치며 자연스럽게 넘기지 못하고 그렇게 예민하게 반응하다니.

세진은 자신이 과연 예지를 좋아한다고 할 수 있는지 모르겠다고 생각했다.

'좋아한다는 게 뭘까? 어떤 감정이지?

케이크가 달콤하다는 것은 먹어보았기에 알 수 있는 맛이다. 평생 단맛을 느끼지 못하고 살았던 한 사람에게 케이크 그림을 보여주면서 이것을 단맛이라고 가르친다면 도저히 알 수가 없다. 추상적인 이미지만 그려질 뿐. 지금의 유세진의 마음이 그러했다. 누군가를 진심으로 좋아해 본 적이 없었던 것 같았다.

한예지에 대한 유세진의 감정은 굳이 표현하라고 한다면 흐뭇함이라고 할 수 있었다.

단정하고 아름다운 소녀. 좋은 환경에서 잘 자랐고 도도하고 쌀쌀맞은 행동과는 달리 가까운 지인들에게는 따뜻함을 나눠줄 줄 아는 포근한 마음씨의 그녀. 그리고 때로는 소탈하고 자유로울 줄도 아는. 세진은 그녀를 바라보면 그냥 흐뭇한 미소가 떠올랐다. 그런데 그것을 좋아한다고 말할 수 있을까?

동민의 말에 거세게 반발하고 나섰지만 솔직히 한예지 앞에 친구나 클래스메이트가 아닌 다른 의미로 나서고 싶다고 생각한 적은 없었다. 그때 그렇게 예민했던 것은… 그것은…….

유세진이 다리의 상처가 욱신거리는 느낌에 입술을 지그시 깨물고 지팡이를 잡은 손에 힘을 주었다. 빨리 정원에 나가 차가운 밤바람을 쐬고 싶을 뿐이었다.

"세진 군~"

한데 그때 공연을 마치고 나는 듯이 달려와 세진의 옆에서 웃는 요정 같은 소녀 마리안. 그를 멀리서 발견하고 손을 흔들며 뛰어와서 허리 숙여 숨을 헐떡였다. 역시 말괄량이.

그 생기발랄하고 사랑스러운 소녀가 세진에게 다가와 그의 팔을 잡으면 종달새처럼 지저귀었다.

"어디 가? 내 노래 들었어? 들었지? 에헤헤~ 그러지 말고 우리 저리로 가보자. 저기에…….."

탁!

"어?"

성공적으로 끝난 공연에 화려하고 신기한 볼 거리가 많은 파티에 한참 들떠 있던 마리안은 갑자기 뿌리친 세진의 손짓에 잠시 어떤 일이 일어난 것인지 이해하지 못하고 두 눈을 깜박였다.

다른 때는 냉랭하던 유세진이었지만 오늘만큼은 진짜 동화 속 왕자님처럼 웃어주던 소년이었는데… 그리고 그녀 자신은 그 멋진 왕자님의 미소로 신데렐라가 된 기분이었는데.

마리안이 약간 놀라서 세진의 얼굴을 올려다보자 그 소년이 그녀를 너무나 차가운 눈동자로 무표정하게 바라보고 있었다.

"세진…….."

"뭐."

마리안의 청록색 눈동자가 한껏 더 커졌다.

짧은 한마디. 하지만 그 한마디로 무엇보다 많은 이야기를 한다. 그 얼음 같은 차가운 눈동자가 마리안을 마치 전혀 상관없는 사람 보듯이 하고 있다. 아니, 길 가다가 마주친 더러운 뭔가를 바라보는 듯.

"세진아… 세진아!"

유세진이 마리안의 약한 손길을 뿌리치고 울먹임도 뿌리치고 어디론가 사라져 버렸다.

"노래 잘 들었습니다."

마리안은 잔뜩 풀이 죽어 파티장 한쪽에 마련된 의자에 앉아 있다가 사람 말소리에 깜짝 놀라 고개를 들었다.

지금은 아무하고도 말하고 싶지 않았다. 누구든 얼굴 보기도 싫었고. 그래서 언니, 오빠들도 피해서 사람들 눈에 잘 안 띄는 이곳으로 도망쳐 온 것이었는데. 잎이 넓은 대형 화분이 가리고 있어 이쪽 의자에 앉아 있으면 혼자 있을 수 있다고 생각하고 안심하고 있었는데 자신을 발견한 사람이 있다니.

마리안은 그 낯선 남자에게 야속함을 느꼈지만 그래도 자신의 노래를 칭찬해 주었기에 가까스로 인사를 받았다.

"예? 아, 네. …감사합니다."

마리안은 이 남자가 어서 빨리 사라져 줬으면 좋겠다고 생각했다. 이곳에선 자신은 유명하다고 할 수도 없을 만큼 이름난 중요 인사들이 가득하니 자신 같은 건 빨리 잊어버리고 다른 곳으로 가줬으면 하는 생각이 간절하다.

어서 빨리 사라져 줬으면… 어서 빨리 혼자 있게 됐으면……

그런데 그때 그 남자가 약간의 공백을 두고 이상한 말을 중얼거린다.

"역시… 닮았어요."

"네?"

이상한 느낌에 마리안이 숙이고 있던 고개를 들어 그 낯선 이를 바라보았다.

정장이 잘 어울리는 한 남자의 모습이 보였다. 얼굴은 적당히 그을려 남자다워 보였고 체격은 날씬하고 날렵해 보였으며 또한 단단해 보였다.

나이는 한 30대 중반? 후반?

청년이라고 하기에는 나이가 좀 들어 보이고 중년 아저씨라고 하기에는 젊어 보여 나이를 짐작하기에 좀 어려운 남자다. 안경을 쓰고 있는 얼굴은 그리 푸근한 인상이라고 할 순 없었다. 아니, 오히려 날카롭다고 해야 할까, 매정해 보인다고 해야 할까? 안경 밑으로 보이는 두 눈에서 이해타산적인 느낌을 받아서 그런지 그 남자의 전체적인 얼굴이 그리 딱딱하진 않지만 그런 느낌이 드는가 보다.

"무슨 말씀이세요?"

"은빛 머리칼… 청록색 눈동자… 이것이 검은 머리, 검은 눈동자로 바뀐다면 똑같다고 할 만큼 정말 닮았습니다. 윤혜서라는 여자와 말입니다."

"그, 그래요?"

'혜서? 어디서 들어본 듯한 이름인데. 어디서 들었지?'

마리안이 고개를 갸우뚱거렸다. 분명 어디선가 들었던 이름인데 잘 생각나지 않았다.

하긴 그 이름은 예전에 민제후를 처음 만났을 때 들었던 이름이나 그 이름을 말했던 민제후조차도 바로 그 직후에 잘 모른다고 하지 않았던가. 그렇기에 그동안 흐른 시간도 시간이지만 별로 중요하다고 생각하지 않았던 일이라 마리안은 그만 까맣게 잊어버렸던 것이다.

그런데 마리안이 그렇게 고개를 흔들며 그 이름을 기억해 내려고 노력하는 모습을 보고 그 낯선 남자가 얼굴에 살며시 미소를 띠며 중얼거렸다.

"네… 윤혜서… 내게 잊을 수 없는 어떤 이름을 남겨놓은 여자의 이름이죠. 아, 물론 잊을 수 없는 이름이란 당연히 그 여자 이름이 아닙니다."

'이 남자… 그 혜서란 여잘 사랑해? 아님 미워해?'

마리안은 눈을 동그랗게 뜨고 자신의 앞에 서 있는 남자를 올려다보았다.

'윤혜서' 라는 이름이 그의 가슴에 잊을 수 없도록 새겨진 이름이 아니라고 하나 분명 그 여자의 이름은 나름대로 그에게 어떤 의미가 되어 있어 보였다. 그것은 그를 방금 막 만난 마리안조차도 눈치 챌 수 있는 것이었다. 다만 알 수 없는 것은 이자가 그 '윤혜서' 에 대해 품고 있는 감정이 호의인지 적의인지 알 수 없다는 것이다.

증오한다고 보기에는 애틋하고, 사랑한다고 하기엔 너무나 강한 악의로 가득하다. 그 여자의 이름을 부르는 남자의 목소리와 눈빛에서 알 수 있었다. 따라서… 결론은 없었다.

'모르겠어, 저 사람. 정말 모르겠어.'

마리안은 처음 보는 자신에게 이런 이야기를 하는 남자가 이상하게 생각되었다. 자신이 그 '윤혜서' 라는 여자와 닮았기 때문일까?

"내가 잊을 수 없는 이름이 누구인지 아시겠습니까?"

그 낯선 남자가 마리안 가까이에 놓인 의자에 걸터앉으며 말한다. 당연히 그녀가 알 리 없고 그 남자도 대답을 기대하진 않았는지 곧 다시금 웃음 지으며 말을 잇는다.

"한때 존경했던 분의 이름이죠. 아버지 같은 분이셨어요."

마리안은 그 순간 그 낯선 남자의 얼굴에 가식적이지 않은 표정이 지나가는 것을 알아챘다. 미소는 아니었지만 그 표정은 '진짜' 였다. 지금 이 남자가 짓고 있는 그려놓은 듯한 얼굴이 아니라 '진짜 표정'.

물론 그 표정엔 따뜻함은 담겨 있지 않았으나 마리안의 생각엔 그것들은 그 어느 것보다도 인간적인 감정들이었다. 추하거나 더럽고 위험한 감정들이라고 매도할 수도 있겠지만 그렇기에 더욱 인간적인.

"그분을 많이 사랑하셨군요. 그쵸?"

별로 상관하고 싶지 않았으나 어쩐지 이 말만은 꼭 물어보고 싶었다.

'사랑' 의 반대말은 '증오' 가 아니라는 말을 마리안은 어디선가 들은 적이 있었다. 한예지에게서였던가? '사랑' 의 반대말은 '무관심', 바로 '무(無)' 라고. 그렇다면 이 아저씨는 아버지 같았다는 그분을 사랑하고 있는 것이 아닐까? '한때' 라고 했지만 지금도 자신도 모르는 마음 한구석에서 역시 그리워하고 있을지도 모른다.

마리안은 그렇게 생각했다.

"세상엔 그 한 가지 단어로만 설명할 수 없는 삐뚤어진 감정들도 많아요. 물론 아직 마리안 양 같은 꼬마 아가씨는 잘 이해 못하겠지만."

하지만 그 남자는 그런 마리안을 보며 피식 웃으면서 말했다. 아직 세상을 이상적으로 바라보는 소녀의 꿈 같은 것이라고 치부하는 것이 리라.

"난 내 선택을 후회하지 않습니다."

무엇을?

"시간이 거꾸로 흘러가 옛날 그때가 된다 하더라도 난 다시 똑같은 선택을 할 겁니다. 열 번이고 백 번이고. 후후후후."

물끄러미 그를 바라보는 마리안의 시선을 느끼자 그가 다시 마리안의 사랑스런 얼굴을 바라본다. 표정없이 그를 바라보는 마리안의 얼굴은 마치 인형이나 그림 같았다. 숨을 쉬고 있지 않은 존재처럼. 그가 무슨 말을 하더라도, 어떤 비열하고 더러운 말을 주절거리더라도 조용히 듣고 있을 존재처럼.

그 남자가 순간 얼굴에 비릿한 미소를 띠며 중얼거렸다.

"…정말 많이 닮았군요."

천천히 마리안의 얼굴을 쓰다듬어 내려가는 한 손. 매끄럽다. 매끄러운 피부. 비슷한 얼굴 윤곽. 그리고 당황할 때와 공포에 질렸을 때 커지는 눈동자의 표정까지도 똑같았다.

그리고 그 손이 턱까지 내려오자…

탁!

"아… 죄, 죄송해요. 그럼 전 이만."

마리안이 겁에 질린 눈으로 벌떡 일어나서 다른 사람들이 있는 곳으로 뛰어 들어갔다. 멀리 그 낯선 남자의 모습이 시야에서 사라지자 그제야 안정이 되는 마리안이었다.

아까 마리안은 순간 현성우라는 남자의 눈이 너무나 무서워서 자신도 모르게 그 남자의 손을 쳐버렸다. 그 눈이 마치 자신이 아니라 다른 누군가를 바라보는 듯했기에. 그 다른 누군가를 극도의 분노와 증오심으로 노려보고 있었기에. 그리고 그 순간 그 손을 떨쳐 버리지 않았으면 꼭…

'저 손이 내 목을 졸라 죽일 것만 같았어!'

이름을 듣지 못했다.

도대체 누굴까? 그냥 인상만 봐도 다가가고 싶다는 호의가 들지 않는 낯선 남자. 안경 밑으로 빛나는 두 눈은 이해타산적인 느낌이 강했었는데 마지막 순간에는 소름 끼칠 정도의 잔인함으로 붉게 물들었었다.

하지만 솔직히 그 느낌은 마리안이 주관적으로 느낀 것이고 겉으로는 단지 간단한 이야기를 나누다가 마리안이 그 사람을 뿌리치고 나온 것이니 그 남자가 특별히 잘못한 것은 없었다. 그러나 객관적이고 주관적이고 간에 마리안은 다시는 그 아저씨를 만나지 않았으면 좋겠다고 마음으로 빌고 있었다. 그 눈이 너무 무서웠다. 자신을 통해서 누군가를 바라보는 그 눈빛이.

다음번에 그 사람을 다시 만나게 된다면 꼭 무서운 일이 벌어질 것만 같은 불길한 예감이 밀려드는 걸 어쩔 수 없었다.

"도망쳤군. 쿡!"

잔인한 눈빛이 미소를 머금는다. 어차피 잡을 고기, 쉽게 잡는 건 재미없어 놔준다는 듯한 표정.

악마의 표정이 이러할까?

과장되지 않았으나 평범한 얼굴 속에 스며 있는 뼛속까지 깊은 악의. 이런 표정을 지을 줄 아는 자는 정말 무서운 사람일 테다. 자신의 앞을 가로막거나 방해하거나 또는 걸리적거리고 기분 나쁘다는 이유로도 쉽게 무슨 짓이든 할 수 있는 사람.

예전에도 그랬고, 지금도 그렇고, 앞으로도 그런 방식으로 세상을 조소하며 살아갈 테다.

"아, 현 사장. 여기에서 뭘 하고 있나? 파티를 좀 더 즐기지 않고."

그때 한 명의 중년인이 그 남자를 부르며 가까이 다가왔다.

그 중년인은 바로 성전그룹의 장태현 이사. 지금의 성전 총수가 나타나기 이전의 차기 회장으로까지 거론됐던 인물. 그리고 지금도 무시 못할 실세다.

"아닙니다, 이사님. 초대해 주셔서 감사합니다. 그리고 충분히 즐기고 있습니다. 정말 훌륭하군요."

"그렇지. 60주년이 장난도 아니고 이 정도는 해야 대성전그룹으로서 체면도 서는 게지. 하하하하! 그리고… 현성우 사장이 날 도와준다면 세상은 지금의 성전그룹보다 훨씬 더 큰 힘을 체험하게 될 게야."

현성우!

현성우라고 한단다!

장태현이 어깨를 두드리며 신임을 보내는 그 남자가 바로 현성우였다.

"걱정 마십시오, 이사님. 이제 곧… 이사님의 세상이 될 테니까요. 훗!"

마침내 민제후의 주변으로 확실히 그 모습을 드러낸 현성우. 그가 지금 민제후의 아주 가까운 곳, 성전그룹의 안에서 싸늘한 웃음을 짓고 있었다.

서로를 아직 알아보지 못하고 한 공간에 있을 두 사람의 운명의 수레바퀴는 대체 어디를 향해 굴러가고 있는지 어느 누가 알 수 있을까? 운명이란 것이 정말 존재한다면 이 운명의 여신들은 정말 가혹하기 이를 데 없다고 생각되어진다.

"킬킬킬~ 오늘 여기 아주 죽이지 않냐? 끝내주는 여자애들도 많고."

"씨발아, 그럼 여기가 어딘데. 여긴 성전그룹에서 주최하는 창립 기념 파티야, 짜식아."

성전 창립 기념 파티의 한쪽 모퉁이, 그곳 테이블에 몇 명의 청년들이 흐트러진 모습들로 키득대고 있었다.

이미 벌써 상당하게 취한 얼굴들.

많아야 20대 초, 중반쯤으로 보이는 청년들의 행동이 단정치 못하다. 옷도 풀어헤쳐져 있고 고급 양주들로 자기들끼리 술판을 벌였는지 주변이 정신이 없다. 좀 한다 하는 집안의 망나니짓을 하고 다니는 아들들인 모양이다.

"그러니까 죽인다고. 박 장관집 그 기집애도 왔더라. 걔 엄청 잘 놀기로 유명한 애 아니냐. 걔 내가 오늘 밤에 찍었다. 딴 놈들은 침 흘리지 마. 오늘은 내가 데꾸 놀 테다."

"병신새끼, 그년 걸레인 거 이 바닥에서 모르는 놈 있냐? 내 친구 녀석들 중에서도 절반은 그년이랑 해봤다던데. 잘도 그런 기분 나겠다."

"킥! 걸레면 어때? 몸매만 끝~내주면 됐지. 안 그래? 킥킥킥……."

"조심해, 씹새야! 너, 취했냐? 쫓겨나면 어쩔려고."

청년들의 목소리가 점차 커지자 그 무리 중에서 그래도 비교적 덜

취한 남자애가 주위를 둘러보며 주의를 준다. 물론 지금은 늦은 시간 으로 중요 인사들은 벌써 예전에 돌아갔지만 아직 남아 있는 사람들도 그리 적지가 않아 그 망나니 무리들을 못마땅하게 쳐다보는 시선들이 있었으니, 너무 과하면 좋지가 않다고 생각되었나 보다.

집안의 배경을 업고 성전에서 초대장을 받아 들고 온 이들. 이 무리 들은 오늘 이곳에서 하는 일이라곤 공짜로 고급 양주를 탕진하는 일과 놀기 좋아하는 비슷한 부류의 여자들과 난잡하게 어울리는 것뿐이었 다. 게다가 지금은 이들이 마음껏 이런 행패를 부릴 수 있도록 돕기 위 함인지 그들이 두려워할 만한 인물들은 대부분 돌아갔고 파티는 파장 분위기로 서서히 젖어들고 있었다.

그때 그중 한 인간이 벌떡 일어나서 고래고래 소리를 질렀다.

"씨바! 쫓겨나는 게 대수야?! 그리고 쫓아내려면 한번 쫓아내 보라 고 해! 감히 날 이런 파티에서 쫓아내? 우리 아버지가 누군지 알어, 이 새끼들아?!"

"아~ 저거저거, 또 개 됐네, 개 됐어. 야야, 누가 저 자식 술 저따위 로 퍼마시게 냅둔 거야?"

"말린다고 들어 처먹어야지."

자기들끼리 웃고 떠들던 한 명이 옆에 여자를 앉혀놓고 희롱하며 놀 다가 대충 대답한다.

말린다고 들을 인간이 여기 어디 있던가? 옆에 엎어져 있는 인간 하 나 술 좀 그만 마시게 하는 것도 못하고, 아니, 안 하고, 집에 남아도는 건 돈이고, 사고를 쳐도 아버지가 다 막아주고, 학벌은 외국에 나가 변 두리 대학에 이름만 올려놓고 몇 년 신나게 놀고 들어오면 된다. 서울 에 돌아와서는 스포츠카 끌고 다니면서 여자들 태우고 드라이브하거나 밤마다 강남의 나이트를 휘젓고 다녀도 집안 회사에서 월급이 나온다. 이 얼마나 환상적인 삶인가 말이다!

그러나 그 무리 중 아직 제정신이 남은 몇 명이 킬킬대다가 일어서서 술이 떡이 된 그 청년을 붙잡아 일으켰다.

"새끼, 내가 널 위해서가 아니라 쫓겨나기 싫어서다. 야야! 주변 눈길도 개떡 같은데 밖으로 출타 좀 갔다 오자. 자리 털어."

아무리 오늘의 파티가 슬슬 파장 분위기더라도 주위의 눈길이 곱지가 않음을 느낀 탓이다. 그러나 아직 엎어져 있는 몇은 야유를 보내면서 불평을 쏟아낸다. 그 속에서 두세 명의 청년들이 피식피식 웃으며 정원으로 향했다.

이대로 저들 사이에 계속 있다가 그들 부모의 귀에 들어가면 또 한 차례 귀찮은 잔소리를 들어야 할지도 모르니까. 잘못하면 자신들이 쓰는 카드가 정지먹을 수도 있다. 부모를 무서워하는 것은 아니지만 그들의 돈줄이 막히는 것은 무서웠다.

"엉? 그런데 저게 누구야?"

한데 그때 정원에 나가면서 입맛을 다시던 한 청년의 눈에 어떤 물체가 시야에 잡혔다.

"와아~ 진짜 끝내주는데~"

"누구야? 아직 한참 어려 보이는데? 그래도 품질은 최고다, 최고!!"

"쟤가 바로 채마리야, 채마리. 이번 성전영상의 이미지 모델!"

그 질 나쁜 청년들 눈에 띈 것은 정원으로 누군가를 찾으러 나온 마리안이었다. 밤이 깊어 어둠컴컴한 정원이지만 그 소녀는 달빛을 받아 그녀의 실버 블론드가 은빛 실타래처럼 신비롭게 빛나 더욱 아름답게 비춰졌다. 아직 십대 소녀. 그렇지만 한국에서 최고의 인기를 구가하는 인기 스타라는 점과 맞물려 그 청년들의 입맛을 다시게 하였다.

연예인이라면 좀 놀아봤을 것이라는 것이 그들의 정론.

자신들이 어울렸던 여자들 중에도 유명 연예인 출신이 수두룩했고 현역 가수나 탤런트도 적지 않게 있었다. 그중에는 상당히 어린 여자애들도 있었지만 하나같이 닳고 닳은 계집애들이었던 것이다. 그렇다면…

"오호~ 그래?"

씨익―

그 청년들이 다들 거의 비슷한 시기에 서로를 바라보며 의미심장한 미소를 지었다. 그 청년들 주위로 좋지 않은 기운이 몰려든다. 재미 삼아 악질적인 범죄를 저지르는 자들의 소름 끼치는 표정. 그들이 키득대다가 재빨리 정원 어딘가로 사라졌다.

'무슨 일이지?'

한편 그 망나니 무리들이 사라지고 난 뒤로 단정한 용모의 한 소년이 나타나 얼굴을 찡그렸다.

그 소년의 뒤쪽 성전 명품관에서 흘러나오는 불빛에 그 아이의 머리칼이 푸른빛으로 반짝였다. 흔치 않은 짙은 검은 머리. 너무 짙고 짙어 푸른빛마저 띠는 머리칼을 가진 새하얀 얼굴의 소년이 방금 정원으로 사라진 무리들을 보고 생각에 빠졌다.

저 무리들은 분명 무슨 국회의원 아들, 무슨무슨 전자 회사 아들이라는 인간들이다. 미국으로 유학을 보냈더니 오히려 그곳에서 대마초까지 손을 대고 사고를 쳐서 이번에 서울로 다시 끌려왔다던 망나니 무리들. 집안에서도 아예 내놨다고 하더니만 한국에 들어와서도 끼리 끼리 모여 어울리는 모양이다.

"저들이 지금 별로 좋지 않은 일을 계획하는 모양인데……."

세진은 왠지 신경이 쓰였다. 저들이 도대체 무슨 일을 벌이려는 것일까?

'그런데 내가 왜 지금 그런 것까지 신경을 쓰는 거지? 훗!'

남들 일에 별 신경 안 쓰는 유세진이다. 저들의 행동들을 일일이 주시할 수도 없고 그럴 이유도 없는 것을.

오늘 행사가 거의 마무리되어 어수선한 분위기를 피해 잠시 테라스로 나왔던 세진은 어쩐지 개운치 않은 기분을 느끼면서 다시 안으로 들어갔다.

설마 무슨 일이야 있을라구.

"어? 이상하다. 분명히 세진 군이 정원 쪽으로 나갔던 것 같은데."

마리안은 정원에 나와 유세진을 찾다가 그 소년이 정원 안에 없는 것을 알고 실망하여 시무룩해졌다.

아까 세진이가 왜 자신에게 쌀쌀맞게 대했는지 꼭 물어보겠다고 다짐한 마리안이었다. 처음에는 너무 슬프고 당황해서 자신에게 그런 태도를 보이는 이유를 물어볼 겨를도 없이 그저 혼자 있고 싶어했지만 시간이 지나면 지날수록 이대로는 너무 억울하단 생각이 들었다. 오늘 유세진은 채마리를 에스코트해 줘야 하는 의무가 있는 것이다. 그런데 그런 자신을 이런 식으로 내팽개치다니.

시간을 보니 벌써 한밤중이 다 되었다. 곧 그 소녀가 동경하던 파티도 끝이 날 텐데 이렇게 그냥 그렇게 대충대충 모든 것이 파하고 나면 집에 돌아가서 후회가 가슴 깊이 남을 것 같았다.

신데렐라처럼 자정이 되어 모든 마법이 풀릴 것 같아 겁이 났다. 12시 종이 울리자 지금 입고 있는 예쁜 드레스도 거적이 되고 저 화려한 다이아몬드 전시관은 초라한 폐허로 변해 버리는 것이 아닐까?

공상이 지나치다고 할지 모르지만 오늘은 그런 말도 안 되는 공상이 실제로 이루어지면 어떡하나 걱정이 될 만큼 너무나 멋지고 황홀한 하루였던 것이다. 그런 오늘 하루를 이렇게 찜찜하게 마무리 지을 순 없었다.

마리안은 빨리 유세진을 만나 이유를 들어야 했다.

"다이아몬드 전시관으로 간 건가? 그리로 가봐야겠다."

그런데 그때였다.

마리안의 뒤쪽 나무 풀숲에서 들려오는 음침한 목소리.

"여어~ 죽이는데~"

갑자기 코끝으로 확 풍겨오는 술 냄새.

마리안은 순식간에 자신을 둘러싸는 세 명의 청년들에게 겁을 먹고 뒷걸음질을 쳤다.

한눈에도 그리 단정한 사람들이 아니다. 눈이 풀리지도 않았는데 끈적거리는 시선으로 그녀를 훑어본다. 차림으로 보아하니 타이는 어디로 도망가고 옷차림이 어수선하게 흩어졌지만 고급 정장이다. 그렇다면 이들도 오늘 성전그룹 창립 기념 행사에 초대장을 받고 참석한 인물들일 텐데…

"……"

말이 필요가 없는 인물들임을 마리안은 직감했다.

마리안이 입술을 깨물며 물러서다가 기회를 봐서 건물 쪽으로 뛰어가려고 그들을 한껏 노려보았다. 이런 인간들 많이 겪어봐서 아는데 자기 집안 잘난 맛에 흥청망청 인생을 낭비하는 인생들이 틀림없었다.

왜 이런 일이 자꾸 생기는 걸까? 자신이 혼혈이라 그런가? 아니면 연예계에 도는 그 이상한 소문들 때문에?

'마리안'이라는 이름을 둘러싸고 도는 지저분한 소문들은 단지 악질적인 루머일 뿐이다. 하지만 이상하게도 그 진실을 믿어주는 사람은 몇 안 된다. 오히려 그 루머를 당연하다는 듯이 받아들이는 사람마저 있을 정도니. 지금은 거의 무시하고 살지만 가끔씩 이런 인간들과 마주치면 마리안은 아주 치를 떨게 된다. 아마 모르긴 몰라도 만약 그녀의 출신이 사회적으로도 번듯한 부모와 그럭저럭 괜찮은 집안이었다면 이런 업신여김은 없었을 것이라는 생각에 가슴속에서 울화가 치솟았다. 선택할 수 있었다면 자신도 공주님으로 태어났을 테지만 그건 마음대로 되는 것이 아니지 않는가. 어느 누구도 재투성이 신데렐라가 되고 싶어하지 않는다!

'나도 재투성이 신데렐라 따위로 태어나고 싶지 않았어!'

"꺄아!"

"어딜! 잠깐 이야기 좀 하자는데 너무하는 거 아냐? 응? 나도 네 팬이라고. 큭큭."

마리안이 순간 그들을 피해 사람들이 있는 곳으로 뛰려고 하다가 다시 길이 막혀 당황했다. 한순간 주변을 살폈지만 어디에서도 도움을 요청할 만한 인적이 없었다. 파티는 뒷정리를 하려고 하는지 정원의 불빛도 절반 이상이 꺼져 으슥할 만큼 어두워졌다.

소리치면 건물까지 들릴까?

여러 가지 생각을 해봤으나 그것도 여의치 않아 보인다.

"어때? 재미 좀 많이 봤어, 마리안?"

"……?"

무슨 소리를 하는 것인지…….

마리안이 잔뜩 경계하며 주춤주춤 그 청년들에게서 최대한 떨어지려고 하자 그들이 자기들끼리 낄낄대며 묻는다. 어디서 또 근거없는 이상한 소문이 도는 것을 듣고 놀리려는 모양이다.

"성전그룹 말이야. 우린 벌써 다 알고 있다고. 너, 이번 성전영상사업단 이미지 모델로 발탁돼서 성전그룹의 꽤 큰 수뇌급 간부를 물었다며? 아직 어린 나이인데도 정말 대~단해! 그럼~! 자신의 미래는 그렇게 스스로 개척해 나가는 것이지. 안 그래?"

"헛소리!"

"쳇! 튕기기는. 안 그랬음 네가 어떻게 오늘 같은 대형 행사장의 초대장을 받겠어? 그러지 말고 우리한테만 살짝 가르쳐 줄래, 마리안? 응? 어떤 노인네야? 소문대로 정말 장태현 이사쯤 되는 대어를 낚은 건가? 그래서 그렇게 뻐떵기면서 도도한 거냐?"

청년들이 점점 마리안을 향해서 다가온다. 바짝 긴장이 되었다. 청록빛 눈동자의 소녀와 알코올 냄새가 풍기는 건장한 청년들 사이의 거리가 점차 좁혀지고 있었다.

"아차차차… 또 잊고 있던 게 있었네. 아까 초저녁 때 얼핏 보니까 일행들이 있는가 보던데… 대단하던걸, 마리안."

또 다른 한 명이 주절거리기 시작한다.

일행이라면 한예지, 신동민, 유세진, 민제후 등을 가리키는 것이라는 걸 알았다. 마리안 그 소녀가 아니더라도 그 소년들 하나하나가 모두 눈에 뜨이는 인물들이니 쉽게 그들을 찾을 수 있었을 것이다. 그런데 그 일행들과 자신을 연관지어 무엇이 그리 대단하다는 건지 알 수가 없는 소녀였다.

"무슨……?"

"어느 쪽이야?"

능글거리는 시선이 야비하게 웃으며 마리안의 어깨와 팔, 가슴 등을 훑는다. 그 시선에 마리안은 몸속으로 송충이들이 기어다니는 듯한 느낌에 소름이 끼쳤다.

"그 남자애들 말이야. 낯이 설지만 한눈에도 다들 하나같이 대단한 집 아들들인 모양이던데. 너 같은 출신이 그런 집 자제들과 어울린다는 건 다른 해석이 없잖아? 킥! 아무래도 꽤 놀아봤겠지? 하긴, 너희 또래 애들 말로 너같이 화려하고 얼굴 반반한 년이 장태현 같은 노땅으로 성이 찼겠냐? 우린 다 이해한다고. 킬킬킬~ 근데 그 셋 중 네 상대는 누구야? 아아~ 한 명이 아닌가? 둘? 아님 그 셋 다?"

청록빛 커다란 눈동자에서 눈물이 툭 털어진다.

"어이어이, 저년이 왜 질질 짜고 지랄이래?"

"아무래도 이제 슬슬 우리 잘생긴 오빠들이 위로해 줘야 할 타임 같은데?"

"그런가? 낄낄낄~"

꿈이 깨졌다.

오늘 마리안은 왕비님을 만나서 마법으로 공주님이 되었다. 그리고 진짜 공주님과 함께 궁전에서 왕자님들의 에스코트를 받으며 화려한 파티에 참석했다. 세상에서 가장 유명한 다이아몬드를 구경했고 멋진 노래도 부르고 맛있는 음식, 우아한 손님들. 오늘 그렇게 멋진 하루였는데, 그랬는데 그것이 자기 혼자만의 꿈이었다니… 비참했다.

이런 비열한 인간들에게 왕자님 같은 오빠들과 함께 있는 모습이 그렇게 더럽게 보여졌다는 것이 견딜 수가 없었다. 아니, 아니다. 그렇게 본 것은 이런 인간들만이 아니었다. 오늘 마지막에 유세진도 마리안을 그렇게 바라보았으니까.

마치 더러운 것을 보듯이.

지나가다가 오물이 옷에 묻은 것처럼…….

'그래, 처음부터 다 환상이었어! 난 공주도 뭣도 아니었어!'

"꺄아―!! 이거 놔, 이 개자식들아!!"

"야, 너희들, 이년 꽉 붙잡아!"

"아야, 내가 처음이야! 내가 먼저 할 거야. 낄낄낄."

마지막 기회라고 생각하고 마리안이 순간 필사적으로 도망치려고 했지만 결국 금세 붙잡혀 으슥한 정원 변두리로 끌려가고 있었다. 무서웠다. 힘으로 당해낼 수가 없었다. 상대는 술 취한 세 명의 젊은 청년들. 게다가 이들 모두 엄청난 집안의 아들들.

어느 것으로도 당해낼 수가 없다.

"너희들이 이러고도 무사할 줄 알아?!"

"어차피 우리 아버지가 다 해결해 줄 거야. 그리고 소문나면 너도 치명타잖아. 안 그래, 이쁜이?"

마리안이 비명을 지르며 필사적으로 반항했지만 양팔이 눌리고 머리가 잡히자 더 이상 어떻게 할 수가 없었다. 게다가 사람들이 있는 곳까지는 비명 소리가 닿지 않는 모양이다. 남자들이 키득대며 만지는 것이 느껴졌다.

마리안의 청록빛 눈동자가 공포에 질려 어두워졌다.

"가만히 있어. 너도 얌전히 가만히만 있으면 곧 기분 좋아질 테니."

'끔찍해. 이건 현실이 아냐!'

컴컴한 어둠 속에서 여러 개의 손들이 다가오는 것이 느껴졌다. 그 끔찍한 느낌에 마리안의 오래된 기억 속에서 이젠 회색 빛으로 바래 버린 장면들이 현실로 튀어나와 단편적으로 눈앞에 펼쳐진다.

어른들… 남자들의 손… 이상한 웃음소리…….

"조용히 해. 너도 곧 기분이 좋아질 거야."

소리도 지를 수 없었던… 무서워…….

'무서워!!'

"시… 싫어… 싫어… 이젠 싫어……."

공포심에 부들부들 떨던 소녀가 고개를 흔들다가 감당할 수 없는 정신적인 압박감에 비명을 터뜨렸다.

"싫어─!!"

그런데 그때!

쾅!

"끄헉."

마리안은 갑자기 뭔가가 크게 부딪치는 소리와 함께 팔다리가 자유로워진 것을 느끼고 눈을 번쩍 떴다.

'무슨 일이지?'

"씨팔! 뭐야, 저 새끼는!!"

"야, 넌 쓸데없는 데 참견하지 말고 네 갈 길 가!"

"당신들 눈에 이게 쓸데없는 걸로 보이십니까? 그런가요?"

'세진 군!'

마리안의 눈이 크게 떠졌다.

유세진이다.

그 유세진이 지금 그녀의 앞에서 마리안을 찍어 누르던 파렴치한 인간들 중 하나의 목을 한 손으로 비틀어 잡고 나뭇등걸에 내리꽂아 움직이지 못하게 하고 있었다. 아까 뭔가가 부딪치는 요란한 소리는 유세진이 저 남자의 목덜미를 잡아당겨 나무에 내던진 소리였던 듯하다. 그 청년들 어느 누구하고 비교해도 머리 하나 정도가 작은 소년이었지만 세진의 손아귀에 잡혀 있는 남자의 얼굴은 백지장처럼 창백하게 질려 있었다.

그 밖의 나머지 청년들은 자신들 일행이 어린 소년의 손에 잡혀 빠져나오지 못하고 껵껵대자 당황하면서도 눈을 부라리며 소리를 지를 뿐이었다. 그 모습에 유세진이 그 새하얀 얼굴에 잔인한 미소를 피식 짓더니 손아귀에 힘을 준다.

"크학!! 컥, 컥컥."

그 순간 터져 나오는 숨넘어가는 소리.

푸른빛 검은 머리칼의 소년의 엄지손가락이 잡혀 있는 남자의 턱 바로 밑 안쪽을 파고들자 짧은 비명과 괴롭게 들리는 숨소리가 힘겹게 흘러나왔다.

"자, 여기에서 조금만 힘을 더 주면 어떻게 될까요? 지금도 이렇게 괴로워하는데?"

자신의 손 안에 잡혀 있는 사람이 금방이라도 숨이 넘어갈 듯한데 소년의 눈은 빙글빙글 웃고 있다. 스릴있고 재미있는 게임이라도 즐긴다고 생각하는 것일까?

그와 반대로 나무에 머리가 눌려 버둥대는 청년은 정말 곧 질식해서 죽을 듯하다.

"저 새끼가!"

"어쩌세요, 여기에서 이쯤 하고 물러나시는 것이? 아아, 그리고 당신들을 고소할 것인지 안 할 것인지는 저쪽에 있는 아가씨가 후에 결정하실 테니 너무 걱정하지 말도록 하십시오."

약간 맛 정도는 보여줬다고 생각한 것인지 세진이 밝게 웃으며 말한다. 그러나 아직 정신을 차리지 못한 인간들이 자기들 잘못은 생각지도 않고 집안의 부와 힘을 거들먹거린다. 몸은 크지만 아직 정신 상태는 유아적인 수준에서 한참 머물고 있는 바보들.

"뭐, 뭐야!! 너, 우리 집이 어떤 곳인지 알어!!"

"보.나.마.나. 청탁 뇌물, 비리 의혹에 휩싸인 정치인이나 기업 간부겠죠. 콩 심은 데 콩 나고 팥 심은 데 팥 난다고, 제대로 된 집안에선 당신들 같은 쓰레기들은 배출되지 않거든요. 어때요? 너무 정확하지 않습니까?"

"새, 새끼… 죽.어.라!!"

차라리 이렇듯 한 번에 끝내는 것이 편할 수도.

두 명의 상대가 한꺼번에 한 명의 소년에게로 달려들었다. 체격도 그 소년보다 훨씬 크고 수적으로도 그들은 둘이니 '만약의 사태' 라는 건 전혀 염두에 두지 않고 달려들고 있었다. 더군다나 그들이 상대하는 소년은 이미 한 손으로 그들 일행 중 한 명을 붙잡고 있기 때문에 행동이 자유롭지가 못하다. 청년들은 자신들이 당연히 이길 것이라고 생각하고 주먹을 휘두른다.

하지만 그 순간, 그들이 생각지 못한 '만약의 사태' 가 벌어졌다.

유세진의 눈동자가 비웃음을 담아 날카롭게 움직인다.

휘릭!

"엇?"

피할 수 있을 것이라고 생각지 못했었는데 팔이 허공을 가르자 당황하는 상대였다. 세진은 자신이 잡고 있던 남자를 옆으로 밀쳐 버리고 빠르게 옆으로 피해 돌아 순식간에 그 한 명의 복부에 크게 한 방 먹였다.

퍽!

"컥!!"

숨도 제대로 못 쉬고 배를 감싸 쥐고 쓰러진다. 그러나 세진은 그것을 볼 새도 없이 거의 동시라고도 할 수 있는 바로 다음 순간, 두 번째 상대를 맞아 두 손을 뻗어 달려드는 인간의 앞가슴의 옷자락을 쥐고 휘돌아 바닥에 메다꽂았다.

"하아압!"

콰다당!

"크헉."

너무나 쉽게 끝난 판이었다.

그리고 세진은 순식간에 처음부터 잡고 있던 청년의 목을 다시 잡아채 나뭇등걸에 내리누르고, 바닥으로 내던진 청년이 고통스러워하며 몸을 뒤집자 유세진이 손에 들고 다니던 지팡이 끝으로 역시 그의 목의 급소를 찍어 누른다.

"입 닥쳐. 덩치만 큰 멍.청.아."

"……!!"

유세진이 처음으로 반말을 하는 것을 본 마리안이었다. 다른 정황보다 그것이 더 놀랍기까지 하다.

유세진이 반말을 하다니……!

"그렇게 눈에 뵈는 것 없이 나대다간 너희들… 쥐도 새도 모르게 없어지는 수가 있어."

그때 조금 피곤한지 세진이 약간 상기된 얼굴로 생긋 미소 지었다.

"아~ 지팡이 끝이 뾰족하지 않고 뭉뚝해서 정말 다행입니다. 만약 뾰족했다면 덜 아팠을 테니까요. 역시 이렇게 뭉뚝한 꼬챙이로 목구멍에 구멍이 뚫리면 훨씬 더 고통스럽겠죠?"

잔인한 즐거움.

어린아이들이 곤충 채집을 해서 가지고 놀 때와 비슷한 표정들이다. 급소가 눌려서 빠져나오지도 못하고 한 명은 나무에 다른 한 명은 바닥에 누워 고통스럽게 바둥대는 것이 역시 날개를 떼버린 잠자리 같다.

흔들리는 새까만 앞 머리칼 사이로 반짝이는 예리한 칼날 같은 눈동자. 다시 돌아온 깍듯한 존댓말이 그와 정반대의 감정을 표출하는 눈빛과 함께 어우러져 상대에게 최고의 공포감을 선사한다. 마치 어떤 일이라도, 살인이라도 천사처럼 해맑게 웃으며 해치워 버릴 것 같은 기백.

"으아아악~"

그런 유세진의 모습에 결국 겁을 먹은 한 명이 기는지 뛰는지 알 수 없는 포즈로 도망갔다. 세진에게 잡혀 있지 않은 그 한 명은 정말 운이 좋았다.

"…한 명은 도망쳤군요. 이런! 훗!"

아니, 오히려 운이 나쁜 건지도 모르겠다. 가소롭다는 듯이 웃는 유세진의 새하얀 얼굴이 너무나 여유롭다.

"자, 잘못했어. 살려줘."

"잘 들리지 않습니다."

"잘못했어!! 죽을죄를 졌다! 술에 너무 취했었나 봐. 제정신이 아니었어. 미안해. 미안해. 잘못했어!"

"이번엔 사과의 방향이 잘못됐습니다."

너무 친절하고 부드러운 목소리로 잘못된 점을 지적하는 소년이다. 차라리 두들겨 패거나 소리치면 이토록 겁은 나지 않을 텐데.

그 소년에게 붙잡혀 움직이지도 못하는 두 청년은 금방이라도 그 아이가 마음이 바뀌어 해코지라도 할까 봐 눈에 띄게 떨고 있었다. 그들은 한쪽 구석에서 그 모든 상황들을 멍하니 바라보는 은빛 머리칼의 소녀에게 시선을 돌려 최대한 성의가 있어 보이는 사과를 하려고 했다. 처음 상황하고는 완전히 딴판이다.

"마리안 양, 아까는 무례하게 굴어서 정말 죄송했습니다. 술 때문에 제정신이 아니었던가 봅니다. 죄송합니다. 살려주세요. 살려주세요."

손이 발이 되도록 비는 그 비굴한 모습에 유세진이 손을 놔주었다. 그래도 아직 그의 마음은 용서해 주고 싶은 생각이 들지 않은 모양이었다. 놓아주긴 하되 죗값을 치르게 할 심산이었다.

유세진이 그 어른들 가까이 바짝 다가가 그 소년이 보일 수 있는 최대한의 밝고 착하게 보이는 미소를 지으며 말을 이어갔다.

"얼마 뒤 만약 당신들이 구속된다면 제대로 죗값을 치르길 바랍니다. 엉뚱하게 뒷구멍으로 빠져나가려고 했다간 다시는 인간 꼴로 걸어 다니지 못하게 될 테니. 힘과 권력이란 게 당신들 집안만의 고유한 것이 아니거든요."

이미 뜨거운 맛을 볼 대로 본 이들이 무슨 말을 하겠는가. 나중에 어떤 불만과 불평이 생길지는 몰라도 지금 당장은 이 작은 악마 같은 녀석에게서 벗어난다는 사실만으로 미친 듯이 고개를 끄덕이는 청년들이었다. 그리고 그들은 눈치를 슬금슬금 보다가 곧 후닥닥 최대한의 속도로 멀리 사라져 갔다.

"……."

정적이 찾아왔다.

유세진과 마리안, 그 두 아이들만이 정원에 남았다. 한바탕 폭풍이 휩쓸고 지나가 정신이 없긴 했으나 세진은 그제야 한숨을 쉬며 바닥에 주저앉아 있는 마리안에게 다가갔다. 그리고 그 소녀의 눈 높이를 맞춰 자신도 한쪽 무릎을 굽혀 바닥에 앉아 손을 잡아 일으키려 하니…

탁!

"네가 무슨 상관이야! 저 사람들 말대로 괜히 쓸데없는 참견 말고 네 갈 길이나 가!"

마리안이 유세진의 손길을 뿌리쳤다. 또 그와 함께 앙칼지게 터져 나오는 목소리. 그것에 세진이가 살짝 얼굴을 찌푸리면서 차갑게 입을 열었다.

"잘못 들은 것 같은데 다시 한 번 말해 주시겠습니까?"

"웬 참견이냐고 했어."

여전히 딱딱거리는 음성으로 일관된 대답을 하는 마리안이었다.

마리안은 좀 전의 무서운 일을 당할 뻔했다는 충격도 충격이지만 세진을 만나고 나니 그 아이가 자신에게 보였던 태도들에 대한 야속함이 새록새록 솟아나고 있었던 것이다. 그 차갑고 매몰찼던 태도에 아직도 섭섭함이 가시지 않아서. 그래서 자신을 구해준 것이 세진이라는 것을 알지만 여자의 마음이라는 게 생각처럼 이성적으로 움직이지가 않는 것이다.

마리안은 그런 마음에 세진의 얼굴을 똑바로 쳐다보지도 못하고 두 눈에 눈물만 그렁그렁하게 담아 애꿎은 정원 흙바닥만 정신없이 노려보고 있었다.

그런데 그때 유세진이 마리안의 양 어깨를 으스러질 듯 꽉 부여잡고 자기 눈을 똑바로 들여다보게 하며 말했다. 정말로 화가 난 듯 입 밖에 억지로 씹어 내뱉는 말투.

"아무 말도 하지 마십시오. 태어나서 처음으로 돌아버릴 것만 같으니까."

"흑… 나쁜 놈."

위로도 한마디 안 한다.

"흐흐흑… 흑흑… 우아아아앙~!"

마리안이 세진의 얼굴을 보고 방울방울 눈물을 흘렸다. 잘 참고 있었는데 그만 울음을 터뜨려 버리고 말았다. 옛날부터 어떤 일이 있어도 울지 않겠다고 맹세했었는데, 그런데 이 얼음덩어리 같은 인간 때문에 맹세까지 깨뜨렸다고 생각되자 더 눈물이 쏟아졌다.

녹빛 눈동자가 아름다운 소녀가 그 눈에서 아름다운 눈물을 방울방울 떨구며 원망스러움을 담아 소릴 질렀다.

"다 너 때문이잖아! 네가 싸가지없게 구니까, 나한테 못되게 구니까 그렇잖아! 그러니까 나한테 이런 일도 생기는 거잖아!"

어이없는 원망이고 하소연이지만 서럽게 우는 그 얼굴을 바라보자면 정말 어떤 말도 할 수가 없다.

"그래! 나 잘 못 먹고 못살았다. 양색시, 술집 여자, 깡패, 전과자 천국인 그런 험한 동네로만 전전하며 살았다! 그래서 나 욕도 잘한다. 그래도 네가 뭔데 날 그런 눈으로 쳐다봐! 네가 뭔데 날 그렇게 더럽게 쳐다봐! 네가 뭔데!! 다 너 때문이야!!"

세진은 이제 대놓고 펑펑 울어대는 마리안을 내려다보며 한숨을 내쉬었다.

그런 게 아닌데…

"너 때문이야… 너 때문이야… 엉엉…….”

마리안의 우는 모습에 생각이 깊어지는 세진이었다. 예쁘게 보이기 위한 눈물이 아니라 정말로 서럽고 억울해서 우는 얼굴이라 그 소년도 어쩔 수가 없었다. 눈물 콧물로 엉망이 되어 어린아이처럼 우는 모습을 보니 어떻게라도 달래야겠다는 생각이 든다.

유세진이 그늘진 안색으로 그대로 마리안의 등 뒤로 팔을 둘러 등을 토닥여 줬다.

"괜찮아요… 이제 괜찮아…….”

"무서웠단 말이야. 죽을 만치 무서웠단 말이야. 다 너 때문이야.”

"네, 내가 잘못했어요. 정말 미안해.”

하마터면 큰일을 당할 뻔한 충격이 클 터였다. 세진은 무서운 눈으로 입술을 깨물었다. 그리고 계속해서 너 때문이라고 중얼대며 흐느끼는 은빛 머리칼이 예쁜 어린 아가씨로 인해 유세진은 난처해하면서도 진심으로 미안해하고 있었다. 울지 말란 말이 아니라 미안하다고.

미안해… 미안해…….

달래는 듯한 끊임없는 그 소리에 마리안도 마지막엔 울음이 멈추고 흐느낌마저 잦아들 때쯤엔 그 소리에 반응하여 대답하였다.

‘미안해요……．’
‘응……．’

‘정말 미안해……．’
‘응……．’

＊　　　＊　　　＊

“아아~ 드디어 오늘 일정은 이렇게 끝이로구나~!”

제후가 블루 다이아몬드전 개막도 성공적으로 끝나고 성전그룹 창립 60주년 파티도 그럭저럭 끝나가자 한쪽에서 기지개를 켜며 밝은 목소리로 말했다.

어수선한 분위기.

손님들도 이제 거의 다 돌아가고 중앙 홀은 직원들이 분주하게 돌아다니며 정리를 시작하고 있다. 아직 남아 있는 손님들이라면 집으로 돌아가기 전에 인사를 나누는 사람들이거나 이야기를 마무리하는 사람들이 전부였다. 다이아몬드 전시관은 이미 훨씬 전에 문을 닫고 보완에 들어갔으니 말이다. 민제후 일행도 일찍 각자의 집으로 돌아가려 했으나 처음에는 장혜영 여사가, 그 다음엔 유세진이, 그 다음엔 마리안이 차례대로 사라져 귀가 결정을 늦추다 보니까 마지막까지 남아 있게 되었다.

지금은 세진이 마리안을 찾으러 나간 까닭에 홀에는 일행 중 동민과 예지, 제후, 이렇게 세 명만이 남아 있었다. 장 여사는 그 아이들 걱정도 없이 먼저 저택으로 돌아간 지 한참이 되었다. 물론 그 아이들이 한

두 살 먹은 어린애들도 아니고 집까지 무사히 모셔갈 자동차와 기사가 대기되어 있지만 말이다.

어쨌든 한산해진 중앙 홀이 눈에 보이자 제후가 눈을 반짝이며 앉아 있던 테이블에서 뛰어내렸다.

"참! 아까 마리안 공연, 녹음해 놓은 거 있나?"

"엉? 글쎄, 아마 있을걸. 이런 행사에서는 녹음을 많이 하니까."

"그래?"

"뭘 하려고 그래?"

신동민이 갑자기 마리안의 공연을 녹음한 CD가 있는지 묻자 어리둥절한 얼굴로 물었다.

"뭐 하긴, 한 번 더 들어볼까 해서 그렇지 뭐."

간단하고 명쾌한 답변이다.

"그, 그래, 나쁘지 않겠다. 한 번 더 들어보는 것도 좋겠지 뭐."

신동민이 녹음실로 뛰어가는 제후의 뒷모습을 지켜보며 중얼거리자 옆에서 한예지가 까르르 웃음 짓는다.

"그나저나 난 마리안 걔가 정말 대단하게 느껴지는걸. 이런 장소에서 허밍으로 노래할 생각을 다 하다니 말이야. 이런 행사장은 화려하기 짝이 없어서 그런 잔잔한 곡으로는 분위기를 띄우기 어려울 것이라고 생각했는데. 그런데 그것도 재능이겠지? 목소리가 얼마나 맑고 청아한지, 얼마나 성량이 풍부하고 가창력이 뛰어난지가 아니라 노래를 함으로써 그 무대를 완전히 자신의 것으로 장악하는 그것!"

예지가 살며시 미소 짓는 얼굴을 살짝 돌려 마주 보면서 활짝 웃었다.

"그렇게 모두가 완전히 마리안한테 빠져 버렸잖아. 그것만으로 공간을 지배하고 분위기를 바꿔서 모든 사람들을 자신의 편으로 만들어 버리다니, 정말 환상적이고 멋졌어."

"그래, 누구에게나 그렇게 남들을 깜짝 놀라게 하는 재능이 있는 것 같애. 누구에게나 하나씩은."

"그럴까? 정말 누구에게나… 그런 힘이 있을까?"

동민은 약간 처지는 예지의 목소리에 눈을 돌리면서 밝게 중얼거렸다.

"당연하지. 그런 힘이 없다고 느낀다면 그 사람은 아직 발견하지 못했거나 또는 과도기일 뿐이야."

"과도기?"

"그럼 그런 '힘'이 거저 얻어지는 건 줄 알았냐? 남들보다 비교해서 좀 더 가지고 있는 건 더 넓은 발전 가능성이야. 그 분야로 대성할 수 있는 소질 말이지. 과도기란 그것을 최고로 빛이 나게 세공하는 단계라는 말이다. 물론 때로 세상에는 세상을 뒤흔드는 놀랄 만한 천재들이 나타나긴 해. 아주 가끔. 하지만 그 천재들과 일반 평범한 사람들은… 아, 예를 든다면 원석의 차이야."

"원석?"

"오늘 다이아몬드 전시회를 봐서 그런지 자꾸 그쪽으로만 예가 생각나네? 하하하."

쑥스러워하는 동민의 모습에 예지가 생긋 웃으며 재촉했다.

"아냐, 재밌어. 계속해 봐."

"음, 그러니까 이런 차이 아닐까? 천재는 처음부터 질이 아주 좋은 다이아몬드 원석이야. 원석 자체가 아주 깨끗하고 투명한 거지. 그리고 평범한 보통 사람들은 그냥 그저 그런 보통 수준의 원석인 거야. 첫

출발 단계는 이렇게 시작되는 거지. 그래서 처음에는 모두들 아주 질이 좋은 다이아몬드 원석에 마음을 빼앗기게 돼. 하지만 내 생각엔 그게 전부가 아니라고 보거든."

"흐음……."

"난 우리가 살아가는 것이 그 원석을 세공하는 과정이라고 봐. 최대한 열심히 다듬고 세공하는 거야. 원석 자체에서 삶이 끝나는 것이 아닌 것이지. 그렇다면 말이야, 마지막에 흠 잡을 데 없이 아주 섬세하고 완벽하게 세공이 된 다이아몬드가 있다면 어떻게 되겠어? 그 다이아몬드가 원석 자체만으로는 그냥 보통 수준이었다고 할 때."

"그렇더라도 세공이 잘된 다이아몬드는 아름다운 빛을 내겠지?"

"맞았어! 그리고 반면에 질 좋은 다이아몬드가 세공이 잘되면 모르지만 만약 잘 안 되면 어떻게 되겠어. 세공이 형편없어지면 그 원석이 아무리 좋은 돌이었다고 해도 훨씬 가치가 떨어질 거야. 그래서 처음부터 난 소질이 없다고, 또는 잘하는 분야가 없다고, 너무 평범하다고 여겨서 세공 자체를 포기하는 일은 아주 어리석다고 봐."

신동민의 말에 한예지가 부드러운 미소를 띠며 고개를 끄덕거렸다. 아주 쉽게 이해되는 설명이었다.

"아주 재미있는 발언이었어. 평범하고 이상적이지만 정돈된 가치관이구나. 하지만 그건 유아 교육할 때 쓰는 말 같애. '세상은 열심히 살아야 한다. 살다 보면 좋은 때가 올 것이다' 뭐 이런 건가?"

"쿡쿡… 평범? 이상적? 그래, 어쩌면 그럴지도 몰라. 하지만 너무 어려운 걸로 해답을 구하려고 하지 마. 원래 진실과 해답은 가장 상식적인 것이고 가장 가까이에 있으니까."

"글쎄, 뭐 각자 자신만의 해답을 찾아가는 거겠지. 처음부터 모든 해답을 손에 쥐고 있다면 살아가는 의미가 없잖아?"

"뭐야, 그럼? 결국 '너 좋을 대로 살아라' 가 된 거네?"

결론이 이상하게 도출되자 결국 서로 마주 보며 피식 웃음 짓는 두 아이들이었다.

"어이, 얘들아! 역시 공연 녹음한 것이 있다네. 그래서 방금 틀어달라고 부탁하고 왔어."

그리고 그때를 맞춰 민제후가 달려왔다. 예지와 동민은 자신들 쪽으로 다가오고 있는 그 금갈색 머리칼의 소년을 바라보며 의미있는 미소를 지어 보였다.

민제후. 바로 저 소년이 '너 좋을 대로 살아라' 라는 그들의 결론에 가장 잘 맞는 대표적인 표본 같다는 생각이 들었다.

저렇게 멋지게, 자유롭게, 거침없이 살아보았으면 하는 생각이 들었다. 그것은 민제후란 소년의 배경의 힘을 부러워하는 것이 아니다. 그는 주변에 그런 배경을 특별히 내세우려 하지 않고 학교에서는 오히려 그를 가난뱅이 고학생이라고 알고 있으니까. 공부는 항상 꼴찌다. 전교 꼴찌에서 벗어나려고 애는 쓰고 있지만 그래도 여전히 꼴찌를 맡아 한다. 그래도 공부하기를 포기하지 않는 제후였다. 아니, 오히려 더욱 열심히 한다고 할까? 예전엔 하고 싶어도 할 수가 없었다면서 매번 꼴지 성적표를 받아 들면서도 각 과목 점수가 조금씩이라도 오르면 마치 일등이라도 한 것처럼 환하게 웃는다. 그리고 그 소년이 하는 말.

"학생은 공부를 열심히 해야 돼. 잘하란 말이 아니라 열심히 해야 된다는 말이야. 이왕에 잘하면 좋겠지만… 뭐, 못해도 상관없어. 열심히 하고 있으니까 그걸로 됐어. 열심히 하지 않으면 나중에 후회하거든. 훗날 '그때 좀 더 노력해 볼걸' 이라는 후회는 남기고 싶지 않아. 지금 이 시간 일 분 일 초가 지나면 다시는 돌아오지 않는 나만의 시간이니까."

아이들이 그렇게 여러 가지 생각에 빠져들고 있을 그때 제후가 부탁했다는 마리안의 공연 녹음이 스피커를 통해 잔잔하게 울려 퍼지기 시작했다.

화려했던 파티의 중앙 홀이 정돈되고 한적해진 그 넓은 공간에 제복을 입은 직원들이 뒷정리를 하는 모습은 깊은 밤 푸근한 밤 공기와 함께 여백이 보이는 시간이다.

나른한 여유를 느끼게 되는 풍경.

그 속에서 울려 퍼지는 「Lullaby」.

또 다른 느낌과 매력이 다가온다. 같은 곡인데 어쩜 이리 다른 분위기에 취할 수 있는지 신기하기만 하다.

제후가 투명하고 맑게 울리는 마리안의 허밍에 부드러운 미소를 지으며 고개를 돌렸다. 특별히 무언가를 보기 위해 돌린 것이 아니라 그저 자연스런 움직임이었을 뿐이다. 그리고 우연히 스쳐 지나가는 시선.

그런데 그때였다!

어느 순간 민제후의 눈동자가 어딘가를 훑고 스쳐 지나간 공간의 자리로 다급하게 되돌아갔다.

'혹시… 아니, 아니야. 설마… 설마……!'

"……!!!"

제후의 눈동자가 집으로 돌아가기 바로 직전에 무언가를 발견하고 눈이 휘둥그레졌다. 민제후의 눈동자가 발견한 것이 환상이나 신기루가 아니라면 그 소년의 시선이 못 박혀 있는 곳에 있는 인물은……

예지가 갑자기 새파랗게 질려서 몸이 굳은 민제후를 보고 깜짝 놀라서 부른다.

"제후야?"

외부와 차단된 민제후에게 지금 유일하게 와 닿는 것은 옛 추억과 잃어버린 기억, 그리고 현재와 과거를 이어주는 마리안의 노래뿐이다.

마리안의 잔잔한 허밍 「Lullaby」가 귓가에 감돈다.

"이건 사랑하는 사람이 세상을 떠나서 아파하는 여자의 목소리 같아요."

낯설다고 생각한 누군가의 부드러운 목소리가 그 순간 민제후의 가슴속에서 살아나고 있었다. 뿌옇게 느껴졌던 전생의 일부가 커튼을 걷어내듯 조금씩 조금씩 또렷하게 보여지려 하고 있었다. 잊혀진 기억 속에서 '망각'이라는 이름으로 걸어 잠근 빗장이 완전히 풀려나고 있었다.

"그 사람이 편안히 눈감을 수 있도록……"

구슬이 구르는 듯한 맑은 웃음소리를 내는 어느 여자의 목소리가 가슴에서 메아리친다. 깨끗하고 포근한 목소리.

한 여인의 형상이, 얼굴이, 그녀의 맑은 눈동자가 떠오르고 있었다. 그리고 그녀가 가장 좋아하던 음악. 자기 멋대로 음악을 듣고 느낀 점을 공상의 나래를 펴며 설명하던 엉터리 이야기들. 또한 그 후에 수줍

게 웃는 얌전한 미소.

"조용히 자장가를 부르죠."

그런데 그 추억은 제후의 시선이 못 박혀 떨어질 줄 모르는 한 낯선 남자의 얼굴에서부터 시작된 것이다. 전생의 기억을 살리는 촉매제는…

"들려요? 들리죠? 이건 마음의 소리예요."

"왜 그래, 너? 제후야, 네 얼굴 지금 마치 귀신이라도 본 듯한 얼굴이야."

"현… 성우?"

굳어 있는 제후에게 다가온 한예지가 민제후의 어깨를 잡고 흔들어대고 있었지만 제후의 귀에는 아무것도 들리지 않았다. 보이는 것이라고는 현재 속에서 민제후의 몸으로 보고 있는 전생의 상처.

현실 속의 현성우가 성전그룹 명품관 안에서 웃고 있었다. 자신도 알고 있는 몇몇 인사들과 악수를 나눈다. 그리고 장태현과 함께 웃으며 대화한다. 박경덕으로서 마지막으로 기억하고 있는 그의 얼굴보다 좀 더 나이 든 모습.

"마, 말도 안 돼……. 이건 아니야, 아니야."

현성우의 증오와 배신의 가증스런 얼굴 위로 순수하고 순결한 여인의 구르는 듯한 맑은 웃음소리가 겹쳐지고 그것이 마리안의 노래 「Lullaby」를 타고 포근히 감싸온다.

과거의 기억 속의 현성우와 민제후의 눈앞에 보이는 현재의 현성우가 겹쳐지며 또 다른 기억을 이끌어냈다. 「Lullaby」를 좋아하던 한 여인의 마지막 모습.

"아파하지 말아요… 난 괜찮아… 모두 잊어. 나도 잊어. 당신은 이제 그만 편해져도 돼……."

"흐… 흐윽… 으윽……."
눈물이 흘러 넘친다. 그녀를 잊었던 이유, 기억이 났다.
그녀가 원했다!

"모두 잊고 편안해지세요……."

그녀의 바램. 남은 평생을 내가 혼자 고통과 증오 속에서 살아갈까 봐.
그리고 바보 같을 정도로 그녀의 말을 잘 따랐던 내가 그녀를 기억에서 지우고 살아온 시간들이 기억났다. 하지만 항상 그랬듯이 또 덤벙대다가 그녀의 말을 완벽하게 따르진 못하고 기억의 일부만을 지우고 정신을 놓은 채 부랑자가 되어 떠돌며 살았던 전생의 시간들. 기록 영화와 같은 수많은 기억들.
머리 속에서, 가슴속에서, 영혼 속에서 상처를 달래듯 들려오는 기억 속의 이 목소리는 바로 그녀.

'윤혜서의 목소리……!'

모든 것이 다 기억났다!

「Lullaby」…….

마지막 허밍이 잔잔하게 끝을 맺는다. 미풍은 끝났다. 눈물이 흘러 넘친다.

"으아아아아아악—!!"

Memory

"아, 네가 승현이구나. 반갑다."

어느 날 나를 찾아온 부부가 있었다.

어두운 방 안 구석에 침대 시트로 온몸을 친친 감고 누워 있는 내게 빛을 등지고 있는 그 사람들은 하늘에서 내려준 천사라고 생각했다.

"우리가 이제부터 승현의 엄마, 아빠가 되는 거야. 이해하겠니?"

"네."

"이런, 옷이 더러워졌구나. …어머? 왜 그러니, 승현아?"

"…안 때려요?"

옷이 더러워졌다는 소리에 흠칫 몸을 움츠리며 떨리는 목소리로 물어보는 나의 물음에 그 부인은 한순간 놀란 듯 숨을 들이켰다.

어린아이가 매를 맞는다는 것이 충격인가? 하지만 어른스러운 명환이나 진수는 이곳은 다른 일반 가정집과는 다른 곳이라 체벌은 어쩔 수 없다고 했다. 수많은 고아들을 한꺼번에 통제하려면 매가 필요하다고 말이다. 나는 그 부인이 잘 모르는 이곳 사정을 설명해 주고 싶었지만 너무 수다스럽게 떠드는 것이 귀찮아서 곧 입을 다물었다. 하지만 그 부인은 그런 나를 보고 겁을 먹었다고 생각했는지 머리와 얼굴을 천천히 쓰다듬어 주면서 다시 부드럽게 물어왔다.

"왜 아줌마가 우리 승현이를 때려야 하지?"

나와 눈 높이를 맞춰 쭈그리고 앉은 부인은 푸근해 보인다.

"옷이 더러워졌으니까요. 옷이 더러워지거나 물건을 깨거나 시끄럽게 굴면 매를 맞거나 골방에 갇히는 거랬어요."

"그럼 넌 매를 맞거나 골방에 갇히는 게 싫으니?"

"전 무섭지 않아요!"

감히 싫으냐고 물어보다니 남자한테 정말 실례다. 정말 무섭지 않았다. 그렇다고 좋아하진 않지만.

"아니, 이 아줌마가 실수를 했구나. 그럼 우리 승현이는 무서운 게 하나도 없나 보다. 정말 의젓하네?"

"당연하죠. '용기를 재는 자'에도 제일 꼭대기까지 올라갈 수 있다구요."

"'용기를 재는 자'?"

"나무에 올라가는 건데 아직 그 나무줄기가 튼튼하지 않아서 위로 올라갈수록 휘청거리거든요. 그런데 그 나무 꼭대기로 누가 제일 높이 올라가느냐 하는 놀이예요. 여자들은 그런 거 못하니까."

의기양양하게 말하는 어린 시절의 나.

세상에서 가장 용감한 남자라고 생각하고 그 부인 앞에서 한껏 뽐내던 나였다. 그때의 나는 하늘에서 보내준 천사들이라고 생각한 그 부인에게 무엇이든 내 잘난 모든 것을 보여주고 싶었다. 그리고 그때의 내 용감한 모습이 마음에 들었는지 그 부인은 그런 나의 머리를 부드럽게 쓰다듬으며 칭찬했다.

"대단하구나. 그럼 앞으로 우리 승현이가 아줌마를 지켜줄 수도 있겠네? 부탁해도 될까?"

"다, 당연하죠! 여자들을 보호하는 것은 남자들의 당연한 의무인걸요."

그렇게 해서 난 그 부인의 집으로 입양되어 갔고 그분들의 아들이 되었다. 하늘에서 날 행복하게 해주려고 내려준 천사라고 믿고 있던 나는 어린 마음에도 그분들의 착한 아들이 되어야겠다고 맹세했다. 그리고 그 부부도 앞으로 나에게 옷이 더러워지거나 물건이 깨지거나 시끄럽게 굴어도 때리지 않고 골방에도 가두지 않겠다는 약속을 해주셨다. 명환이와 진수가 말했던 아이들이 있는 곳에 꼭 필요한 규칙까지 손을 대다니. 역시 이분들은 하늘에서 내려준 천사가 틀림없다고 철썩같이 믿게 된 나였다.

물론 그 부인의 아들이 된 나는 첫날에 다음부터 다시는 용기를 재러 '용기를 재는 자'에 올라가면 안 된다는 약속을 해야만 했다. 남자답지 못하게 그 부인과 새끼손가락까지 걸어야 했다. 계집애들도 아니고. 하지만 그 부인이 간곡하게 원하시니 어쩔 수 없지.

다만 명환이랑 진수에게는 말하지 않고 무덤까지 그 비밀을 갖고 가야겠다고 생각했다.

*   *   *

띠리리리~ 띠리리리리~ 띠리리리~ 띠리리리~

"우~ 짜증나. 무슨 놈의 시계 알람 소리가……"

나는 쓰레기 차 후진 소리 같은 시계 알람 소리에 베개로 귀를 막고 있다가 시간 나면 그 즉시 저것부터 뜯어 고쳐야겠다고 결심했다. 기계들을 뜯고 조립하는 것은 내 특기니까.

'벌써 아침인가?'

눈을 떠보니 아직 해가 다 뜨지도 않았다. 그렇지만 시계를 보면 분명 아침 6시. 새 학기 첫날이라 조금 일찍 일어났다. 봄 학기라 그런지 아침 해도 늦장을 부린다. 여름이었다면 벌써 밖이 훤했을 시간인데.

어젯밤엔 어릴 때 이 집의 아들이 되었던 첫날에 대한 꿈을 꾸어서 그런지 깨고 나서도 기분이 어째 멍하다. 지금 생각해도 그날은 나 자신의 운명의 전환점이었던 것 같았다. 고아에서 단 하루 만에 부모님이 생기고 우리 집, 내 방이 생긴 기념할 만한 날인 것이다. 그날로서 난 '문승현'이 되어 착한 아들이 되기 위해 최선을 다했다(그전에 가졌던 성씨는 기억나지 않는다. 누가 특별히 가르쳐 주지도 않았고 그저 주변에서 이름만으로 '승현'이라 불렀으니까. 뭐, 특별히 아쉬운 건 없으니까).

그리고 오늘은 마침내 내가 중학교 2학년이 되는 날이었다.

"잘해야지. 첫인상이 중요한 건데. 씨익~"

나는 세수하기 위해 욕실에 들어갔다가 거울 앞에 서서 웃는 연습을 해보았다.

"…역시 안 되는군."

아무리 웃는 연습을 해보았자 거울 속의 남자애는 어색한 찡그림이나 괴기스런 표정만을 양산해 낸다. 어떻게 해도 미소가 안 나온다. 억지로 만들어내려고 하면 그것은 이미 미소가 아니라 피에로 흉내를 내는 것처럼 보였다. 지금은 태어날 때부터 원래 그러니 이제 어쩔 수 없다고 여기고 거의 포기 단계다.

하지만 역시 거울 앞에 서면 미련이 남는다. 그렇지 않아도 내 무표정한 얼굴에 아이들이 겁을 먹고 잘 접근해 오지 않아 이번 학기부터는 친절하게 대해서 반 친구들과 좀 더 친해질 계획을 잡고 있었다.

'어떻게 해야 내가 그렇게 무서운 사람이 아니라는 걸 알게 할까?'

"무리야. 절.대."

"……"

학교다. 그리고 지금은 쉬는 시간 매점.

그런데 유일한 친구라는 놈이 친구의 진지한 고민을 파리똥만큼도 생각을 안 해준다. 치사한 것. 상담이니 어쩌니를 해주겠다고 부탁하지도 않은 짓을 앞에 나서서 하더니 기껏 매점까지 나와 라면, 빵, 음료수까지 몽땅 다 베껴먹고 무리라니……. 아무리 성격 좋은 나라도 이럴 땐 참기가 힘들어진다.

아니야, 그래도 참을까? 음, 참기 싫은데. 아냐, 그래도 한번 참아볼까?

"야야야! 바로 그런 표정만 짓지 않아도 넌 충분히 프렌드의 홍수 속에 잠길 수 있어! 알겠냐?"

"내가 뭘 어쨌다고."

"바로 그 살벌한 표정 말이야. 가뜩이나 호리호리한 놈이 무표정한 얼굴로 사람 주눅 들게 하는데 머리 속으로는 별것도 아닌 생각에 잠겨 있으면서 꼭 살인낼 것 같은 표정 짓지 말란 소리다. 너 그럴 때 손에 칼 한 자루 딱 들면 바로 공포 영화잖아."

"……"

잘은 모르겠지만 이상한 생각에 빠지지 말라는 소리 같다. 이상한 생각에 빠지면 얼굴 표정이 무섭게 변하는 것일까? 그럼 이상한 생각이 뭘까? 잘 모르겠는데 물어볼까? 아냐, 그것도 모르냐고 구박할 것 같애. 자존심 상하면 기분 나빠. 음, 그래도 모르는 걸 물어보는 것은 부끄러운 일이 아니라고 했는데 그냥 물어봐? 아냐, 역시 저 녀석한테는 싫어.

"지금 그 표정 말이야! 하지 말랬잖아! 고민하지 마!"

결국 이상하게 혼자 열내는 친구 놈 때문에 아무것도 얻은 것이 없었다. 그리고 그냥 다시 교실로 돌아왔다. 새 학년이 되고 반마저 바뀌어서 그나마 아는 얼굴도 없고 주변 환경도 너무 어색하다.

쓸쓸하단 느낌이 이런 것일까? …음, 자세히 생각해 보니 그건 또 아닌 것 같다.

'역시 인간 관계는 너무 복잡해. 차라리 자동차 엔진을 분해했다가 다시 한 번 조립하고 말지.'

그때 교실 문이 열리고 한 무리의 남자애들이 우르르 몰려 들어왔다. 교복을 보아하니 3학년도 있고 나와 같은 2학년도 있다. 음, 1학년 애들도 한두 명 보인다. 오늘이 새 학기 첫날이니 1학년들은 오늘이 입학식이었을 텐데 어떻게 벌써 많은 선배들을 알게 됐는지 상당히 신기했다. 그 1학년들이 상당히 붙임성이 좋던가, 아니면 2, 3학년들이 후배들을 적극적으로 유치하는 애들인가 보다.

어쨌든 결론은 그 1학년 신입생들이 상당히 부럽다는 것이었다. 나도 저렇게 붙임성이 좋으면 금방 친구를 사귈 수도 있을 텐데 말이야.

"야! 여기 문승현이 누구냐?"

그런데 갑자기 그 우르르 몰려 들어온 무리들 중 가장 덩치가 큰 녀석이 교탁 앞에 서서 시끄럽게 떠들기 시작했다. 교탁을 저렇게 꽝꽝 내려치면 잘못하다 교탁이 망가질 것 같아 걱정이 되었다. 이번에도 반장을 맡게 된다면 교탁이고 청소함이고 망가지는 것은 어차피 다 내 손을 거쳐야 하니… 누가 화나게 했는지는 몰라도 좀 자제해 줬으면 좋으련만.

"야, 네가 문승현이냐?"

내가 교탁 망가지는 것에 대해 걱정한 것을 텔레파시라도 받은 걸까?

팔뚝 하나가 내 다리통만한 떡대가 내 앞으로 걸어와 묻는다.

문승현이면… 내 이름인데. 날 찾았던 것인가?

내가 그 물음에 고개를 들어 바라보며 조용히 대답했다.

"그래, 내가 문승현인데 무슨 일이지?"

시끄럽게 고함을 지르는 그 떡대가 보기 싫어서 나도 모르게 불만을 토해냈다. 바로 교실에서는 이렇게 조용히, 조분조분하게 말하는 것이라는 걸 말이다. 그것을 깨달았을 때는 이미 늦었다. 고개를 들어 바라보니 애들이 당황하고 있었다. 목소리 좀 크게 냈다고 너무 야박하게 군 것 같아 미안해진다.

"흠흠! 역시 소문대로군. 부짱 자리를 주겠다. 우리 서클에 들어와라."

"싫어."

역시 학기 초다. 이런 서클 제의는 단호하게 거절하는 것이 최고다.

"너, 지금 내가 이렇게 직접 스카웃 제의를 하러 왔는데 이럴 거야, 앙!!"

꽝!

다리통만한 팔뚝으로 책상을 내려치니 책상에 타격이 큰 것 같다. 나는 오늘 처음 앉은 책상이 부서지면 어떡하나 고민이 돼서 얼굴을 찌푸렸다. 아무래도 삐끄덕거리는 것이 창고에 가서 새것과 바꿔와야 할 듯하다.

창고라니… 거기까지 가려면 얼마나 먼데. 고생할 생각에 앞길이 캄캄했다.

"이, 칫!! 조, 좋다! 다음에 두고 보자!!"

한참 이것저것 생각에 잠겨 있는 난 먼저 손을 들고 나가 버리는 그 일행들의 모습에 의아했다. 좀 더 자신들의 서클에 들라고 조를 줄 알았더니. 아마도 첫 만남부터 남의 책상을 망가뜨려 미안한 마음에 자리를 피해줬나 보다라고 생각했다.

그러자 그때 숨죽이고 있던 아이들이 내 주변으로 우르르 몰려와서 종알종알거렸다.

"문승현, 너 정말 대단하다! 어쩜 이 지역뿐만 아니라 근처까지 통틀어 중학 중에서는 제일 세다는 우리 학교 폭력 서클을 거절할 수 있었어? 난 간이 떨려서 말도 못 꺼내겠던데."

"그래그래. 너, 그 애들 몰려와서 교탁 앞에서 행패 부릴 때 진짜 멋있었어. 차분히 앉아 있는 자세에서 그런 엄청난 위압감을 뿜어내다니. 그 애들도 찔끔했을 거야."

"아까 싫다고 거절할 때 그 표정은 진짜 무섭더라. 너, 다른 구역에서도 스카웃해 가려고 벼르고 있다는 게 진짜야?"

폭력 서클이라니?

그럼 아까 그 애들이 우리 학교 폭력 서클 애들이었다고?

놀랍다. 그리고 위압감은 웬 위압감? 스카웃은 들어본 적도 없는데. 정말 소문이란 어이가 없는 것이구나 싶다.

그런데 발 없는 말이 천리를 간다고 그 짧았던 해프닝에 불과한 사건들이 부풀려지고 덧붙여져서 반나절 만에 전교에 소문이 짜안하게 났다. 우리 학교 폭력 서클에서 스카웃을 요청했는데 들을 가치도 없다는 얼굴로—들을 가치도 없다는 것이 아니라 사실은 귀찮은 서클 활동 홍보인 줄 알고 피했을 뿐이다—단칼에 날려 버렸다느니, 이미 근처 어느 지역의 숨은 짱으로서 활동하는 중이라는 등 무표정한 얼굴 때문에 신학기부터 이상한 오해를 사서 결국 아이들에게 내가 무서운 사람이 아니라는 것을 알리는 데 성공적으로 실패하고 말았다.

"그래도 또 반장으로 뽑혔네?"

"이번엔 그 소문들 때문에 날 무서워하게 돼서가 아닐까?"

"하긴 뭐, 너 면상을 보면 그 소문들이 백 퍼센트 신빙성을 갖게 되는 것은 사실이야. 너, 인상 쓰면 카리스마 팍팍 느껴져. 믿음이 생긴다고나 할까? 이상하지? 생긴 건 그리 험하지 않는데 말이야. 오히려 중성적인 느낌이 강한 얼굴인데다가 목소리마저도 중성적으로 허스키해서 주먹 세계 쪽으로는 매치가 잘 안 될 것 같은데… 근데 바라보면 바라볼수록 잘 어울린다고 생각하게 된다니깐."

나는 유일하게 나를 잘 아는 학교 친구 녀석과 함께 하교하는 중이다. 전에 있었던 해프닝으로 인해 나는 순식간에 학교에서 가장 유명한 인물이 되었다. 이 일을 어떻게 하면 좋을까?

"야, 그래도 난 네 덕분에 편해서 너무 좋더라. 전엔 쉬는 시간에 매점에 가서 빵 하나를 사려 해도 아주 전쟁이었는데 이젠 널 앞세우고 가면 길이 바다에 썰물 빠져나가듯이 쫘악 열리잖아. 푸하하하하!!"

"……."

남 가슴 아픈 것도 모르고 좋기도 하겠다.

중학교 2학년이다. 이제 15살이 되었을 뿐인데 평균보다 큰 키와 몇 년을 거울 보고 훈련해도 별 성과 없는 타고난 무표정 때문에 폭력 서 클의 짱으로 오해받는 건 진짜 싫었다. 그것 자체가 싫다기보다는 내가 원해서 된 것이 아니고 남들의 오해, 잘못 전해진 소문 탓인데.

난 길 중간에서 친구 놈과 헤어지고 집 쪽으로 걸어가다가 노을이 지는 하늘을 바라보았다. 참 좋다라는 말이 절로 나온다. 평온한 생활 이다. 뭐, 최근에 이것저것 사건들이 있긴 했지만 어떻게 생각해 보면 어른이 되었을 때 추억이 될 수도 있겠다 싶다. 언제까지나 이런 평온 한 생활이 계속되었으면 한다.

"평온? 음, 그렇지 않을 텐데요."

무슨 소리지?

나는 뒤쪽에서 들려온 맑은 미성에 놀라서 고개를 돌렸다. 목소리 자체에 놀랐다기보다 혼자 머리 속으로 생각했던 말들을 마치 직접 들은 것처럼 집어내는 목소리였기에 놀랐다.

고개를 돌리니 집으로 가는 골목의 한쪽 담벼락 위에 한 명의 꼬마 가 앉아 있었다. 나이는 약 12~3살 정도로 보이는 남자 아이. 운동화 에 재킷 차림에 머리에는 야구 모자를 깊게 눌러써서 머리와 눈이 잘 안 보였다. 다만 모자의 챙 아래로 드러나는 얼굴은 마치 여자 아이처 럼 새하얗고 입술엔 아이답지 않은 건방진 조소가 맺혀 있다.

"꼬마야, 지금 나한테 그런 거니?"

"그럼 여기에 또 누가 있습니까?"

참 이상한 꼬마다. 초등학생이 분명한데 정말 깍듯하게 존댓말로 일관하다니.

"네가 어떻게 알지?"

"보이니까요."

"보여? 뭐가?"

"그냥 여러 가지가 말입니다. 예를 들자면······."

무슨 말이 하고 싶은 걸까? 별로 기대하고 싶지 않은데 그래도 어쩐지 기대가 된다.

"출생의 비밀 같은 거죠."

그 꼬마 녀석이 검지손가락 하나를 세우더니 방긋 웃으며 대답했다.

'뭔가 기대한 내가 잘못이다.'

"그건 나도 알고 있어. 출생의 비밀까지 갈 것도 없다고. 난 입양아니까 말이야."

"호오~ 그래요?"

"그래. 그러니까 괜히 길가에서 지나가는 사람들 데리고 장난치지 말아라, 꼬마야."

"그럼 난 이럴 때 '네가 모르는 뭔가가 있어!' 라고 외치죠. 후후후."

'그건 유행 다 지나간 유머잖아!'

어린 꼬마 녀석이 사람들 시선을 끌고 싶어하는 모양이다. 이런 시간에 이런 곳에서 혼자 노는 것도 이상하다. 도대체 어떻게 생긴 녀석일까? 야구 모자에 가려 얼굴이 보이지 않아 알 수가 없다. 왜 그런 호기심이 생기는 것인지 모르겠지만 자꾸만 궁금해진다.

그래도 빨리 집에 가야지. 집에 아줌마가, 아니, 어머니가 기다리고 계실 터였다.

그런데 그때였다. 그 꼬마 녀석을 무시하고 뒤돌아서서 걸음을 옮기려고 하는데 다시 날아드는 목소리.

"아닙니다. 오해예요, 승현 군."

"……!!"

난 다시금 고개를 획 돌렸다.

저 녀석이 내 이름을 어떻게 알았지?

"전 사람들의 시선을 끌고 싶어하지 않아요. 그냥 전 당신에게 흥미가 있었을 뿐이에요."

돌아보니 그 꼬마가 담장 위에 걸터앉아 있다가 담장 아래로 가뿐하게 뛰어내렸다. 초등학생 체구답게 체격이 아주 작아서 마치 무게감없는 깃털이 사뿐하게 내려앉는 것 같았다. 어쨌든 내게 등을 보이며 그렇게 뛰어내린 그 꼬마 녀석은 모자챙을 손가락 끝으로 잡고 내가 있는 쪽을 향해 살짝 뒤돌아보면서 생긋 웃었다.

"재밌을 것 같았거든요."

황당하다.

학교에서는 내 무표정함과 분위기가 부담되고 무서워 친구들이 생기지 않는 지경인데 길에서 우연히 만난 초등학생 꼬마 녀석은 재미있을 것 같아 말을 걸었다니. 이걸 어떻게 받아들여야 할까? 좋아해야 할까? 싫어해야 할까?

한데 그냥 그렇게 뒤돌아선 그 방향으로 그 꼬마 녀석은 제 갈 길로 갈까 하더니 또 한 번을 멈춰 선다. 그리고 뒷모습을 보인 채 말을 한다.

"아, 그럼 이왕 시작한 거 예언자 놀이를 해볼까요?"

예언자 놀이?

"먼저 오늘 분명히 승현 군이 모르고 있던 어떤 비밀을 알게 될 겁니다. 그리고 난 당신을 한 번 구해주게 될 테구요."

아무래도 이 꼬마가 초능력자나 무당, 점쟁이 등이 나오는 쇼프로 등을 너무 많이 본 모양이다. 하지만 아무리 그렇다고 하더라도 저 꼬마 녀석의 뒷모습이 결코 작게 느껴지지가 않는다.

정말 특별한 힘이 있는 소년일까?

"당신은 그 빚을 내 부탁 한 번 들어주는 것으로 갚게 될 겁니다."

붉은 노을이 짙게 지는 동네 골목길에서 만난 이상한 꼬마 녀석.

"제 이름은 유세진입니다. 기억하게 되실 거예요."

그리고 그 말과 함께 그 눈앞의 길을 따라 쭉 달려가는 주택가 사이로 사라지는 소년이었다.

이상한 꼬마 녀석이었다. 자기가 무슨 예언자나 도사라고 지나가는 사람 불러 세워놓고 이상한 말들을 늘어놓다니. 솔직히 자기 자신에게도 그런 꼬마에게 끝까지 잡혀 있었던 것이 화가 났다. 이상한 말이나 지껄이고.

"응? 누가 왔나?"

나는 문이 열린 것에 의아해하며 집에 들어섰다. 그런데 막 '다녀왔습니다' 라고 인사를 하고자 할 때 발견한 것은 현관 앞에 놓인 검은색 남자 구두. 양아버지의 구두는 아닌데. 그렇다면…

'기현 형?!'

집에 손님으로 온 사람이 '문기현' 이라는 사촌 형임을 눈치 채자 난 놀래켜 줄 요량으로 살금살금 조용조용히 거실로 다가갔다. 자신이 고아원에서 입양되어 이 집의 아들처럼 살고 있지만 기현 형은 자신과 이름도 비슷하고 생김새는 달라도 자신과 기현 형이 서 있으면 진짜 친형제로 착각할 만큼 분위기가 닮았다고 한다. 그래서 난 기현 형이 집에 오는 것이 정말 좋았다.

'그런데 다들 무슨 이야기들을 그렇게 즐겁게 나누시나? 쿡쿡 쿡⋯⋯.'

나는 모두가 깜짝 놀라는 얼굴을 상상하며 최대한 소리 내지 않고 거실로 걸음을 옮겨놓아 가까이 다가가는 데 성공했다. 군에서 제대한 지 얼마 안 되어 현재 대학 공부하며 사업 구상하기에 바쁠 형일 테지만 오랜만에 이렇게 찾아와 주시다니 사촌 동생으로서 깜짝 놀래켜 드리는 재롱 이벤트를 보여줘야겠다고 생각했다. 내가 아무리 무표정으로 유명한 인간이지만 표정이 그렇다고 생각하는 모든 것까지 감정이 배제된 것은 아닌 것이다.

그런데 그때 귓가로 이상한 소리가 날아들었다.

"아뇨, 그건 아니라고 봐요. 전 이제 승현이가 모든 것을 알아야 한다고 생각해요."

"하지만 기현이도 알다시피 지금 승현이는 한참 예민할 나이의⋯⋯."

"왜요, 숙모? 그럼 도대체 언제까지 계속 숨기실 건데요? 다음엔 고등학교 졸업할 때까지겠군요. 그리고 그 다음엔 대학 졸업할 때까지. 그 다음은 뭐죠? 사회에서 자리 잡고 안정을 찾을 때까지인가요?"

어른들이 싸우는 소린가?

어쩐지 들어가면 안 될 분위기다. 기현 형은 무엇 때문인지 열이 많이 받아서 아줌마(지금의 양어머니)의 말을 가로막고 무섭게 화를 내고 있었다. 문기현이라는 인간이 저런 식으로 화내는 것을 본 적이 없다.

목소리에 얼음 송곳이 박혀 있는 듯하다.

도대체 무슨 일로……?

"시끄럽다! 닥쳐!!"

"싫습니다. 이제 이 구질구질한 싸움을 끝내야 할 것 아닙니까?"

"네가 개입할 문제가 아니야!"

"승현이가 입양되기 전에도 지금과 마찬가지로 같은 이름, '문승현'이 맞다는 거, 그걸 끝까지 숨기실 겁니까?"

'……!!'

이게 무슨 소리지?

이게 무슨 소릴까?

뭔가 아주 이상한 소리를 들은 것 같다. 아니, 잘못된 말을 들은 모양이다. 입양된 후에 '문승현'이 된 것이 아니라 이 집으로 오기 전부터 원래 '문승현'이었다니! 그럼 그것을 왜 숨기고 있었을까?

그러나 그 궁금증은 금방 풀리고 말았다. 내가 아버지라고 불러야 하는 아저씨가 기현 형과 목소리를 높여 크게 싸우고 계셨기 때문이다.

"아니면 승현의 친부모님들이 탑승해서 돌아가신 여객기 사고는 사실 작은아버지 부부가 탈 좌석이었단 거, 그래서 승현의 부모님의 죽음은 원래 작은아버지 부부 몫이었다는 것이 밝혀지는 게 두려우신 것인지도 모르겠군요?"

"뭐? 이놈의 자식이!!"

"여보!!"

나는 듣고 있으면서도 들려오는 그 소리들을 이해할 수가 없었다.

원래 내 부모의 죽음은 저 아줌마 부부의 죽음 대신이었단 말인가? 원래는 내 부모가 죽을 자리가 아니었다고?

그런데 난 이걸 어떻게 받아들여야 하지? 부모님의 얼굴도 잘 기억나지 않고 평소에 별로 궁금해하지도 않았었는데 지금까지 날 돌봐주신 저분들이 내 친부모 대신 살아남은 분들이란 걸, 그걸 어떻게 받아들여야 할까?

얼굴도 기억나지 않는 부모 대신에 지금까지 날 따뜻하게 돌봐주신 양부모가 살아난 것에 대해 슬퍼하고 애석해야 할까? 아니면 그분들 몫이 아니었지만 친부모님의 죽음으로 지금의 양부모가 살아 있는 것을 기뻐해야 하나?

어느 쪽도 할 수 없다.

난 어느 쪽도 선택할 수 없다.

하지만 양아버지와 기현 형의 격렬한 말싸움은 그 순간에도 계속되고 있었다.

"그것도 아니면 사고가 나서 1년이 넘도록 승현을 찾지 않다가 보상금을 타기 위해 그 아이를 찾았단 걸 숨기고 싶으셨나요? 자, 어느 것이죠? 역시 친척들 간의 그 더러운 돈 싸움인가요?"

"……."

"…역시 돈 때문이었군요, 작은아버지."

"헉!!"

다리에 힘이 풀려 버렸다. 그래서 주저앉아 버렸다.

날 따뜻하게 받아들여 준 이 부부가 사실은 내 부모의 보상금과 친척들의 돈 싸움으로 날 맡았다는 이야기?

"설마… 아닐 거야… 아하하… 아니겠지."

얼이 빠져서 중얼거리고 있자 어른들이 그제야 내 존재를 눈치 채고 놀라서 다가온다.

이제 저들을 어떤 얼굴로 바라봐야 하는 걸까? 오늘 오전과 오후가 뭐가 어떻게 달라져 버린 것일까? 머리 속이 잘 정리가 되지 않는다.

"승현아, 승현아? 잠깐 엄마 말 좀 들어봐."

"…엄마가 아니시라면서요."

"그, 그건……."

아무 말도 못하신다. 이제 정말 이 아줌마를 뭐라 불러야 할지 모르겠다. 그동안 '어머니' 소리를 하지 못했던 것은 왠지 쑥스러워서 그랬던 것인데. 하지만 그때는 언제든지 부를 수 있는 호칭이었는데, '어머니'라고 부를 수 있는 호칭은…….

그런데 이젠 정말 부를 수 없게 된 건가?

"말씀해 보세요. 진짜로… 돈 때문이었나요? 지, 진짜로 돈 때문에 절… 맡으셨어요?"

제발 아니라고 해주세요. 지금까지 내가 들었던 말은 전부 거짓이라고. 농담이었다고.

"미안하다……."

"그런 말 듣고 싶었던 게 아니란 말야!!"

더 이상 듣고 있을 수가 없어 벌떡 일어섰다. 목소리가 눈물과 충격에 젖어 흔들리고 어지러웠다.

"아줌마는 어린 시절 고아원에 있는 내게 하늘이 보내주신 천사였단 말이야! 어떻게 이럴 수가 있어요! 왜 나한테 이러는 건데요!"

"저 양반이……."

아줌마가 내 앞에서 무릎을 꿇고 우신다.

"저 양반이 사업이 어려웠었단다. 부도가 나고 감옥에 갈 뻔했어. 그래서 그 보상금을 절실히 필요로 했었다. 하, 하지만 사고는 정말 몰랐었다. 이렇게 될 줄 몰랐어. 우리 부부는 네 친부모님과 정말 절친한 사이였어. 그래서……."

"그.래.서. 보상금에 눈독을 들였죠. 1년이 넘게 고아원에 팽개쳐져 있던 날 데려갈 만큼 절친한 사이셨구요."

내 싸늘한 말에 양부모들이 고개를 들지 못한다.

"…미안하구나."

그동안의 추억들이 떠올랐다.

고아원에서 빛을 등지고 나타나 따뜻한 손을 내밀어 주던 부인.

힘들 때마다 남자는 용감해야 한다며 '용기를 재는 자'로 올라가 내려다보았던 작은 세상.

옷이 더러워지거나 물건을 깨거나 시끄럽게 굴어도 매를 들지 않고 골방에도 가두지 않던 최초의 어른들.

"그런데 그것이 단지 내 부모의 보상금 때문이었다고? 훗! 푸후후후후… 크큭큭큭큭……."

재밌다. 재밌어 죽겠다. 그런 것도 모르고 난 고아를 데려다 자식처럼 길러준 분들께 자랑스런 아들이 되고 싶어 그동안 노력했었다니. 이 사실을 아는 사람들은 얼마나 웃었겠어. 얼마나 웃겼겠어. 하하하하하…….

그런데 그때,

"아, 그럼 이왕 시작한 거 예언자 놀이를 해볼까요?"

오늘 집으로 오다가 만난 이상한 초등학생이 생각이 났다.

'맞아, 그 녀석!'

"먼저 오늘 분명히 승현 군이 모르고 있던 어떤 비밀을 알게 될 겁니다."

그 녀석이 뭔가 알고 있었음이 틀림없어. 그 이상한 녀석을 만나고 나서 집에 오자마자 바로 이런 일이 터지고 말았으니 말이다.

"승현아—!!"

탕!

나는 뒤에서 부르는 소리에도 아랑곳하지 않고 문소리 요란하게 집 밖으로 뛰쳐나가 그 이상한 꼬마 녀석을 만났던 골목으로 뛰어갔다. 그 골목은 이제 노을이 완전히 져서 더 이상 주황빛으로 물들어 있지 않았다. 그리고 그 소년도 당연히 없었다.

"야, 꼬마야! 어딨어!! 꼬마야, 꼬마야! 헉헉… 물어볼 것이 있단 말 이다. 제.길!"

컹컹! 컹! 컹!

골목길을 아무리 헤매며 소리소리 질러도 난 그 꼬마 녀석을 만날 수 없었다. 단지 시끄럽다고 고함치는 동네 아저씨와 화답하듯 들려오 는 개 짖는 소리가 전부였다.

꽝!

"까아아악!"

어느 날 오전 신성한 학교 교실 문이 거의 박살이 되다시피 하면서 열어젖혀졌다. 그리고 손에 각목 하나씩을 쥐고 건들건들 어슬렁거리 며 들어오는 한 무리.

"야! 문승현이란 십쌔가 대체 누구야!! 너야!"

"아, 아닌데요!"

"그럼 너야!"

"아, 아, 아뇨."

저런 잡것들은 대체로 큰 목소리와 수적 우세, 장비를 동원해서 공포 분위기를 조성해서 서클의 중심임을 확인하려 하는 못된 습성이 있다. 거들먹거리며 뒤에 줄줄이 비엔나 소시지처럼 딱갈이들을 매달고 학교를 활보하면서 희열을 느낀다. 약한 아이들 앞에 갈수록 더 기세등등해지고 큰 판이 벌어지며 떼거리가 아니면 나가지도 않는 것들이. 쿡!

"시끄럽다. 잠 좀 자자."

나는 의자에 기대 잠을 청하려다 시끄러운 소음에 입을 열었다. 이쯤에서 그만 나가주면 좋은데.

"뭐야? 네가 문승현이냐? 헹, 새끼! 겁대가리를 상실했구만. 앙!!"

대체로 그냥 물러나는 머리 좋은 것들은 한 번도 못 봤다.

"용건이 뭐야?"

내가 어이없어 피식 웃으며 고개를 들어 노려보았다. 그냥 가만히만 있어도 주눅이 든다고 하는 인상인데 진짜 기분이 나빠지려고 하는 상태니 마주하는 것만으로도 긴장이 될 것이다. 난 뒤에서 바라보기만 하는 무리들이 벌써 조금씩 주춤주춤하는 걸 알 수 있었다. 붙어보기도 전에 쫄아버리는 것들이. 훗!

"네, 네가 우리 지역을 쓸어버렸잖아, 새꺄! 딴 놈 학교도 아니고 같은 학교 교복을 입고 있으면서 어떻게 우리 애들을 그 따위로 만들어놔!! 앙!!"

"넌 닭이냐?"

"뭐?"

처음엔 말을 더듬다가 한번 소리치기 시작하니까 용기가 솟는 모양이었다. 마지막에 다시 애꿎은 내 책상을 각목으로 꽝꽝 내려치지 않는가. 책상 바꿔다 놓은 지 얼마 안 되는데 또 멀쩡한 책상을 망가뜨려 놓으니 말이 곱게 나가질 않는다.

창고가 얼마나 먼데, 저것들이!

난 미간을 살짝 찌푸리며 교복 주머니에 두 손을 찔러 넣고 의자에 비스듬히 기대어 말했다.

"내가 저번에 분명히 말했을 텐데. 동원중은… 내가 접수한다고."

매섭게 눈을 치켜뜨자 애들이 흠칫 놀란다.

시끄럽게 구는 건 딱 질색이다.

"뭐, 한마디로 청소를 하는 거지. 쓸데없는 지부는 다 쓸.어.버.린.다."

학교 짱을 먹은 것도 청소하는 의미였다. 그리고 그 정도 타이틀은 있어야 다른 학교에 가서도 쓸어버리고 오는 데 용이하다.

내 태도가 너무 거침없고 태연하자 상대가 당황하고 있었다. 자신들 무리에게 포위당하듯 둘러싸여 있는데도 전혀 겁에 질린 기색이 없으니 뭔가 잘못된 것이 있나 초조한 모양이다. 그리고 그 초조함은 정신 연령이 어릴수록 자신의 강함으로 커버하려는 경향이 강하다.

바로 이렇게!

"뭐 해! 조겨 버렷!"

"이야아압!!"

"……!!"

꽝!

한꺼번에 덤벼들려 할 때 난 앉아 있던 의자 위로 재빨리 발을 딛고 올라서서 책상을 그 무리의 우두머리를 향해 힘껏 걷어찼다. 그리고 그 바람에 균형을 잃은 덩치에게로 달려들어 한쪽 팔을 잡아 그의 등 뒤로 돌아서서 꺾어버렸고, 다른 손으론 목의 급소를 움켜쥐며 뒤에서 무릎을 걷어찼다.

"크학!!"

덩치가 무릎을 꿇은 자세로 엎드리게 되자 난장판이었던 교실이 삽시간에 조용해져 버렸다.

예상대로였다. 멍해진 아이들. 이런 무리들은 대장을 잡으면 한순간에 끝나 버린다.

"도전하는 것들은 사양 않고 받아준다. 하지만 앞으로는 오늘처럼 피를 보지 않고 넘어가는 경우는 없을 거란 것만 알아둬라."

"……."

내 허스키한 목소리로 낮은 톤으로 말하니 애들의 얼굴이 하얗게 질렸다.

엇나가기 시작한 마음이 어디까지 흘러갈는지 나 자신도 잘 모르겠다. 그냥 이대로 내버려 둘 뿐이다. 어디로 가서 어디를 종착점으로 멈춰 설지는 잘 모르겠다. 방황이라고 말하기에는 너무 거창하다. 그저 어딘가로 속풀이를 하고 싶었을 뿐.

곧 교실로 내가 장악한 서클의 간부들이 모여들자 상황은 더 쉽게 정리됐다. 그래도 아직 풀리지 않는 것들이 너무 많다. 오늘은 타 지역 학교로 원정을 가볼까라며 생각하는 나였다.

정말로 이 마음은 어디까지 흘러갈까?

탕!

"다녀왔습니다."

숨이 막힌다.

집에 돌아왔더니 더 숨이 막혔다. 게다가 이 어정쩡한 가족 관계. 도대체 어떻게 어디서부터 풀어야 할지 모를 정도로 엉망이다. 내가 아무리 패싸움에 밤마다 입술이 터지고 옷이 찢어지며 들어와도 집에서는 아무 말이 없었다. 그것이 더 화가 나고 숨이 막혀왔다. 진짜 부모라면 귀싸대기라도 때려서 정신 차리라고 해야 하지 않을까?

나는 어쩌면 부모님께 매를 맞기 위해 이런 행동을 하는지도 몰랐다. 하지만 더 이상 난 이 집의 아들이 아니라 손님이 되어 머무는 기분이다.

나는 답답해서 침대에 누워 있다가 가벼운 점퍼 하나만 걸치고 밖으로 나왔다. 마땅히 어디를 가고자 하는 것이 아니라 그저 밤 동네 골목길 산책을 하는 것뿐이다. 어둑어둑해지나 싶었더니 가로등이 하나둘 켜지고 어느새 깜깜해졌다. 다리가 아파오는 게 꽤 오랜 시간 헤매고 다닌 듯하다.

'이제 슬슬 들어가야… 어?'

"아, 안녕하십니까, 승현 군? 오랜만에 뵙는군요."

"너, 넌 그때… 그 꼬마 녀석?!"

"어떻게 하다 보니 또 이렇게 만나게 되는군요. 우린 정말 인연이 깊은데요?"

주변을 둘러보니 마침 여기는 이 꼬마 녀석을 처음 만났던 바로 그 골목길이다.

이름이 유세진이라고 했던가?

오늘의 이 꼬마 녀석은 모자를 쓰고 있지 않았다. 모자를 벗은 녀석의 얼굴은 정말 인상적이다.

창백하게 보일 정도의 새하얀 얼굴.

그리고 너무 까맣다 못해 푸른빛이 도는 매혹적인 검은 머리칼.

미소년이라고 할 수 있는 그 외모에 감탄이 나왔지만 그 눈빛이 어린아이치고 너무 차갑고 싸늘해서 거부감이 들었다. 하지만 예의 바른 태도와 깍듯한 존댓말, 방긋방긋 웃는 얼굴은 그 아이의 눈빛을 간파하지 못하는 사람들에게 착한 모범생으로 보인다.

"정말 우연이야?"

나는 전부터 갖고 있던 의문을 물었다. 그러나 유세진이라는 꼬마는 여전히 생긋 웃을 뿐 별 특별한 대답은 없었다.

"글쎄요… 그보다 약속을 지키기 위해서라고 해야겠네요, 오늘은."

"뭐?"

"전에 제가 약속드린 적이 있지 않습니까? 내가 승현 군을 한 번 구해주게 될 것이라고요. 아아, 약속이 아니라 예언이라고 해야 하나?"

유세진의 웃는 얼굴이 어쩐지 섬뜩하다.

초등학생 주제에 어떻게 저런 표정을 지을 수 있는 거지?

"너, 너 무슨 짓을 한 거야!!"

"무슨 짓이라뇨? 그럼 설마 제가 일부러 무언가 꾸몄다는 말입니까? 말이 너무 심하잖아요. 전 아직 초등학교 5학년이라구요."

정색을 하는 유세진이라는 꼬마. 그래, 너무 앞서 가는 수 있다. 아무리 이상한 행동에 남다른 데가 있다 하더라도 저 소년은 아직 초등학생인데……

"아참, 그런데 승현 군."

"……?"

"아무래도 집에 빨리 가보셔야 할 것 같은데요."

유세진이라는 꼬마의 얼굴이 살짝 찌푸려졌다.

"이, 이게 어찌 된 일이지?"

난 집 근처로 다가갈수록 소란스러워지는 분위기에 불안해지는 것을 느꼈다. 걸음을 점점 빨리 하다가 마지막엔 거의 뛰어갔다.

심장이 뛴다.

주체할 수 없을 만큼.

집에 가면… 집에 가면… 분명 아무 일 없이 웃는 아줌마, 아저씨가……

"헉—!!"

나는 마지막 골목을 돌아 집을 발견하고서 믿을 수 없는 광경에 몸이 떨려왔다.

집이, 우리 집이 화염에 휩싸여 있었다. 정신없는 소방차의 사이렌 소리. 동네 주민들이 몰려 나와 구경을 하고 있다.

아니, 그것보다 우선 아줌마, 아니아니, 어머니와 아버지가 무사하신지를 찾아야 했다. 난 서둘러서 소방차와 응급차 쪽의 관계자로 보이는 아저씨를 붙잡고 소리쳤다.

"이 집 어떻게 된 거예요? 예? 아저씨, 이 집에 사시는 부부는 어떻게 되셨어요?"

"아, 학생이 여기서 사나? 잠시만 이쪽으로……."

"우리 어머니, 아버지 어디로 가셨냐구요!!"

"승현아!"

정신없는 내 고함 소리에 뒤쪽에서 낯익은 목소리가 들려오자 나는 반사적으로 고개를 휙 돌렸다.

'아저씨……'

양아버지가 소방관 아저씨의 보호 아래 담요를 두르고 계셨다. 그 모습에 어느 정도 조금 안정이 된다. 하지만 '아버지'란 말이 얼굴을 보면서 차마 입에서 터지지 않아 그냥 바라만 보았다. 그러자 그런 나를 가만히 안아주시는 양아버지셨다. 그런데…

"네가 이렇게 무사한 것도 모르고… 네 어머니는……"

눈물을 글썽이는 목소리에서 모든 것을 알 수 있었다. 아줌마가 내가 집 안에 있는 줄 아시고 집 안으로 들어가신 거다.

승현은 한순간 처음 그분을 만났을 때의 장면들이 주마등처럼 눈앞을 스쳐 지나가는 걸 알았다. 이대로 있을 수는 없었다.

"학생! 안 돼!!"

사람들이 말리는 소릴 들었지만 나는 경황이 없는 소란을 틈 타 몸에 찬물을 뒤집어쓰고 젖은 수건을 든 채 집 안으로 들어갔다. 집 안은 불길보다 연기 때문에 더 힘들었다. 젖은 수건으로 입과 코를 막았지만 질식해서 정신을 잃을 것만 같았다. 그러나 정신 바짝 차리려고 노력했다.

'여기서 쓰러지면 안 돼. 쓰러지면 안 돼. 안 돼… 콜록콜록……'

"아줌마!"

마침내 마지막으로 이층에 있는 내 방에 와서야 바닥에 쓰러져 있는 아줌마를 발견했다. 정신을 잃고 계신다. 하지만 다시 계단을 내려가 현관으로 나간다는 건 말도 안 됐다. 이미 불에 타버린 기둥과 벽의 일부가 무너져 내려 그리로는 내려갈 수가 없었다.

그런데 그때 머리를 스치는 유세진이라는 이름의 꼬마 녀석의 말.

"약속을 지키기 위해서라고 해야겠네요, 오늘은. 전에 제가 말씀드린 적이 있지 않습니까?"

지금에 와서 그런 꼬마 녀석의 약속인지 예언인지에 매달리는 자신이 한심했다. 그렇지만 이대로 가다간 아줌마도 나 자신도 죽음의 위기였으니…….

"내가 승현 군을 한 번 구해주게 될 것이라고요."

"……!!"
난 혹시나 하는 생각에 방 안 창문을 열고 밑을 내려다보았다.
'유세진!!'
정말로 혹시나 했는데 창문 밖에서 손을 흔들며 웃고 있는 꼬마 녀석. 이쪽 창문이 있는 쪽은 소방차가 들어오기에 택도 없이 좁고 길도 거의 막혀 있는데 신기하기만 하다. 그리고 그때 나는 뒤쪽에서 무언가 폭발하는 충격에 떠밀려 양 어머니를 안은 채로 준비도 없이 창밖으로 떨어졌다.
'이제 죽었구나' 하는 순간에 난 한 소년의 목소리를 들었다.

"이제 마지막 예언만이 남았네요? 마지막 예언, '당신은 그 빚을 내 부탁을 한 번 들어주는 것으로 갚게 될 겁니다'. 하지만 이것은 예언이라고 하기보다 약속으로 받아두겠습니다. 나중에 인연이 있으면 또 뵙죠."

그리고 소년의 웃음소리를 들었다고 생각한 순간에 난 어둠 속으로 빨려 들어갔다.

"그래, 내 동생이기도 한 네 아버지는 진짜 문씨의 핏줄이었지. 오히려 내가 문씨 집안에 양자로 들어갔던 사람이다. 물론 이 사실을 아는 사람은 그리 많이 없다만. 사람들은 내가 네 아버지를 시기했었기 때문에 네 아버지가 비행기 사고로 죽었을 때 시원해했을 거라고 수군거렸지만 그건 사실과 달랐다. 정말 난 내 생살을 떼어내는 듯 가슴이 아팠단다. 그리고 네 부모님 보상금은 네가 어른이 되면 주려고 다시 채워 넣고 있다. 그 일은 정말 미안하구나. 내가 한때 제정신이 아니었나 보다."

"……."

양아버지는 집이 화재를 당하고 나서 한참 후에야 이 이야기를 해주셨다. 다행이었다. 그리 늦지 않은 시기에 엇나가던 마음이 너무 멀리까지 흐르지 않은 곳에 종착점을 정해서.

화재는 그 근처에서 극성을 부리던 한 방화범의 짓으로 밝혀졌고, 집은 보험 처리되어 곧 새로운 보금자리를 찾게 되었다. 유세진이라는 꼬마 녀석을 의심했었지만 그것은 기우였던 게다.

그리고 또 한 가지.

난 양부모님과의 어색함을 결국 떨치진 못했지만 조급하게 생각하지 않기로 했다. 하나하나 차근차근 해 나갈 생각이었다.

다시 자랑스런 아들이 되는 것을 목표로 잡아볼까?

우선 성전특고의 일반 전형 시험을 목표로 생각해 보고 있다.

한국 최고의 엘리트만을 선발한다는 성전특고를 기점으로 다시 새로운 삶을 살아보고픈 욕심이 드는 문승현이었다.

〈6권으로 이어집니다〉

김남훈 판타지 장편 소설

베이컨트

Vacant

신념에 건다! 운명까지도!

오랜만에 선보이는
무게감있는 남성적 판타지!
베이컨트(VACANT)

광폭한 마수의 위협, 섬뜩한 사투의 연속.
진지한 삶에의 희구, 호쾌한 우정의 열정.

찾았다! 판타지를 판타지답게 하는 모든 것!

과거 모든 것이 무(無)였던 시대가 있었다.
인간은 그 시대를 가리켜 베이컨트라고 명명했다.
아무것도 존재하지 않는 외로운 공간.
신과 인간은 그 베이컨트의 시대를 지나서 태어났으니…

● **베이컨트** / 김남훈 著 / ①~④권 발매 / 7,500원

고선영 판타지 장편소설

체인지

Change

뒤바뀐 것은 육체만이 아니다.
달라진 것은 영혼만이 아니다.
점점… 점점…
내가 아닌 라비스가 되어간다.

될 대로 되라지!!

영혼만은 소년인 귀족 소녀 라비스의
좌충우돌 **새로운 세계로의 모험담**

우 420-011 부천시 원미구 심곡 동 35-1 남광빌딩 3F ● TEL : 032-656-4452/54 ● FAX : 032-656-4453 ● Email : eoram99@chol.com
펴낸곳 청어람 홈페이지 www.chungeoram.net

● **체인지** / 고선영 著 / ①~④권 발매 / 7,500원

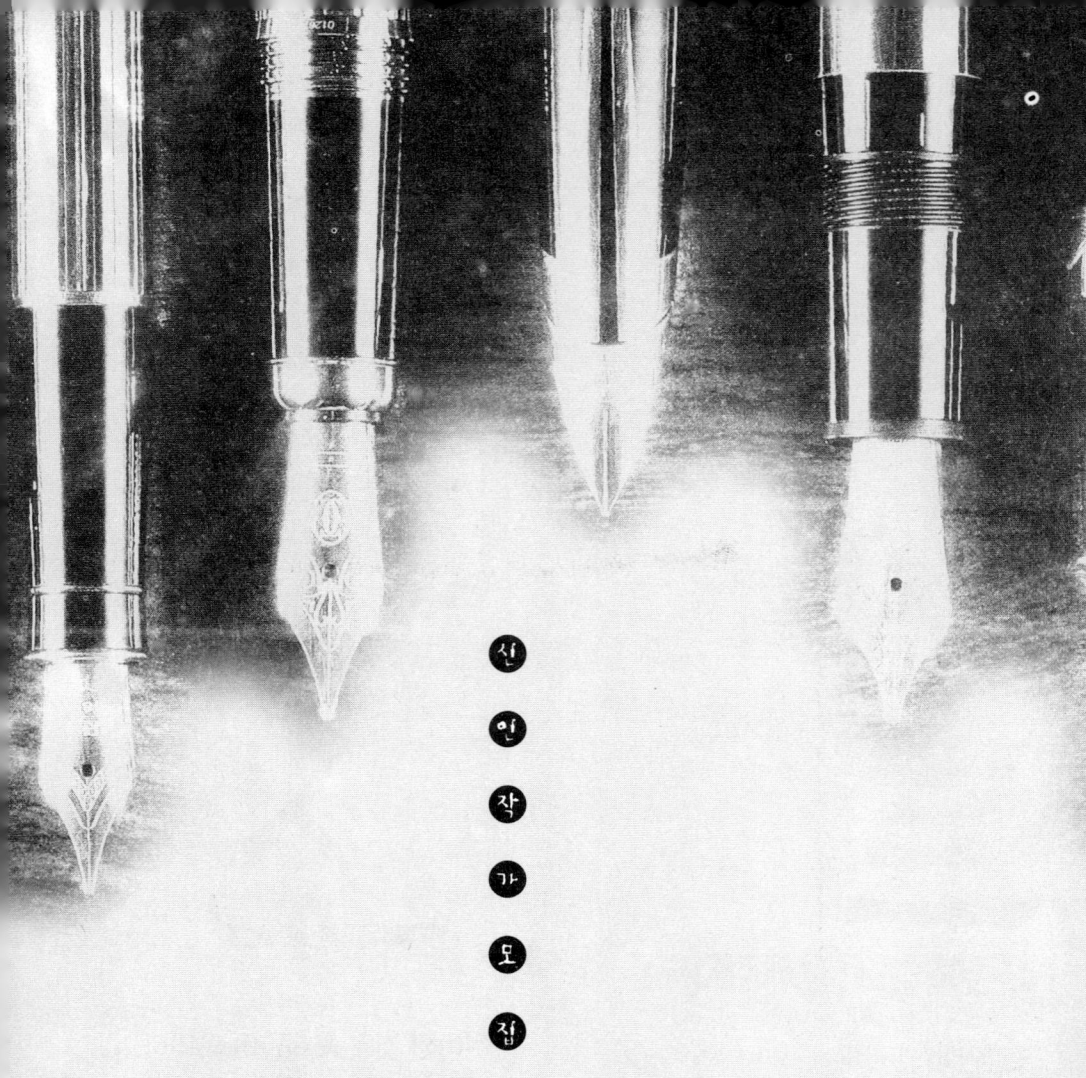

신
인
작
가
모
집

시작이 반이라고 했습니다.
작가의 길에 대한 보이지 않는 벽을 과감히 깨뜨리십시오!
청어람은 작가 지망생 여러분들의
멋진 방향타가 되어드리겠습니다.

저희 도서출판 청어람에서는
소설 신인 작가분들을 모집합니다.
판타지와 무협을 사랑하시는 분들의 많은 참여를 바랍니다.
소정의 원고(A4용지 150매)를 메일이나 우편으로 보내주시면
검토 후 출판 여부를 알려드리겠습니다.

주소:경기도 부천시 원미구 심곡1동 350-1 남성B/D 3F 우편번호420-011
TEL:032-656-4452 ·**FAX**:032-656-4453
http://www.chungeoram.com
e-mail:chungeoram@chungeoram.com